伊斯坦布尔，
伊斯坦布尔！

İstanbul İstanbul

Burhan Sönmez

[土耳其] 布尔汉·索恩梅兹 ——— 著

丁林棚 ——— 译

外语教学与研究出版社
北京

献给期旺斯

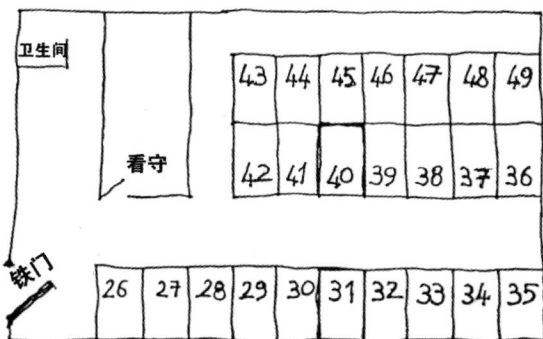

卫生间

看守

铁门

| 43 | 44 | 45 | 46 | 47 | 48 | 49 |
| 42 | 41 | 40 | 39 | 38 | 37 | 36 |

| 26 | 27 | 28 | 29 | 30 | 31 | 32 | 33 | 34 | 35 |

目 录

由大学生德米泰讲述

铁 门

"故事有点长，不过我会讲得简短一些，"我说，"从来没有人见过伊斯坦布尔下这么大的雪。那天深夜，两个修女离开卡拉柯伊的圣乔治医院，到帕多瓦的圣安东尼教堂去传达噩耗，一路上，她们看到屋檐下有几十只死鸟。那年四月，冰雪冻裂了南欧紫荆树上的花，寒风刺骨，像刀片一样刮着流浪狗的皮毛。你听说过四月下雪吗，医生？故事有点长，不过我会讲得简短一些。两个修女在暴风雪中趔趔趄趄，边滑边走，她们中的一个年纪还轻，另一个则年老一点。当她们快要到加拉塔塔的时候，那位年轻的修女对同伴说，有一个男人一直尾随我们上山。老修女说，在这样一个漆黑的暴风雪夜，一个男人尾随我们，原因只有一个。"

当我听到远处铁门的声音时，我中断了故事，看着医生。

我们的囚室非常冷。在我给医生讲故事的时候，理发师卡莫蜷缩着身子，躺在光秃秃的混凝土地板上。我们没有什么可以遮盖身体，因此就像一窝小狗一样挤在一起取暖。时间已经停滞了不知多少天，我们分不清现在是黑夜还是白昼。我们懂得痛苦是什么——我们每天都要经受一遍那种撕心裂肺的痛苦。我们每天都会被带走，去接受折磨的考验。在短暂的空歇期，我们给彼此打气，鼓励彼此挺住——无论是人类还是动物，无论是清醒的还是丧失理智的，也无论是天使还是恶魔，此时此刻都是一样的。铁门嘎吱嘎吱打开的回声顺着走廊传过来，理发师卡莫站了起来。"他们要来带我走了。"他说。

我站起身，来到囚室门前，通过格栅的小缝向外探望，我的脸被走廊里的灯照得煞白。我没有看到一个人，他们或许在出口处等着呢。灯光刺目，我不由得眨了眨眼。我朝对面的牢房瞟了一眼，想知道他们今天关进来的那个像一只受伤的野兽一样的年轻姑娘是死还是活。

当走廊里的声音微弱下来的时候，我重新坐了回去，把双脚放在医生和理发师卡莫的脚上。我们把双脚紧紧地挤在一起取暖，并尽量把面颊靠近彼此温暖的鼻息。等待也是一门艺术。我们一言不发，静静地听着从墙的另一侧传来的叮叮当当、噼里啪啦的声音。

从他们把我关进医生的牢房算起，医生已经在这里关了两周时间。我来的时候，浑身上下全是血迹。第二天苏醒过来的时候，我看见他在一刻不停地清理着我的伤口，还把夹克盖在了我的身上。每一天都有不同的审讯组来到牢房，蒙上我们的双眼，把我们从这里带离。几小时之后，我们在几近昏厥的状态中又被重新带回这里。可是，理发师卡莫已经一连等了三天。自从他被关进来以后，他们既没有把他带走审问，也没有提他的名字。

牢房长两米，宽一米，起初的时候还显得非常局促，但我们逐渐习惯了这狭小的空间。地板和墙壁都是混凝土的，而门是灰铸铁的。牢房里面光秃秃的，什么也没有，我们就坐在地板上。当我们的双腿变得麻木时，我们就站起来在牢房里走动走动。有的时候，当我们听到远处传来的尖叫声时会抬起头来，就着从走廊透进来的昏暗的光线端详彼此的脸庞。我们除了睡觉，就是说话，以这种方式消磨时间。我们的身子总是冷冰冰的，一天天地瘦下来。

我们又一次听到那生锈的铁门嘎吱嘎吱打开的声音。这一次审讯官离开的时候没有带走任何人。我们侧耳聆听着，等待着，期待着某种确定的结果。门关上了，声音也消失了，走廊里空无一人。"那帮狗娘养的又没有带我走，他们没有带任何人走。"理发师卡莫喘息着说。他抬起头来，盯着黑洞洞的天花板，然后蜷起身子，躺在了地板上。

医生示意我继续讲故事。

"在暴雪之中，那两个修女……"当我正要往下讲的时候，理发师卡莫忽然一把抓住我的胳膊。"我说，孩子，你能不能换一个故事，给我们讲个开心一点的？这里他妈的要冻死人，你还讲那些关于大雪、风暴的故事，让我们冻死在这混凝土地上，这还不够倒霉吗？"

卡莫把我们当作朋友还是敌人呢？他是不是因为我们告诉他过去三天里他一直在梦呓而生气？他是不是因为这个而用轻蔑的眼神瞪着我们？如果他们蒙上他的双眼，把他带走，并把他打得皮开肉绽，如果他们把他的双臂拉直，吊在空中几个小时，或许那时的他才会信任我们。现在他不得不将就一下，忍耐我们的谈话和伤痕累累的身体。医生轻轻地抓着他的肩膀，安抚着让他躺下后说道："睡个好觉，卡莫。"

"从未有人见过伊斯坦布尔的天气这样炎热，"我又开始接着讲，"故事很长，不过我会讲得简短一些。那天深夜，两个修女离开卡拉柯伊的圣乔治医院，到帕多瓦的圣安东尼教堂去传达噩耗，一路上，她们看到几十只鸟在屋檐下欢快地鸣叫。正是隆冬季节，南欧紫荆树上的花骨朵含苞欲放，街头的流浪狗很快将会在这热浪中熔化蒸发。你有没有听说过隆冬季节却烈日炎炎，医生？故事很长，不过我会讲得简短一些。在这滚滚热浪中趔趄前行的，是两个修女，其中的一个风华正茂，另一个年老体弱。当她们快到达加拉塔塔的时候，年轻的修女对同伴说，一个男人一路跟踪着她们上了山。年老的修女说，在这漆黑的夜里，一个男人在空无

4

一人的大街上跟踪她们，原因只有一个——强奸。她们提心吊胆地往山上走，周围看不到一个人影。白日里突如其来的热浪迫使所有的人奔向加拉塔大桥，来到金角湾的海滩沐浴阳光，可是现在已经夜深人静，大街上空无人迹。年轻的修女说，那个男人越来越近了，在我们到达山顶之前，他很快就会追上我们。那我们就跑吧，年长的修女说。她们顾不上长裙和修女服的累赘，一路飞奔着经过绘制广告牌的店铺、音乐用品店和书店。所有商店都关门了。年轻的修女回头看了看说，那个男人也在奔跑。她们两个已经上气不接下气，汗流浃背。年老的修女说，趁他还没有追上来，咱们分头跑吧，这样的话，咱们两个至少有一个能逃脱。于是她们分别跑向不同的街道，心中惴惴不安，不知道会有什么样的结果降临。在年轻修女沿着街道跑来跑去的时候，她想，她最好停下来向身后看一看。她凝视着狭窄的街道，想起了《圣经》里的那个故事，提醒自己不要像故事中的那些人一样，在远处回首眺望城市的那一刹那遭遇厄运。她在黑暗中狂奔，并不断地改变方向。有人说，今天是被诅咒的一天，他们是对的。电视上把隆冬时节的这股热浪视为灾难的先兆，邻居家的傻子一整天都拿着罐头壳敲敲打打。过了一阵子之后，年轻的修女发现，她听到的只有自己的脚步传来的回声，于是便在一个街角处放慢了脚步。在一条不熟悉的街道上，她靠墙小憩，猛然意识到自己迷路了。她沿着墙根缓缓地挪动着，脚边还有一只狗陪伴着。故事很长，不过我会讲得简短一些。当年轻的修女终于到达帕多瓦的圣东安尼教堂时，她发现另一个修女迟迟未归。她立即向周围的人讲述了刚才发生的一切，于是教堂上上下下一片骚动。正当搜寻队准备出动去寻找那个年老修女的时候，大门开了，她气喘吁吁地闯了进来，头发凌乱不堪。她一屁股坐在凳子上，深吸了几口气，又喝了两杯水。年轻的修女再也无法遏制自己的好奇心，急切地想知道发生了什么。年老的修女说，我从一条街跑到另一条街，可就是无法甩掉那个男人。最后我意识到自己无路可逃了。年轻的修女问，那你怎么办呢？我在一个街角处停了下来，可是当我停下来的时候，那个男人也停了下来。后来呢？我掀起裙子。后来呢？那个男人拉下裤子。后来呢？我又开始跑起来。再后来呢？很明显，一个掀起裙子的女人比一个拉下裤子的男人跑得更快。"

仍然躺在地板上的理发师卡莫忍不住笑起来。这是我们第一次看到他笑。他的身子轻轻地晃动着，仿佛正在睡梦中和一些奇妙的动物嬉戏玩耍。我又重复了一遍最后一句话："一个掀起裙子的女人比一个拉下裤子的男人跑得更快。"当理发师卡莫忍不住开怀大笑的时候，我俯下身子，用手捂住他的嘴。他忽然睁开眼盯着我。如果看守听到我们的声音，他们一定会殴打我们，或者罚我们面壁站立好几个小时。在下一次审讯到来之前，我们可不愿意这样度过这段时间。

理发师卡莫坐起身子靠着墙，深吸了几口气，神色重归往常的凝重。他就像一个醉鬼一样，在夜里趔趔趄趄，跌进一条水沟里，而早上醒来的时候却不知身处何方。

"今天我梦到自己全身烧着了，"他说，"我在地狱的底层挣扎，他们都从旁人的火里拿起棍子朝我身上捅。可他娘的我还是冷。其他的罪人都在尖声嚎叫，我的耳膜不断地破裂又复原，复原又破裂，如此反复，不下上千次。火势越来越大，我的身子烧得更旺了。你们没一个在那里，我搜寻着每一张面孔，可是看不到任何医生或者学生的面孔。我渴望更大的火，我高声哭喊着，乞求着，就好像一头将被屠宰的牲畜。在我眼前的是被火苗吞噬的富人、牧师、拙劣的诗人，还有那些铁石心肠的母亲，他们都在熊熊大火中瞪着我。我内心的伤不能被点着，也不能化为灰烬。我的记忆拒绝化为失忆的空白。炽热的火焰能够把金属化成液体，但是我仍然能够想起被诅咒的过去。忏悔吧，他们说。可是这样就够了吗？当你忏悔的时候，灵魂就会得到拯救吗？你们这些地狱的囚徒！我只是一个普普通通的理发师，我需要养家糊口，喜欢读书，还没有孩子。当我们生命中的一切最终无法挽回时，我的妻子没有责备我。我想听到她的责骂声，可是她吝啬得甚至不愿意责骂我。在我酩酊大醉的时候，我告诉她我清醒时的想法；一天夜里，我站在她的面前，告诉她我是一个可鄙的人渣。我等待着她的羞辱，等待着她朝我喊叫。我在她脸上搜寻鄙夷的神情，但是，当我的妻子转过身去的时候，我看到她脸上唯一的表情是伤心。关于女人，一件最不能接受的事就是，她们总是做得比你好。也包括我母亲。你一定会以为我的这番话莫名其妙，可是我不在乎。"

理发师卡莫捋了捋胡子，把脸转向从格栅里射进来的光线。他已经一连三天没有洗脸了，不过他邋遢的面容和这没有多少关系。他的头发脏兮兮的，指甲很长，从他第一天进来的时候起，就有一股变质面团一样的恶臭伴随着他。很明显，这一切显示，他在外面的时候也避免用水洗漱。我已经习惯了医生的体臭，也刻意保留着自己的独特体味。卡莫的体味赫然弥漫，就好像有什么不祥的凶兆阴森森地笼罩在他的灵魂之上。三天的时间一片死寂，现在，谁也不能让他停下说话。

"理发店开门的第一天，我遇上了我的妻子。我在理发店的窗户上挂起了一个牌子，上面写着'理发师卡莫'。她的弟弟马上就要到上学的年龄了，因此她把他带到我的店里来理发。我问男孩叫什么名字，并向他作了自我介绍：我叫卡米尔，不过大家都叫我卡莫。好吧，卡莫先生，男孩说。我给他出谜语猜，并给他讲了很多上学的故事。当我问她——坐在角落里看着我们对话的我的未来妻子——什么情况的时候，她说她刚刚中学毕业，在家里做裁缝。她避开我的目光,看着墙上的那张少女塔的照片、照片下面的罗勒、镶着蓝色边框的镜子,还有剃须刀片和剪刀。当我伸出手来,递给她喷在她弟弟头发上的香水的时候,她张开手,闭上眼,把那小小的手掌凑到鼻子下闻了闻。在那一刻,我想象在她眼皮底下的是我。在我的余生中,我只希望感受到她的目光。当我的妻子离开理发店的时候,我站在门口,望着她离去,她穿着一条印着花朵的长裙,身上飘着科隆香水的气味。我没有问她叫什么名字。后来我知道了,她叫马希泽尔。她长着一双纤细的小手,她刚刚闯入我的生命,并且永远不会离开。

"那天夜里我回到了那口老井旁。我在一个名叫曼尼克斯的社区长大,我住的房子的后花园里有一口井。在我独自一人的时候,我常常俯着身子趴在井口上,凝视下面黑乎乎的地方。我从来没有意识到一天已经结束,也从未想过会有一个与这口井无关的世界。黑暗就是宁静,它是神圣的。我陶醉在这潮湿的气味儿里,那种快感让我晕眩。每当有人说我长得很像从未谋面的父亲的时候,或者当母亲用父亲的名字卡米尔——而非卡莫——喊我的时候,我就会气喘吁吁地跑到井口旁待着。我让那来自黑暗的空气充满我的双肺,把身子探到井口里,想象着自己纵身跃进井中。我想挣脱母亲,挣脱父亲,挣脱我的童年。他妈的!我母亲的未婚夫搞大了她的肚子后就自杀了,然后她就生下了我——尽管这意味着她的家族不再接受她——并给我取了她未婚夫的名字。我还记得，甚至当我到了可以在外面玩的年龄，她有时仍把我搂在胸前，我品尝着母亲的眼泪，而不是她的乳汁。我常常闭上双眼，用我的手指摸索，并一遍遍地告诉自己，一切很快就会过去。一天夜里，母亲在井边发现了我。我正在把身子探进井口里，她拽着我的胳膊把我往外拉。就在这时，她脚下踩着的那块石头突然松动了。我现在还可以听到她掉进井时的尖叫声。当人们把她的尸体从井里捞上来的时候，已经是午夜时分了。母亲死后，我住进了达鲁萨法卡孤儿院。在宿舍里，我常常昏昏欲睡，脑子里萦绕着各种离奇的白日梦，在这里，所有的人都有一个关于生命的故事，可以永不休止地讲下去。"

卡莫观察了我们一下，想看看我们是否在听他的故事。

"和马希泽尔订婚的时候，我送给她一些小说和诗集。孤儿院的文学老师经常说，每一个人都有自己的语言，你可以通过花朵来理解一些语言，通过书本理解另一些语言。马希泽尔常常在家里裁剪图样，缝制裙子。有的时候，她会在小纸片上写下诗句，让她的弟弟送给我。我常常把她的诗存在理发店里，放在底部的一个抽屉里的盒子里，和香水肥皂放在一起。我的生意还不错，老顾客数目不断增长。有一天，我的一名顾客来到店里理发，并带着微笑离开。他是一名新闻记者。他在出门的时候被一发子弹射中。

两个暗杀者迅速跑到躺倒在地的记者身旁，在朝他的脑袋开了第二枪之后大声喊道，你要么爱，要么就得离开，伙计！第二天，血迹未消的大街上聚集了一大群人，他们到这里来祭奠记者。为了纪念他到我店里理发，我也加入了他们，并参加了葬礼。我对政治没有兴趣，我觉得离我最近的一个政治人物就是哈亚丁·霍卡，也就是孤儿院的文学老师。尽管他对政治只字未提，但我们常常能够在他的文件堆里看到露在外面的报纸。我对政治抱有绝对的怀疑，政治是由人组成的，它怎么可能改变世界呢？那些声称善意可以拯救社会，让社会变得幸福美满的人根本不了解人是什么，他们表现得仿佛自私根本不存在似的。人性的基础就是自私、贪婪和敌对。每当我说这些的时候，我的顾客总是表示反对，并和我展开激烈的争辩，试图改变我的想法。一个诗歌爱好者怎么能够有这样的想法，我的一个顾客在排队的时候这样说。他站在镜子旁，大声朗读了几段我放在那里的《恶之花》。暴力丝毫没有消退的迹象，我们听到消息，旁边街道上有更多的人被枪杀了。有一次，我的一个顾客惊慌失措地跑进理发店，请求我替他把枪藏起来，以免被警察抓住。我时不时也会帮助一些人，可是这并不意味着我对政治有丝毫兴趣。对我来说，生活就是攒足了钱，买一所房子，生几个孩子，和马希泽尔长相厮守，度过每一个日夜。可是不知为什么，马希泽尔就是不怀孕。婚后第二年，我们去看了医生，我们这时才发现，不能生育的是我。

"一天夜里，我正准备打烊，这时我看见三个人正在殴打一个男人。那个男人就是哈亚丁·霍卡，我在达鲁萨法卡时的文学老师。我操起一把刀，冲向他们，划破了他们的手和脸。那些攻击者毫无防备，转身撤退，消失在黑暗之中。哈亚丁·霍卡拥抱了我。我们一边走，一边滔滔不绝地讲话。我们走进萨玛提亚的一间小酒馆，讲述了各自的情况。从达鲁萨法卡出来之后，哈亚丁·霍卡换了两次学校，不再像以前那样教很多课，而是把更多的时间投入到政治活动中去。他为我们国家的未来表示担忧。他听说我上了大学，学的是法国语言和文学。但是他没有听说我因为需要工作，第二年便辍学了。我告诉他这件事的时候，他感到伤心。当他问我是否还对诗歌感兴趣的时候，我嘟哝着背诵了几句波德莱尔的诗，那是我从他的课堂上学到的。他自豪地对着我微笑，让我想起了我在诗歌朗诵大赛中获一等奖时的情景。我们举起雷基酒，一饮而尽。哈亚丁·霍卡很高兴听到我已经结婚的消息，不过他自己依然单身。几年前，他似乎爱上了他的一个学生，但是并没有向她表白，当他听说那个女孩在毕业之后就结婚了的消息之后，就放弃了结婚的念头，一直过着孤独的生活。我们一直对饮到天亮。我背诵了许多诗歌，他朗读了一些为他所爱的女孩创作的诗。我不知道是怎样回到家的，直到第二天，我清醒过来的时候，我才回忆起来，在哈亚丁·霍卡的诗中听到了马希泽尔这个名字。

"一个月之后，我没有去参加哈亚丁·霍卡的葬礼。他在离开学校的时候被一发子弹打中了头部。在他的文件里，人们发现了一首给我的诗，诗的内容是描写暴雨中勇敢的骑马者。他的一个朋友把诗拿给了我。那天晚上我抱着马希泽尔，乞求她不要离开我。我为什么要离开你呢，我的傻丈夫，她说。我把在理发店的肥皂抽屉里存放了很多年的那个盒子带回了家。我打开盒子，从里面取出了我们订婚时马希泽尔写给我的诗歌纸片，并让她把这些诗读给我听。那些纸片散发着紫罗兰和玫瑰的清香。马希泽尔读诗的时候，我解开了她的上衣，我想吮吸到乳汁，但是我品尝到的却是顺着她的胸脯流下的眼泪。三个月过去了。一天夜里，马希泽尔又一次哭喊着向我发问，她的声音不停地颤抖。她问我是谁杀死了哈亚丁·霍卡。他从未想过占我的便宜，她说。之后一连几夜，我都在睡梦中喃喃自语，说他死有余辜。我还说了些什么？我问道。你是说还有别的吗？马希泽尔问我。我以母亲的生命发誓没有什么了。我和这事没有丝毫关系，我说，梦中的话没有什么意义。我披上衣服，来到寒冷的户外。这真是一场幻灭！我内心感到疲倦，我变成了一个愚蠢昏聩的老者。我的灵魂曾经能驾驭火的翅膀，只需一丝微微的驱动力，它就会腾空而起。哦，我是一个大口喘息的羸弱的病者，我是一匹一无是处的役马！我的灵魂是那么卑贱凄惨，朽迈衰弱。我就是一堆淌血的废墟，再也不能被生命的热忱和爱的洪流抚触和感染。时间漏掉了一个节拍。在我呼吸的时候，我感到自己——我的自我——正在分解，迷失了方向。我是怎样到达老井的井口的？我是怎样举起石块，掀开井盖的？我精神恍惚，趴在井口上，大声呼喊。母亲！当你把乳房强塞到我的嘴里时，你为什么给了我眼泪，而不是乳汁？母亲！当你紧贴我弱小的身体时，你为什么狂热地反复念叨我已经死去的父亲的名字，而不是我的名字？我知道，当你叫我卡米尔而不是卡莫的时候，你心中想着的是我的父亲。在你最后的一个夜晚，从你口中喊出的依然是卡米尔。我知道你踩在脚下的那个石块已然松动。你的坠落，是命中注定的，母亲！你说，我的出生要归功于父亲，我此生都欠他的。去他妈的！死者已然死去，不复重生！你不知道光辉是多么残酷，光辉只是从外部照亮事物，它不能让我们探究内里。"

理发师卡莫说最后一句话的时候仿佛在喃喃自语。他把头垂在胸前，然后向后一仰，使劲撞击墙面。"癫痫发作。"医生迅速把卡莫放到地板上说。他把我们省下来给随时可能到达的新牢友的那片面包塞到他的上下牙之间，以防他咬自己的舌头。我牢牢抓住他的双脚。卡莫失去了自我控制，不住地抽搐着，口里泛着白沫。

牢房的门开了，看守高高在上地对我们喊道："出了什么事儿？"

"我们的朋友癫痫发作了，"医生说，"我们需要一个有刺激性气味的东西让他苏醒过来，比如香水或洋葱。"

看守走进来说道："要是你们的蠢驴朋友死了，就告诉我，我好把尸体清走。"但是为了安全起见，他还是俯下身子，检查了一下卡莫的脸。看守身上散发出潮湿发霉的血腥味。他的嘴里喷出强烈的酒精味。显然，他在上岗前喝了酒。他等了一小会儿，直起身子，朝地板上吐了一口痰。

在看守关门的时候，我透过对面牢房的格栅看到了他们今天带进来的一个女孩的面孔。她闭着左眼，下唇已经裂开。这是她在这里的第一天，不过从她伤口的颜色来看，他们一定已经折磨了她很长时间。牢门一关上，我就趴倒在地上。我抱着卡莫的腿，把脸紧紧地贴在地上，从门底的缝隙里观察看守的脚。看守回到女孩身旁，一动不动地等着。我能够知道这些，是因为他的双脚没有动。那个女孩没离开格栅边吗？难道她没坐在黑暗的牢房里？看守没有辱骂谁，也没有撞击关押女孩的牢房的门；没有威胁她，也没有冲进她的牢房，把她顶到墙角。与此同时，卡莫的身子一会儿绷紧，一会儿放松，他挣扎着要把双腿从我的手中挣脱。他伸出双臂，奋力地挥舞着，敲打牢房的墙壁。在最后一阵痉挛之后，卡莫消停了下来，他呼哧呼哧的喘息也渐渐平息下来。对面牢房的那个看守已经从女孩那里离开了，他沿着走廊越走越远。我站起身，向外望去。当我看到格栅里的那个女孩时，我向她点了点头，可是她没有动静。过了一会儿，她走了回去，消失在黑暗中。

医生靠着墙伸开双腿。他把卡莫的头放在怀里。"他会以这个姿势睡一会儿的。"他说。

"他能够听到我们说话吗？"我问道。

"在这种状况下，有的病人能够听到，也有些病人不能听到。"

"他给我们讲了这么多关于他的故事，这可不是一个好主意，我们应该让他注意一下。"

"你说的对，他不能再说了。"

医生看着理发师卡莫，仿佛他正在想方设法让自己的儿子而非病人入睡。他擦掉他额头的汗，整理了一下他的头发。

"对面牢房里的那个女孩怎么样了？"他问道。

"她的脸上到处都是老伤疤，很明显，他们已经折磨她很长时间了。"我说。

我看了看理发师卡莫那安详的面容。他的顾客说的没错，他是个很奇怪的人，一个像他这样的人，怎么可能喜爱诗歌呢？他就像一个玩了一整天的孩子一样，筋疲力尽地沉沉睡去。在睡梦中，他俯身趴在井口，眼睛盯着下面黑暗的地方。不知多少次，他紧紧抓住那些潮湿的石头，他现在已经不再信任那些稳固的石块了。他把一条绳子伸到井里，顺着它爬了下去，然后在水里松开了手。在这里，卡莫既是南方，又是北方，他既拥有东方，又拥有西方。他外在的存在已经被擦除得干干净净，他已经变成了一口井中井，一汪井中水。

"我昏过去多长时间？"卡莫半睁开眼睛后，轻声地问道。

"半个小时。"医生说。

"我的喉咙很干。"

"慢慢坐起来。"

卡莫坐了起来，靠着墙。他从医生递给他的那个塑料水瓶里喝了几口水。

"感觉怎样了？"医生问道。

"妈的。我感到既疲倦又舒适。我应该早点告诉你我的情况。母亲死后的那个春天我就得了这个病。不过持续时间并不长，几周之后我就好了。不过人们都说，过去的事会反复出现，不断萦绕在你的脑际。马希泽尔离开我之后，这症状又开始发作了。"

"只要你在这儿，我和德米泰就会照顾你的。我要告诉你一件重要的事，卡莫。聊天是一件很惬意的事，可是牢房里有规定。我们不知道谁会在严刑拷打下屈服，并说出所有的秘密，也不知道谁会向审讯官供出他在这里听到的一切。我们可以随意聊一聊，通过分享我们的烦恼来消磨时间，可是我们必须严守各自的秘密。你明白吗？"

"难道我们最终不会把真相告诉彼此吗？"卡莫说道。几分钟前的那个对一切满不在乎的男子不复存在了，现在他变成了一个温顺听话的病人。

"保守自己的秘密，"医生回答道，"我们不知道他们为什么把你带到这儿，我们也不想知道。"

"你们不想知道我是怎样的人吗？"

"我说，卡莫，如果在外面，我根本不想见到你，也不想和你同处一个地方。可是在这里，我们随时都要遭受痛苦的折磨，我们无时无刻不在拥抱死亡。我们没有资格评论任何人。就让我们给彼此疗伤吧。我们不要忘记，在这里，我们代表最纯洁的人，我们都是遭受磨难的人。"

"你们不认识我。"卡莫说，"我什么都没跟你们说过。"

我和医生看着彼此，在沉默中等待着。

显然，在理发师卡莫开口之前，他已经字斟句酌，准备好了每一个字。

"我的记忆就好像一个贪婪的高利贷债主，把每一个字、每一句话都囤积了起来。在我的理发店里，在镜子的上方挂了一面国旗，国旗的旁边挂着一张海报，上面有个半裸的姑娘。海报底部印着一些文字。海报里的姑娘掀起了颜色鲜亮的裙子，她正在迈开她的长腿拼命奔跑，她的头羞涩地歪向一边，看着我和我的那些等待理发的顾客。在她的两腿之间有一行字：'一个掀起裙子的女人比一个拉下裤子的男人跑得更快。'有的时候，我的顾客们会盯着那个美貌的姑娘，心想这不可能是真的，他们会在心里幻想，如果有机会和她在一起，那一定会非常幸福，不必在乎其他的事了。有一天，我的一位当作家的顾客看着那张海报，叹息了一声：'啊，索尼娅！'我们所有人都听到了他的叹息，心想那一定是那个年轻姑娘的名字。当轮到作家理发的时候，他坐在椅子上，滔滔不绝地和我谈起话来。最终他开始谈论我的事。他说我的心灵像俄国人一样。看到我表示惊讶，他就给我复述了一遍上次到这里来理发时我说过的话。

"如果我出生在俄国，我要么是卡拉马佐夫家族的一员，要么就会像地下人那样生活，或者就像索尼娅的父亲马尔梅拉多夫那样。那个作家所说的陀思妥耶夫斯基笔下的角色都适用于我。在陀思妥耶夫斯基的笔下，他们都拥有同样的精神状况，首先是《罪与罚》里的马尔梅拉多夫，其次是《地下室手记》第一部分中的人物，最后是《卡拉马佐夫兄弟》全书中的人物。他们之间没有什么大的差异，不过足以让他们在有生之年踏上令人难以置信的不同旅程。索尼娅的父亲马尔梅拉多夫是一个萎靡潦倒的人，他知道自己的可悲，也时时充满自责。他窘迫困顿，是命运的牺牲品。索尼娅十分爱她那可怜的父亲。啊，索尼娅，那个美丽却又穷困的青楼女！如果能够得到她的爱，哪一个男人不会为她而对别人拔刀相向呢？至于那个地下人，他通过揭露自己的悲惨来揭露他人的悲惨，并最终把悲惨化为愤怒的情绪表达出来。他痴迷于寻找像自己一样的人，把镜子举在他们面前，由此，他把自己的灵魂撕成碎片。而卡拉马佐夫家族的旅程就完全是另一回事了。他们彼此发生龃龉，甚至和生命发生冲突。他们既不像马尔梅拉多夫那样感到绝望，也没有像地下人那样把悲惨视作揭露他人的工具。他们的悲惨是他们自己无法逃避的命运，是一个不断化脓的伤口。他们挣扎着不想接受命运的审判，但是在他们和命运抗争的时候，他们遭受痛苦，并把淌出的鲜血涂抹到生命的面孔上。那样的生命现在也刚刚为我打开了一个新的篇章。去你妈的！不要用那样的眼神盯着我，就好像我是在地狱中燃烧的一名罪人一般！我已经听你们讲了三天的故事，听到了你们受刑后的呻吟声。现在轮到你们听一听我的故事了。"

卡莫向我们投来一个鄙夷的眼神，把水瓶凑到嘴唇边，继续说道：

"前途未卜，我不知道会发生些什么。他们是否会释放我？或者把我带走，就像把你们带走一样，然后对我严刑拷打？痛苦会把身体变成它的奴隶，而恐惧则会把灵魂变成它的奴隶。人们会出卖灵魂以拯救身体。我不害怕。我不会告诉拷问者任何事情，我不会向他们泄露任何我还没有告诉你们的秘密。

"我会告诉他们他们想知道的一切，我会把我的全部灵魂交到他们的手中，回答他们的问题。裁缝总是把夹克的内层掏到外面，然后把衬里撕去，我会把我的肝脏掏出来，一览无余地摆在他们面前。我会告诉他们比他们想知道的更多的内容。他们开始的时候一定会兴趣盎然，他们会记下我所说的一切内容，以防漏掉有用的信息，不过，不消多久，我坦白的内容就会让他们坐立不安。他们会意识到，我给他们讲的事情是关于他们自己的，是他们不想知道的。在这个世界上，人最害怕的就是自己。他们也同样害怕，因此会想方设法不让我说话。那些对我进行严刑拷打，让我开口说话的人一定会让我双臂张开，把我吊起来，电击我，或者把我摁到我自己的血水里让我闭嘴。他们会像我一样，因为知道真相而惊惧不安。我会告诉他们关于我的一切，我会让他们不得不面对连他们自己都不想目睹的那一面自我。他们会满腹狐疑地瞪大眼睛，就像第一次照镜子的麻风病人一样惊魂未定，他们会节节败退，直到走投无路。而且，由于他们无法改变自己，所以他们会认为砸碎镜子，也就是我的脸和骨头，是唯一的解决之道。可是割掉我的舌头对他们并没有什么好处，我的呻吟声会振聋发聩，将他们的思想囚禁在真相之中。他妈的。就算在他们自己的家里，他们也会半夜醒来，生出一身冷汗，咕咚咕咚地喝下好几瓶最烈的酒。可是他们无路可逃, 真相就在颈部静脉血管里流动,他们要么接受它，要么割破自己的手腕。他们心爱的妻子将会把他们搂在怀里，给他们安慰，点着香烟，塞到他们颤抖着的手指间。现在我终于知道他们为什么三天来一直没有把我带走进行审问了。他们害怕我。"

此时此刻，从最黑暗的深渊底部传来了理发师卡莫的声音，那声音在深渊的边缘徘徊，在最黑暗的角落里回荡。他已经蛰伏很久了，已经被完全击垮，遭受了最严重的摧残。没有人知道他是因为遭受了摧残而选择蛰伏，还是在蛰伏的过程中遭到了摧残。那黑暗对卡莫来说是最为亲近的，但却令我感到窒息。当他们蒙上我的眼睛，把我从铁门里拖出去的时候，他们就把我带离了这个熟悉的世界。我懂得找到方向的价值，我挣扎着，想抓住心中的那些混沌的词语。在黑暗中思考是极其艰巨的事情。生命就在我的身边，我想回归生命。

卡莫的眼睛半睁着，疲倦不堪地努力地看着四周。一束细微的光线投到牢房的里面，可是就连这点光线也让他难以承受，或许这就是他总是昏昏欲睡的原因。

"我母亲只有一次没有责备我趴在老井的井口上，"他说，"那天，她梦到了烧着的柴火。这标志着她正在下定决心克服什么困难。奇怪的是，我第一次梦到燃烧的柴火就是在这间牢房里。可是，我的过去已经被冰封起来，我需要克服的困难是什么呢？"

"这一切终究要结束的，就好像已经消逝的光阴一样，"医生说，"你的梦想就是告诉你自己，你会从这里走出去，重新获得自由。"

"自由？在我失去马希泽尔之后，一切都已经和原来不同了，在我的心中，没有一块石头不是松动的。"

"你正在折磨自己。每一个人都会经历这样的痛苦。"医生等了一会儿，继续说道，"在这里，你必须乐观些，卡莫。梦想一下，我们都已经被释放。比如，想象一下，我们都躺在奥塔科伊海滩上闲聊，并凝视着对岸。"

医生喜欢把我们从这里解救出去，带到外面的世界里。他教我怎样实现目标。与其深陷在痛苦中不能自拔，不如梦想外面美好的世界。我们的身体被囚禁在牢房中，时间在这里停止了。一旦我们的思想驰骋在外面开阔的空间，时间之针就又开始滴滴答答地前进了。我们的思想比我们的身体更加坚强。医生说，这一点可以在医学上得到证明。在这里，我们常常梦到外面的世界，比如，我们会梦到在海滩上散步，分享人们的幸福。在奥塔科伊海滩上，我们向和着吵闹的音乐恣意舞动身体的人招手致意。我们从那些搂腰抱着的情侣身旁走过。在太阳即将从地平线上消失的时候，医生从街头贩子那里买了一袋绿色的李子。他微笑着把第一颗李子递给我。

上个星期，在我半清醒半昏迷的时候，他们把我揉进了牢房。我的嘴唇很干，我发出没有人能够听懂的嘟哝声。

医生以为我要喝水，于是扶我坐起来，试着喂我水，并扒开我的眼睛。"我不需要水，我需要绿色的李子。"我说。为此，我们整整笑了两天。

医生问卡莫，他是否也需要一些绿色的李子。

卡莫并没有被这个故事打动。他的思想并不以我们那样的方式工作。"过去，医生，"他说道，"过去……"

医生放下举在半空中的手，好像正在递给他一颗李子。"过去是一个遥不可及的地方，我们应该集中精力思考明天。"他说。

"你知道吗，医生？就连上帝也没法改变过去。上帝呀，那个万能的、主宰现在和未来的上帝，对过去却无能为力。我们该怎么办？"

医生第一次带着同情的眼光看着卡莫，然后笑了笑。"我认识的每一个理发师都喜欢说话。他们聊女人、聊足球，可是你为什么要谈这些呢？如果我是你的顾客，我就不会到你的店里去。或许理发师不应该去上大学，否则的话，我们和谁聊足球，聊女人呢？"

"即便我没有上大学，我同样会问这些问题。"

"不妨这样想一想，卡莫。你和母亲一起度过的童年是不幸福的，可是遇到你的妻子后，你已逃离了过去，获得了自由。你还会再次获得自由的，一旦你在未来找到新的幸福，你就会忘掉过去。"

"新的幸福？"

医生深吸了一口气，搓了搓冰冷的双手。他抬起头，望着天花板，好像正在他的会诊室里决定一个疑难病例的最佳治疗方案。这时候，我们听到了铁门沉重的声音。

我们看着彼此。我们能够听到有说有笑的审讯官们走进来的声音。我们支起耳朵，想努力听清楚他们在走廊里说些什么。

"他撂了吗？"

"会的，再等一两天。"

"今天用的是啥玩意？"

"电击、吊打、高压水。"

"你们搞到名字和地址了吗？"

"我们早就知道了。"

"是个关键人物，还是个小卒子？"

"这个老家伙，他可是条大鱼。"

"哪间囚室？"

"40 号。"

那就是我们的囚室。

我们脚撂着脚待在一起，努力保存最后一丝温暖。我们随时都可能离开这里，再也不会回来。或者说，我们离开的时候是一个正常的人，回来的时候就会变成一个疯子，我们会从人变成动物，失去自己的灵魂。

"他们要来带我走了，"卡莫一边说，一边把脸转向格栅，"真是时候。"

脚步声越来越近，牢房门打开了。两个看守跌跌撞撞地架着一个体格健壮的老者的胳肢窝走了进来。那老者的头垂在胸膛上，脸和身子上血迹斑斑。"你们有新朋友了。"医生和我站起来，把那个人扶了进来，轻轻地放在地板上。看守关上门转身离开了。

"他几乎冻僵了。"医生说。他给他做了一番检查，看看他是否还在流血或者身上是否有骨折部位。他拨开他的眼睑，就着昏暗的灯光检查他的眼睛。他捧起那个人的一只脚揉搓起来。我捧起他的另一只脚，感觉就像冰一样冷。

理发师卡莫说："我来睡在地板上，你们可以把他放在我的身上，我们必须保护他，不要让他碰到地。"

我和医生扶着那个人，把他放到了卡莫的背上。我们躺在他的两侧，用手扶着他。过去人们常常依偎在牛和狗的身旁取暖。牢房把我们带到了历史的起点。我们拥抱着一个素不相识的人，努力赋予他生命。

"你还好吗，卡莫？"

"还好，医生。这个人好像裸着身子被埋到了雪里一样。"

"雪里？"

"是的，我被捕的那一天，雪下个不停。"理发师卡莫说。

"今年冬天好像来得很早。我被捕的那一天，天气非常好。"

我在一旁听着医生和理发师卡莫聊天。他们不断地聊着，我没有机会插嘴。过去的这三天里，卡莫没有漠视我，也没有攻击我。他只是时不时地称我为"学生"，不过，他更多地称我为"孩子"。我已经十八岁了，心中非常想让他至少带着一点敬意看待我，就像尊敬医生一样。我被捕的时候，心里对未来的审判还颇有一点好感，不过我从来没有想到，会有像他们这样的狱友。痛苦是没有边界的，要么你克服痛苦，要么痛苦把你击溃。可是面对卡莫，我不知道该怎么做。当我被捕的时候，有一个警察在车里狠狠地压我的手指关节，并不断地叫我"孩子"。"这样虚度你的生命，实在是太可惜了，孩子，你现在最好还是说了吧。"他说。当我说"我不是孩子"的时候，他用双手掐住我的脖子，想让我窒息。一定是另一个警察阻止了他。情况要么就是这样子，要么就是他们在玩平时的把戏。他们知道我的真名，并问我要去见谁。他们竟然知道我的碰头时间和地点，这让我倍感吃惊。"我不是孩子，我是大学生，我要去上课，我不知道你说的碰头是什么。""那么你为什么要逃跑？"我一意识到他们在跟踪我，就转过了第一个弯，开始跑起来。"我要迟到了，我只是想准时上课而已。"

半个小时之后，他们把我带到了碰头的地点，也就是伊斯坦布尔大学图书馆前面的那个公共汽车站。他们命令我在那里等着，还说如果我胆敢逃跑，就会开枪打死我。那些警察下了车，四处散开。他们躲在有利位置，监视和我一样在公共汽车站等待的每一个人。我看了看表，差三分钟两点。我们碰面的规矩非常严格，必须至少比规定的碰面时间提前三分钟到达碰面地点，如果碰面不成功，等待最长也不能超过三分钟。当我看着面前的人从公共汽车上走下来的时候，我非常害怕看到我正在等待的那个人。这个公共汽车站我经常来，看到这里有这么多人，我感到非常吃惊。到处都是学生、游客和穿着制服的男人。时间一点点过去了，距两点还差两分钟。我搜索着站在路对面朝我这边看的人。人群中的人看起来都很相像。和我碰面的那个人很有可能正急匆匆地穿行在车流中，试图穿过马路。或许他会意识到这是一个圈套，或许他会有些异样的感觉，察觉到警察正在监视我。他或许会从我焦虑的神情中察觉到我已经被捕了，并会立即消失在人群中。我看了看表，距两点还有一分钟时间。我忽然跳了起来，挡在正在靠近我的公共汽车前面。结果是，我被公共汽车撞得飞了起来。我听到了尖叫声。有几个人架着我，把我塞进了一辆小汽车。他们开始在后座上殴打我。"是谁？告诉我是哪一个，兔崽子！"他们把枪管塞到我的嘴里。我无法睁开眼睛，头晕目眩。"再等五秒钟，不然我就要开枪。"五秒钟之后，他们把枪从我的嘴里拿出来，用手捏了捏我的睾丸。我想喊出声来，但是他们捂住了我的嘴。眼泪顺着我的脸流下来。

不管你认为自己有多么坚韧、勇敢，现实的痛苦让你的思想麻木。痛苦会让时间停滞下来，会让你丧失对未来的感觉。现实不复存在，整个宇宙都被困在你的身体里。此时此刻，你感觉自己仿佛永远会被冰封起来，你会感觉下一个时刻再也不会出现。那种感觉就像理发师卡莫被囚禁在过去的牢笼里一样。我理解他。可是在几十亿年的漫漫时间长河中，为什么偏偏是现在让我遭受痛苦的折磨呢？我心里这样想着，不断地问着一些没有意义的问题。就好像一个孩子，因为被热玻璃杯烫伤了手而从此对一切小心翼翼。除了痛苦，我不知道其他事物的定义，而且除了时间之外，我也再想不到其他什么了。如果我觉得医生会回答我的问题，我就会去问他。医生相信，只要心里不想着痛苦，我们就会更加坚强。当时间纷至沓来，在我的身体上汇聚的时候，我无法阻止自己产生这样的想法——时间的长河滚滚几十亿年，为什么偏偏是现在让我遭受痛苦的压迫？

医生抬起头来，也问了我一句："你还好吧？"

"我还好。"

"我们应该站起来，否则卡莫就会冻僵。"

我们脱掉夹克，放在地板上铺平。理发师卡莫没有夹克。我们把老者放在夹克上面。医生把了把他的脉，摸了一下他的脖子。他蘸湿手指，按在那个人干裂的嘴唇上。那人咳嗽了几声，胸脯剧烈地起伏着。

我们三个人背对着墙坐成一排，看着那个老者的脸和长长的头发。他的双脚几乎碰到了门。他躺在那里，就像坟墓里的一具尸体，占据着这个牢房。我们也都被埋葬在了同样的坟墓里。新城市建立在古老城市的废墟之上，而死去的人则被埋葬在先前死去的人化成的土壤中。那古老城市的废墟和早已死去的人的尸体在我们的心灵中铭刻下了深深的印记。我们忍辱负重，这就是痛苦如此肆意地折磨我们的躯体的原因。

"他会活下来吗？"理发师卡莫问道，"如果他活不了，我们的空间就会更大一些，就像我们以前的屋子一样。这么点空间对三个人来说非常局促，现在我们有四个人。我们该怎么躺下呢？"

医生没有回答卡莫。他把手放在老者的心脏上，好像在摸一本神圣的书。他闭上眼等待着。他有一副非常安详的神情，似乎能够起死回生，消除伤痛。"他会苏醒过来的，会苏醒过来的。"他嘟哝着说。当他们把昏迷中的我带进来的时候，他是不是也像这样看着我，是不是也平静地等待着我苏醒过来？他是否仔细地聆听我的呼吸，比聆听他自己的呼吸还要小心翼翼？

我站起身来，把脸贴着格栅。对面牢房里的那个女孩也紧贴着格栅。我向她点了点头。我在她的表情里搜寻着某种变化、某种反应。我们无法说话，再小的声音也会顺着走廊产生回响，传到看守的耳朵里。我用手指着她，努力用哑语表示"你还好吗"。她端详着我，然后点了点头。她看起来很安详，似乎刚刚睡过一觉。她下嘴唇上的那抹血迹已经不见了，但是她的左眼仍然闭着。她举起左手，抬到格栅的高度，然后用食指在空中拼出几个字。"新来的库黑兰叔叔怎么样了？"她问道。她知道这个人的名字，她知道他是谁。我也像她那样在空中写出几个字。"他会活下来的，"我说，然后向她介绍自己，"我的名字是德米泰。"

在那个女孩用纤细的手指在空中写出自己名字的时候，那个老者发出了呻吟声，于是我转过身来。他睁开了眼睛，努力想辨认出自己在什么地方。他看着悬在他头顶上的医生和卡莫的脸。他观察了一会儿墙壁和天花板，用手摸了摸身下的混凝土地板。

"伊斯坦布尔？"他用粗哑的声音问道，"这里是伊斯坦布尔吗？"

他闭上眼睛睡了过去，脸上带着一种奇怪的神情，似乎透着幸福，不像一个即将昏迷过去的人的神情。

第
二
天

由医生讲述

白毛狗

"库黑兰叔叔，你觉得这间牢房就是伊斯坦布尔吗？我们现在正在地下，我们的头顶上就是街道和建筑。城市从地平线的一端一直延伸到另一端，即使天空也无法笼罩住城市的全部。在地下，东方和西方没有差别。不过，如果你注意观察地面上的风，会发现风拂动着博斯普鲁斯海峡的海面，你还可以站在小山上凝视蓝宝石色的海浪。如果你是在一艘船的甲板上，而不是在这间牢房的内部第一次看到你父亲常常讲起的伊斯坦布尔，那么，库黑兰叔叔，你一定会懂得，这座城市并不是由三堵墙和一扇铁门构成的。当人们乘着船从远方来到这个城市时，首先映入他们眼帘的就是在他们右方的被迷雾笼罩的王子群岛。你会以为大雾中的那些绰约的影子是来这里暂时憩息的飞鸟。在你的左侧是城墙，顺着整个海岸线蜿蜒开来，最终汇聚到一座灯塔处。大雾散去的时候，颜色更加五彩斑斓了。望着建筑物的圆顶和优雅的宣礼塔，你陷入沉思，那景象就好像你面对着村庄里精美的墙壁挂毯而赞叹不已。当你陶醉在这令人痴迷的景象中的时候，你想象中的一种未知的生命正在另一个世界里前行，却没有你陪伴在它的身旁；现在，一艘轮船正载着你驶向那个生命的心脏。一个人的生命就是叹息时呼出的鼻息。生命是如此匮乏，你心想。你想到了不断扩张的城市，还有在远处地平线上的城墙、高塔和圆顶，而这城市就是一片新的天空。

"在甲板上，风掀起一个女人的红色披肩，把它吹到船头前的海岸上。你消失在熙熙攘攘的人群中，穿行在铺着石块的大街小巷之间，就像那条红色披肩一样。当你在街头商贩的叫卖声中来到加拉塔广场时，你从口袋里掏出一盒烟草，并卷出一根香烟。你看着一个年老的女人沿着街缓缓而行，身后还牵着一只羊。一个年轻的男孩向她喊叫：老女人，你把绳子绕在狗的脖子上，准备把它带到哪里去？那个老女人转过身来先看了看羊，然后又望着男孩。瞎眼的孩子，你把羊当成了狗，她说。你走在老女人的身后。从对面来的一个年轻人也说：老女人，你牵着狗是要散步吗？老女人转过身来，又看了一眼羊，嘟哝着说：这不是狗，是一只羊，你是不是一大早就喝酒了？她又往前走了几步，有人对她喊道：你为什么把绳子绕到一只癞皮狗的脖子上？这时候，大街上突然空无一人，所有的喧闹声都安静下来。当驼背的老女人注意到你时，她问道：老伙计，我是不是疯了？我是不是把一只狗当作了羊？我的头脑一旦清醒过来，整个世界也跟着清醒过来，而剩下的一切只有你、我和这只可怜的动物。在那个老女人说话的时候，你看着这只被绳子套着的动物。你看到的是一只羊还是一只狗？你开始感到不安，你来到伊斯坦布尔的这天是以疑惑开始的，这会让你的一生充满疑虑。

"那个老女人拉着绳子缓步走开。你没在看她，而是看着周围的事物，看着人类所创造的一切。人们建造起高塔、雕像、广场和城墙，没有人类的意志，这些建筑是不会无缘无故地冒出来的。大海和陆地在人类诞生之前就早已存在了，但是城市的世界却是由人类创造的。你必须知道，城市出自人手，也依赖于人类，就好像花对水的依赖一样。就好像大自然的美一样，城市的美在于它的存在。奇形怪状的石头变成寺庙的门，碎裂的大理石被雕成庄严的雕塑。你觉得，在城市里，羊变成狗绝不是什么值得大惊小怪的事情。

"你漫步着，直到太阳从屋顶上落下。你从古老的街边喷泉里喝了一口凉水。当你听到狗吠声时，你抬起头，循声望去。你看到了那条红色的披肩，它正在被从加拉塔大桥吹来的风卷动着，呼啦啦地飞向大海。生命就是一场奇异的冒险。那条披肩来自大海，并将回归大海，你充满疑问，不知道一个城市里的人的归宿何在。你循着那狗叫声，缓步走向大街，你正在寻找的东西似乎就在那里。开始的时候，你借着嗅觉寻找；后来，袅袅升起的烟雾成为你的向导，带你来到更远处的一个破烂不堪的院子旁。你来到院墙旁，从墙头上窥探。三个年轻人正围坐在一团篝火前烤肉，他们喝着酒，有说有笑，其中的一个人正在轻轻地哼着一首曲子。当你看到他们身旁的羊皮和绳子的时候，你意识到，这正是那个老女人的羊；也正是这几个年轻人一整天跟在老女人身后戏弄她。老女人最终上了他们的当，放走了羊，并深信那是一只狗。三个年轻人逮住了羊，急匆匆地把它牵到这个院子里，准备他们的盛宴。"

在我讲故事的时候，库黑兰叔叔的目光一直没有离开我，并时不时地笑出声来。我模仿着那个叫德米泰的学生的样子，重复了一遍最后说的那句话："三个年轻人逮住了羊，急匆匆地把它牵到这个院子里，准备他们的盛宴。"库黑兰叔叔的笑声更大了。

"你说的没错，医生，"他说道，"可是我脑子里有个声音告诉我，这间牢房是伊斯坦布尔。我父亲以前常常谈起伊斯坦布尔，有的时候我甚至分不清真假。小的时候，我听父亲讲四面是墙的地下城市的故事，听他讲有人失踪后住在墓地，只在夜间出没的故事，可是，我从来分不清这些是他亲眼所见，还是出自《一千零一夜》。就像你说的，医生，生命就是一场奇异的冒险。两周以前，在一个边远村庄的军警驻地里，他们用黑布蒙上我的眼睛，然后带我通过一个黑暗的走廊，等我睁开双眼的时候，看到的就是父亲所说的伊斯坦布尔。"

库黑兰叔叔说话的时候，双手在空中摸索着，然后把两根手指放在嘴前，好像正夹着一根香烟。

"父亲总是在晚上用他的手借着灯光在墙上打出影子，用灵巧的手指建造着城市。他用手指描绘伊斯坦布尔，用长长的影子代表渡口，用更长的影子模仿火车，然后他用手指的影子模仿一个靠着树等待的年轻人。当他问我们这个年轻人在等待谁的时候，我们都异口同声地回答，他在等待心上人。但是他却总是别出心裁，把那个年轻人锁进地牢，扔入贼窝，只有当我们感到绝望的时候，才让他和心上人重聚。伊斯坦布尔是个广阔无边的城市，他常常说，每一座墙的后面都有一个不同的生命，每一个生命的后面都有一座不同的墙。伊斯坦布尔就像一口又深又窄的井。有的人因它的深而如痴如醉，还有的人则因它的局促而倍感压抑。接着，父亲会说，现在我给你们讲一个我亲眼所见的伊斯坦布尔的故事。在他讲故事的时候，他会用手指在墙上打出影子，带领我们走出小小的房子，来到一个陌生的城市，这座城市就诞生在灯光下，它广阔无边，包围着我们的夜晚。我是在父亲的故事里长大的，医生。我认识这扇门、这些墙壁和这个漆黑的天花板，这正是他描述的那个地方。"

"这只是你进来的第一天，库黑兰叔叔。不要那么急于下结论，还是先缓一两天再说吧。"

"医生，在你讲故事的时候，我感觉已经在这里待了很久。现在是白天还是夜晚？"

"我不知道。我们只知道有人送食物的时候就是早上。"

通常情况下，审讯官常常在夜间出勤寻找新的猎物。他们抓到新猎物的时候往往是我们能够欣然入睡，自由呼吸的时候。这可不是固定的，他们对每一个人都有不同的模式。有的时候，他们会不分昼夜地不断折磨囚犯，之后还不把囚犯送回牢房，就像他们把我带到这里的头五天那样。

"不知道今天早饭吃什么。"我说。

"你的意思是说，我们每天的饭都不一样吗？"

"当然了，面包和奶酪总是有所变化的。面包有的时候会走味，有的时候会变得酸臭。而奶酪呢，一些天发霉，一些天腐烂。厨师总为我们的饮食变换花样。"

库黑兰叔叔笑了笑。在过去的两个小时里，他一直蜷着腿，靠着墙坐着，他脸上的伤口肿胀着，浑身是瘀伤，但他的眼睛里闪着一丝光亮。他向前倾了倾身子，整了整盖住肩膀的夹克。"还有人要来吗？"他向站在格栅旁的德米泰问道。

德米泰走回来，蹲下身子，绝望地摇摇头。"如果有人来，我们会听到铁门响的。"他说。

"他们把那个女孩带走的时候，她说什么了吗？"

"她一言未发。"

库黑兰叔叔睡着的时候，他们来到对面的牢房，带走了女孩。他很担心她，因此不断向德米泰提问。

库黑兰叔叔在一个军营里被酷刑折磨了两个星期，然后被长途转运到这里。那个女孩也像他一样戴着手铐，和他一起来到这里，旅途上陪伴他们的是四个全副武装的看守。从看守的窃窃私语中他得知，他们的旅途已经有一段时间了，那个女孩来自比他更远的地方。在整个旅途中，那个女孩一言不发，鲜血在她的唇上结痂，但她从未开口吐露一丝内容。在停车休息的时候，看守递给她一些面包，但她没有碰一下，只是喝了几口水。库黑兰叔叔向她讲述关于他自己和村子的故事，那女孩静静地听着。库黑兰叔叔说："我相信你的沉默。"那女孩用表情作出回答，点了点头，表示同意。两个第一次谋面的人就这样一路陪伴着，从一个漆黑的地洞转到另一个地洞。时间在痛苦的边缘慢慢流逝，但它流逝的方式，对两个人来说却是不同的，因此他们学会了信任彼此。

"她有没有告诉你她的名字？"库黑兰叔叔问道。

"她说了，"德米泰说，"确切地说，她把名字写出来了。"

"她写了些什么？"

"希纳·塞弗达。"

"希纳·塞弗达，"库黑兰叔叔重复说，他的脸有了一丝生气，"你觉得她是个哑巴吗？或许她会说话，但却选择不说话，因为她是一个囚犯。她用手指在空中向你传递信息，可是，在旅途中，她为什么没有以同样的方式回答我的问题呢？是不是因为旁边有看守？"

库黑兰叔叔把手指放在嘴唇上，仿佛吸烟一样深深地吸了一口。然后，他缓缓地吐了一口烟，把头靠在墙上。他久久地凝视着某个地方。他的目光从一堵墙移到另一堵墙，又仔细地观察漆黑的天花板。他又把手指放在嘴唇上吸了一口。当人们在孤独的时候，就会有这样的幻想。他又吸了一口想象中的香烟，把头转过来面向我，和我对视。

他一脸严肃地模仿着从口袋里掏出烟盒的动作，并递给我和德米泰。在一瞬间，我感到有些意外，但是我没有拒绝他。我假装从他空空的手里接过烟盒，取出一张卷烟纸，并把几丝烟草包在纸里。我吸烟，却不会卷烟。我观察着库黑兰叔叔卷烟的动作并模仿他。库黑兰叔叔又一次把手伸到兜里，假装从里面掏出一盒火柴，点着我们想象中的香烟。理发师卡莫对我们的小游戏视而不见，他已经睡了好几个小时了。他蜷着膝盖，靠着墙，头耷拉在胸前。

"对我来说，最重要的问题是在哪里可以熄灭烟头，"库黑兰叔叔说，"大多数情况下，我会在墙上找一个洞，然后把烟头放在里面。如果我找不到洞，那就别无选择，只能把它们扔到地上。有一次，我在一个漆黑的牢房里醒来，我甚至看不到门在哪里，只能摸索着朝门的方向走。我把头靠在墙上，卷了一根烟，我一划着火柴，整个牢房就亮了起来。我看见了人的牙齿、颌骨，还有嵌在灰泥里的被砍掉的手指。他们用犯人的尸体抹监狱的墙。我在惊惧中触摸着墙壁，审视整个牢房。此时的我已经忘记手上的火柴还在燃烧。当我的手指被烫着的时候，我疼痛得叫出声来，并把火柴扔到地上，我的手指一直疼了两天。"

我意识到库黑兰叔叔并没有在幻想，他头脑里想的那些事情都真真切切发生过。从他的姿态和动作可以看出，他觉得他的手指间真的夹着香烟。他一边卷烟，一边把落在大腿上的零星烟草掸开；当火柴燃烧完的时候，他对着自己的指尖不断吹气。我也喜欢玩真实和虚幻的游戏，可是，尽管我在想象中和德米泰一起漫步在伊斯坦布尔的城市空间里，我的身子依然紧紧系缚在牢房里，我知道这就是我的边界。我的思想一直牢牢地攥着幻想的缰绳，我从来没有想过独自进行这个游戏。不过，库黑兰叔叔的幻觉是不容置疑的，那一切都真真切切。他独自一人的时候，也可以进行游戏，他会给监狱里的每一堵墙和漆黑的空间赋予不同的生命。当他说牢房就是伊斯坦布尔的时候，他没有开一丝玩笑。对他来说，没有什么是不真切的。他不需置身户外，他把整个世界拉到他的头脑里，就在这里超越了时间和地点。因此，这里就是伊斯坦布尔，香烟的烟雾在所有空间中弥漫。

香烟的气味越来越浓烈，在整个牢房中弥漫。我用双手扇动着空气，试图驱散烟雾。我想让自己相信我所做的都是真切的事。这种信念并不像从一个斑斓的梦中醒来的感觉。此时此刻，我们都回到了童年时代。

当我在寻找一个能熄灭烟头的地方的时候，德米泰伸出了手。"这里有烟灰缸。"他说。他把空空的手举在空中停留了一会儿，然后把那个看不见的烟灰缸放在我双腿间的地上。我熄灭了烟头，德米泰也熄灭了烟头。

"德米泰，"库黑兰叔叔带着一脸赞赏的神情说，"你的烟灰缸教会了我一种幻觉的本领，这几天我一直在苦苦寻找能熄灭烟头的地方，你解决了我的问题。"

库黑兰叔叔若有所思，他捋了捋胡须，转过头来面对着我。

"医生，"他说，"在城市里，你怎么能断定一只狗就是狗，而不是别的动物？在这里，人们能够夷平山丘，建起高楼大厦。街灯取代了月亮和星星。人们能够让事物的本质随意发生改变。在多大程度上一只狗还是狗呢？"

"在这里，存在取决于人，如果你认识了人，你就认识了所有活着的东西，也包括所有的狗。"我说。我对我的话里有多少真理表示怀疑。我还向自己提出了很多相似的问题，但是我不知道最正确的答案是什么。

"你对人能熟悉到什么程度，医生？你剖开病人的身体，检查他们的心脏和肝脏，可是，你真的就了解你的那些病人吗？在我小的时候，父亲常常就着街灯用手的影子在墙上打出伊斯坦布尔的轮廓。他说，在伊斯坦布尔，人与人是相似的，都由影子构成。他说，人们抛弃自己的一种形式，而带着另一种形式来到城市。他觉得这没有什么不妥，甚至令人激动。影子的魅力是不可抗拒的，我们无法不屈服于它的力量。在一些夜里，我的父亲会在我们敝旧的房子里给我们描述一些奇花异果，他常常让我们展开想象的翅膀。有一次，他给我们描述了一个橘子，他在一块布上向我们展示这个橘子的颜色，然后假装剥开橘子，一层层地给我们看。我们就这样围坐在一起纵情地享受着这想象中的盛宴。城市居民建造了幻觉，而我们则在这幻觉中被建造出来。我们可以在没有香烟的时候吸烟并回味它的芳香。这是否是因为我们贫穷，或者是因为我们对存在有一种不同的认识？父亲从未告诉过我们。"

我已经见证了白日梦对困顿者的重要意义。他们在充斥着消毒液气味的医院走廊里绝望地等待着。他们病入膏肓，然后很快死去。在咽下最后一口气的时候，他们似看非看地回望一下这个世界。在他们的表情中没有抱怨，只有好奇。在库黑兰叔叔身上，我看到了他们生存的欲望。

"人类是唯一对自己不满意的生命体，医生。鸟就是一只鸟，它繁殖，飞行。树木会变绿，结果。但是人却不同，他们学会了幻想，他们不满足于现存的世界，他们想从铜矿中锻炼出耳环，用石头建造宫殿，他们的目光总是转向看不见的事物。城市就是梦想的天地，我的父亲经常这样说，城市拥有无边的可能，人们不只是自然的一部分，还是它的雕刻者。人们建设、组装和创造，通过这种方式建造自己，并在制造工具的同时塑造自我。人们最初就像毫不起眼的大理石，但是在城市里，人们把自己雕刻成了一座辉煌的雕塑。这就是人们经常取笑原初的、璞玉般的自己的原因。在城市里，揶揄他者是神圣的，面对那些不同于自己的人，人们会有无比的优越感。人们努力把土壤变成混凝土，把水变成血液，把月球变成目的地，人们试图改变一切。在人们改变世界的时候，时间的速度加快，人们的欲望也随之变得不可抗拒。对人类来说，昨日已经死去，一去不复返，今日则前途未卜。狗、爱情和死亡都是不确定的。人们带着同样的怀疑和热情看待一切。我的父亲已经对这一切司空见惯，他是这个城市里的一个与众不同的人，他常常以一个陌生人的身份回到村庄。他不愿拥抱我们，他等待着，直到变回原先的样子。

"我父亲经常把这种心理比作深海潜水员对海水深度的痴迷。他把它称为城市痴迷。他只有在这种时候才喝酒。显然，最资深的饮酒者和最不可救药的梦想家同时也是水手。有一次，父亲被关在一间牢房里，并在那里经历了一场噩梦。牢房里一个年老的水手梦到他的船正在沉没，这时他醒了过来，浑身冷汗。根据他的讲述，他梦到一只白鲸在漆黑一片的海面上游弋，把大大小小的船拖向风暴的中心。每一个水手都可以在梦中看到白鲸，他们乘风破浪驱赶着它，掷出手中的鱼叉，和它奋战到生命的最后。曾经有一位在遥远的海域劈风斩浪的船长，他是唯一成功找到白鲸的人。几年前，他的一条腿被这只白鲸咬断了，因此他痛恨这只海中怪兽。当他和白鲸再次狭路相逢的时候，白鲸的狂暴让船长更加怒不可遏。最终白鲸摧毁了巨大的渔船，把船长和他的水手掀翻，让他们沉入海底。只有一名水手在这场灾难中活了下来，向人们讲述艰辛的捕鲸历程以及在怒浪中打响的最后一场战役。从那一天起，每一名水手都在睡梦中看见那只白鲸，它的出现甚至比美人鱼更加频繁。父亲用手指在我们房间的墙壁上打出白鲸的影子，为我们模仿它在波浪中上下翻腾的动作。此时，他总会说，伊斯坦布尔的水手们已经踏上了同一条不归路。那些在海面上从北向南、从东向西漂的水手会在几个月后心情沮丧、双手空空地回到大雾弥漫的港口，他们承受了生命最严厉的打击。有不计其数的水手在对白鲸的幻想中丧失了理智，把匕首插入自己的躯体，他们的夜晚被噩梦缠绕。我父亲牢房里的那个年老的水手就是其中之一。这是真的，医生，就像我父亲讲述的所有故事一样，这则故事里隐藏着秘密，但是很少有人听过。"

库黑兰叔叔深吸了一口气，直起身子，好像正准备宣布一条重要的消息。他转过身来，面对着我说道："你刚才给我们讲的那个老女人的故事，我早就听说了。我是从父亲那里听到这个故事的。我父亲一边笑一边讲，给我们描述那个把羊当作狗的老女人，给我们描述抢走了她的羊烤肉吃的那几个年轻人。"

"你父亲还活着吗？"我问道。

"我看上去有那么年轻吗？我父亲早就死了。"他说。

他抬起手，用手指摸了摸墙，仿佛是在确认墙还存在。或许他正在想，多年以前，他的父亲也曾经在这个牢房待过。他在墙上摸索着，想寻找到父亲存在的痕迹。尽管他找不到一丝证据，但是，这墙壁上有大量的痕迹能够证明我们的先辈曾经存在过。我也摸了摸墙，用手指慢慢地探索。

"库黑兰叔叔，"我说，"如果你知道那个老女人的故事，那么我也知道你讲的关于白鲸的故事。我还可以给你讲更多的故事，从船长在海上漂泊四十年寻找白鲸的踪迹开始，一直讲到唯一的水手存活下来。"

"你知道水手的故事？"

看到库黑兰叔叔一脸惊讶的样子，德米泰插嘴了。

"我也知道这个故事。"他说。

从走廊里传来一阵微弱的声音，德米泰示意我们安静下来。他蹲下身子，从门底的缝隙向外窥探。在走廊第一间屋子里值班的看守偶尔会在牢房外面巡逻，专门检查那些交头接耳的因犯。每个看守都有自己规定的任务，有的负责静静地偷听，收集情报，有的则会忽然破门而入，惩罚那些正在交谈的因犯。德米泰坐起来。"好了，他走了。"他说。

"这么说，你已经知道关于白鲸的故事了？"库黑兰叔叔问道。

"在这间牢房里，我们会向彼此讲述自己知道的故事，库黑兰叔叔。先讲故事的是我和德米泰，有的时候，我们还会把同样的故事讲两遍。我们会给你讲第三遍。"

坐在门旁的德米泰又一次示意我们安静。我们听到了细微的脚步声。看守的身影投射在格栅的铁条上，缓缓地移动着远去了。脚步声还未远去就停了下来。看守正在轮流听每一个牢房里的谈话。我们看着彼此。我和德米泰早已经习惯了这样的巡查，因此有的时候会在沉默中坐很长时间。每当看守长时间巡查的时候，我们就试着睡觉，而不是等待，这时候我们总会听到牢房门打开的声音。我们会听到有人被殴打的声音。一些因犯会求饶，另一些因犯则会抗议。只要看守们回到了他们的房间，我和德米泰就会梦想我们离开了这个地方，远走高飞。我们梦想着登上一条挂着巴拿马国旗的货船，通过伊斯坦布尔的博斯普鲁斯海峡，向黑海驶去。一阵微风拂过甲板，我们在海鸥和翻滚的波浪的陪伴下自在地航行。夜幕降临的时候，我们就会来到甲板下的休息间，和一个手上满是黑色油渍的水手一起看电视。如果节目持续两小时，我们的故事也会持续两小时。休息间和牢房一样狭小，当我们感到疲倦的时候，就会蜷起身子沉沉睡去。休息间也同样非常冰冷。

假如在我们听到看守的脚步声的那一刻理发师卡莫醒了过来，看到我们在沉默中坐着，像咖啡屋里的老男人一样陷入遐思，他会怎样做呢？或许他不想知道在他沉睡的时候发生了什么，但是，他会不会认为除了他之外，所有的人是那么令人无法容忍？他会不会想问我们，他为什么必须容忍我们？他会一言不发，也不想提什么问题。他会一脸倦色地再次把头耷拉在胸前，不断地打着瞌睡。在入睡之前，他或许还会找一个借口责备德米泰。他永久地陷在一口井里，而我们则在井的外面。他认识自己，他曾经这样说。可是我们已经变得桀骜不驯，因此我们现在必须面对自我。我们接触了太多的光，因此我们必须在这样的混乱和愚蠢中度过一生。我们都是失去希望的人。卡莫没有别的选择，只能诅咒我们，让我们自生自灭。

卡莫到这里来的时候，牢房里只有我一个人。他就像一只被关在狗窝里的猫一样小心翼翼。我问他是否受伤了，他没有回答。我向他介绍自己，但是他却向我提了一连串问题，仿佛他什么也没听懂。"你是谁？你在这个牢房里待了多久？他们为什么把我和你关在一起？"他饥肠辘辘，身上脏兮兮的，散发着恶臭。他非常迟疑地接受了我递给他的一块面包，并在伸出手去拿面包的时候用眼睛瞪着我。我们在一个错误的地点相遇了。我第一个来到这里，而他则是初来乍到。他已经做好了在沉默中长久坐着和等待的准备，他还准备随时扑向我，掐住我的喉咙让我窒息。或许这里就是一艘迷航的船的底舱，或者是一个悬崖的谷底，他已经深陷其中，无法逃脱。这里除了三面墙壁、一扇门和一个血迹斑斑的男人之外，再也没有别的什么。他想，如果他闭上眼睛，或许会在一个不同的地方醒过来，或许这个地方会在瞬间发生转变。他好奇地瞪大眼睛，试图再一次理解他自己的存在。当我们听到从外面传来的尖叫声时，他抬起了头。那回声是谁的声音？是他自己的声音吗？传出声音的那堵墙有多远？在相信自我和丧失自我之间，有一条非常细微的界线。卡莫是不是非常害怕撞在这条界线上昏厥过去？

　　意识到你不能分享痛苦是一回事，用你的身体发现痛苦则完全是另外一回事。每当我们在承受了不能忍受的痛苦后苏醒过来时，我们总会以为已经过去了几个月，甚至几年。"那是不是一瞬间？"我们常常对此迷惑不已，害怕那一刻变成永远。谈到痛苦，时间变得更加深刻，而不是更加漫长。理发师卡莫仿佛已经从自己的经历中懂得了这个道理。当他来到牢房的时候，他面目难辨，思想一片空白。生命的墙壁他已经碰了不知多少遍，他一次次地倒下。如果怀疑是一种自我防御机制的话，那么我一定懂得他这种冷冰冰的态度。

我给了他面包和水，并和他交谈。我并不像他一样对这里感到陌生。我站在鬼门关上。理发师卡莫仔细检查了墙壁上的血迹，嗅了嗅浮在空气中的死亡的气息，然后说道："一个人除了自己没有别的岛屿。"这声音是不是透着漠然？抑或绝望？无论是漠然还是绝望，我总是能找到正确的词句来消解问题。"比我们所拥有的东西更美好的，是希望。"我用手指着透过格栅照进来的光线说道，"比我们所拥有的东西更美好的，是希望。"他漠然地盯着我。他们把我关到牢房里来的那一天，我曾用这样的眼神盯着墙壁。我们的边界就是墙壁和人。

日子一天天过去了，但是理发师卡莫的不安和漠然并没有消减。他经受了向他发出召唤的所有滔天巨浪的冲洗，跨越了所有的沟堑，最终来到这里。他用怒气遮盖着一个古老的世界。

"这么说，这就是伊斯坦布尔的深度吗？"他看着天花板说道，"正像我想的那样。"

他想到了什么？当他可以选择离开时，他为什么如此迷恋这座城市？三天的时间就可以让你了解一座城市，但是要懂得一座城市必须经过三代人的时间。了解和懂得之间隔了一堵墙，清除这堵墙需要时日，并非一蹴而就。在城市之间和人之间也存在着这样的墙。如果说城市的深处黑不见底，那么人的深处也是如此。阴暗，寒冷。没有人愿意进入自己的深处认识自我。除了理发师卡莫，没有任何一个这样的人。他总是把目光转向内里。他必须通过审视自己的灵魂来探测城市的深度。"正像我想的那样。"对有些人来说，磨难是他们需要的唯一的导师。卡莫不需要三天的时间，也不需要三代人的时间来懂得这座城市，他只需要三处深深的伤口就可以做到。

另一方面，来到这座城市正是库黑兰叔叔梦寐以求的。在这里，他看到了崭新的自然，崭新的人类，这里的自然和养育了他的乡村的自然截然不同。他以诗人癫狂的语气说话，用探险家锐利的眼睛探索，以恋人炽热的心感受，他认为，他未曾亲眼看到的现实比他自己的现实更加珍贵。这就是他觉得地下生活适合他的原因，如果他曾经在地面上看到过伊斯坦布尔，他肯定会感到非常失望。城市变成了可以为人们所观赏、品味的景点，并不是每一个角落里都潜藏着危险和不幸，同时，昔日里那些令人如痴如狂的古老故事也不复存在。第一代人用浑身的能量和创造力建造起来的城市已经被欲望所取代。就像在森林里奔跑而迷途的儿童一样，人们把一切当作食物却依然感到饥饿难耐。我不能给库黑兰叔叔讲这些事情。当你身处一间牢房的时候，你应该知道什么时候保持沉默。我不能说，一个地方的美在另一个地方会荡然无存，也不能说，那众多的年轻人只是在徒然地追寻梦想中的城市。

我小的时候，伊斯坦布尔的血脉在街头搏动着，但是这血脉很快就被马路塞满，然后就是广场，再然后就是与日俱增的车辆和宏伟的建筑，直到这血脉最后从我们的生命中消失。血脉的消失或许早就开始了，只是我未曾注意。我把童年抛在身后，个子一天天地长高，城市里的建筑也一天天地升高，城市的每一个角落里都有高楼拔地而起。现在，伊斯坦布尔的街道是不是变得杂乱肮脏？在高楼大厦出现之前，我们的生活是这样肮脏吗？在过去，城市会向四面八方延伸开来，从来不会有人想到房屋会日渐增高，直到遮住天空。那些高楼大厦已经达到了高度的极限，再往上升，就会挡住整个天空。当我是个孩子的时候，我察觉到不管身处哪一条街道，只要抬起头，就可以看到天空。那个时候，城市的天际线向外延伸，就像一座座丘陵一样上下起伏，连成一片。在圆顶和塔的旁边是开阔的广场，没有一个广场被巨大的阴影所笼罩。

　　两周前，当我来到拉吉普帕萨图书馆时，它已经不再是我童年记忆中的那个醒目的地标。拉吉普帕萨图书馆曾经像一颗孤独的钻石耸立在拉雷利山上，现在它已经缩得越来越小，蜷缩在熙熙攘攘的人群中，四周是大大小小的广告牌和川流不息的汽车。图书馆的入口现在比人行道低了两米。没有路人回头看它，也没有人想知道在那扇门后面藏着些什么。我一踏进图书馆的院子就注意到，街头的繁忙和嘈杂顿然消失。我仿佛在一座古老的城市中。几百年前的大理石、雕刻精美的石块和青铜雕像是被遗忘的时代的一部分。鸟儿轻轻地扇动着翅膀，玫瑰花丛已经开始落叶，为冬天做好了准备。当我怀着惊喜的心情环顾四周，我忽然意识到，人们有权过上没有压力的生活，而且他们身处的那个地方有可能让这个目标成为现实。在凉爽舒适的图书馆里，时间以一种和在闹市中不同的方式缓缓流动。在这里，时间既不前行，也不后退，而是原地打转，仿佛受到重力的吸引。我对先前从未思考过的问题进行沉思。这个院子里的世界为什么和外面的世界如此不同？为什么一扇门能够把我们从一段时空转移到另一段时空，就好像从火中转移到水中一样？尤其是当水与火的世界相互交融时，我们可以通过一个世界的窗口观察到另一个世界，我们在一个世界中竖起耳朵仔细聆听另一个世界的声音。

我走到院子的另一侧，寻找我将要在这里见到的那个人。我拾级而上，来到阅览室。我还记得四根石柱顶起的那个小小的圆顶。青白相间的瓷砖装饰着墙面。我看着木匣子里放着的书和手写稿。我小时候在这里学习的时候，常常在读书的间隙抬起头来，让我的目光在阅览室里四处游荡。我不知道自己像这样沉思了多久。脸上的空气凉飕飕的。我忽然间想起来自己为什么在这里，我飞速地扫视了一下阅览室里的书桌。只有一张书桌旁没有人，其余的书桌都被伏案学习的学生占据了。我不知道将要与我碰面的女孩是谁。根据指令，我会认出她来，因为她会读一本关于解剖学的书。有几个人朝我的方向看，然后转过头去看着别处。我一边扫视着书桌，一边慢慢地走动，可是我要寻找的女孩却不在那里。我看了一眼挂在墙上的棕色木钟。距约定的时间已过了十分钟。是钟的时间错了，还是我迟到了？我的担心只持续了一小会儿，因为我想到了过去。钟的指针和我小时候一模一样，总是快十分钟。

我回到院子里。

在我面对着把图书馆和外面的街道隔开来的院子思忖的时候，我想到了涌入博斯普鲁斯海峡的潮水。伊斯坦布尔就像博斯普鲁斯海峡的海潮，海面上的潮水从北向南不断涌动，而海床上的洋流方向却与之相反。生命被引导到了同一个地方，却以不同的方式存在着，这些生命肩并肩地存在于不同的时代。地方像漩涡一样统治了时间，时间被卷着带到不同的地方。建筑师早于物理学家完善了时间的艺术，他们把地方建造成通道，让时间顺着通道流动，把人们从一个时代传送到另一个时代。在坐落在熙攘的人群旁的小小的图书馆里，时间朝着不同的方向流动，就好像博斯普鲁斯海峡深处的一个不可见的漩涡一样，在城市的暗流之下平静、温和地存在着。

我身旁所有女孩的发型和服饰看起来都一模一样。我一直以为，年轻人长得都很相似，而这句话用在今天则更有道理。难道是因为我已经老了？毋庸置疑，我头上日渐增多的白发就可以说明这点。我站在门廊下，向院子里看去。我看不到任何人拿着关于解剖学的书。或许她和其他年轻人一样就在这里，只是我没有注意到她。但是她能看到我，而且也能够认出我。我从夹克的口袋里取出杰克·伦敦的《海狼》，确保书的封面朝外，以便她能看到书名。有一些人朝我看来。他们是不是很想知道这个年龄大到足以当他们父亲的男人在这里做什么？我回到阅览室里，来回地踱着步，眼睛直视着那些姑娘。她们也回视我。忽然间有人站了起来，掏出枪，大声喊道："不许动，否则打死你！"几个人从院子里跑到阅览室里，用枪顶着我的脑袋。"你就是医生？你就是医生？"我没有回答，因此他们对着我的后脑一阵猛击。我摔倒在地上，《海狼》从我的手中脱落，他们一脚把它踢飞。我的耳朵嗡嗡作响，头晕目眩。

在这里，我感到时间仿佛突然凝滞了，好像一座破败不堪的钟，但是当我离开院子的时候，伊斯坦布尔的喧闹声又开始刺激我的感官。设下这个陷阱的警察包围了整个区域。一大群好奇的人站在人行道上东张西望。我是不是一个杀人犯？一名盗贼？一个强奸犯？人们你推我搡，争先恐后，想看个究竟。当警察架着我的胳膊，把我带到警车里的时候，我看着警察的脸。我是不是和他们活在同样的时间里？库黑兰叔叔的意思没错，当人们建造城市的时候，他们也在雕刻自己，仿佛他们是由大理石做成的一样。如果他看到大街上围观我的人群，他一定会沉思一会儿，然后问我："时间把城市里的这些人都变成了什么？"

我们听到了铁门的声音。我从白日幻想中苏醒过来，回到了牢房中。

"他们是不是把希纳·塞弗达带回来了？"库黑兰叔叔问。

铁门嘎吱嘎吱地慢慢打开了，我们不知道审讯官会提审哪一间囚室的囚犯，也不知道他们会把谁带走。这里的囚室太多了。打仗的士兵从来不认为自己会死，我们也不认为自己会死。我们心里所想的都一模一样——他们这一次会把一个人带出铁门，可是那个人会是谁呢？逃避这个问题的最佳方法就是想一些美好的事物。或许现在已经是早上了，面包和奶酪很快就会到的。

理发师卡莫抬起头，望着格栅。"真希望他们能快点过来。"他说。

"他们一定带来了食物，你饿了吗？"我问道。

卡莫没有回答，他没有注意到我脸上的微笑。他的全部注意力正集中在通过格栅照进来的光线上。

"你睡着了吗？"我问，"我们聊了很久。"

"你们的谈话没有打扰到我，可是狗叫声老让我醒过来。"

"狗叫声？"

"难道你没有听到？"

"没有，"我说，"这里哪来的狗？"

"你们只忙着聊天，没有注意到。那声音是从很远处传来的，隔着很多墙。"

"你一定是在做梦。"

"我能分得清梦想和现实，医生。每一次听到狗叫声，我就会睁开眼睛确认一下我还在牢房里。那狗叫声就像这间囚室一样，是实实在在的。"

库黑兰叔叔把手放到卡莫的肩膀上。"你说的对，"他说，"那狗叫声一定是从远处传来的，我们都未曾注意到。"

卡莫看了看搭在肩膀上的手，然后又看了看库黑兰叔叔的脸。"听起来很像白毛狗的叫声。白毛狗的叫声非常响亮。"

库黑兰叔叔把手拿开了。

当听到外面的谈话声时，我们都把脸转向囚室的门。

"这些就是我要带走的人。"其中的一个人说道。由于他没有说出这些人的名字，可以猜得出，他正在给看守看一张纸。

"他们都关在同一间囚室里。"看守回答说。

"哪间囚室？"

"40号。"

我们看了看彼此。我们把手放在胳肢窝下，感受最后的一丝温暖。我们在沉默中等待着。

脚步声咚咚咚地砸在混凝土地板上，好像石头一样。我们分不清来了多少人，但是比平常多很多。牢房的走廊延伸出去，没有尽头，墙壁上和我们的耳朵里到处都是审讯官的声音。我们祈愿他们会从我们的牢房前面离开，可是他们停在了门前。他们滑开铁栓，打开了灰色的门。光泻了进来。

理发师卡莫在我们面前站了起来。

看守推了他一把，大声命令道："你不要动，蠢货。其他人，都给我出来！"

由理发师卡莫讲述

墙

　　"太阳很快就要落山了，一个身披袍服的旅行者拄着一
根长长的拐杖，来到了群山环抱中的村庄。村庄被云雾所环
绕，从远处看，村里的石头房子和没有长树的花园连成一片，
就像怪石嶙峋的荒野。他首先向墙壁招手问好，然后是狗，
再然后是坐在墙的阴影下的年老的男人们。当他们问他叫
什么名字时，他回答道，我是先知。村民们邀请他到家里
做客，但是他彬彬有礼地拒绝了。村民们看到远道而来的
旅行者赤裸着双脚，脚上的皮肤皲裂，身后还拖着一条血
迹。他们强行塞给他食物，要求他接受。他只喝了几口水，
然后柔声宣布，谁相信我是先知，我就当谁的客人，吃谁
的食物。孩子们用好奇的眼神看着他，大人们则笑出声来。
旅行者一整夜待在门外。第二天早上，他再一次告诉他们，
他是先知。当村民们要求他创造奇迹时，他热切地高声说道：
能反映内心的词语就是最神圣的奇迹！不要再寻找其他奇

迹了，相信词语吧！没有人相信他的话，因此旅行者又在户外待了一夜。他只喝水，不吃东西，和狗肩并肩躺在墙壁的阴影中睡了一夜。第二天，当他开口说话的时候，孩子们加入了大人的行列，开始取笑他。旅行者安详依旧。如果墙壁会说话，拒绝相信我的你们是否会相信墙壁呢？他问道。会的，我们会的，他们异口同声地回答。旅行者是一个身披袍服的男子，他的裤子打着补丁，双脚赤裸。他身无长物，只有一根拐杖和斜挎在肩上的鞍囊。他转过身来对墙说道：喂！墙啊！告诉老人和孩子，我是先知！尽管人们都心存疑虑，但是他们都在沉默中等待着。墙开始说话了：他在说谎！这个人不是先知！"

我在这间囚室里已经多长时间了？他们带走了医生，带走了学生，带走了库黑兰叔叔，现在这里只剩下我。我孤身一人，对着墙壁说话。我坐在那里，看着对面的墙，给它讲故事，孤独地笑出声来。没有别人的时候，我过得非常愉快。我不需要理会他人的痛苦，也不需要容忍他们的胡言乱语。我了解人类的灵魂。他们都想得到真理，但是却不懂得真理。他们挥汗相争，逐利夺名，敬神奉灵。此后，他们还会相信什么呢？难道他们会相信一面会说话的墙和它说的一切？"他在说谎！这个人不是先知！"人自己不就是谎言吗？

如果此刻医生和学生正在聆听我的话，他们一定会说：

"我们知道这个故事，我们会给彼此讲自己知道的故事，我们会分享已经存在的事物。"是不是还有别的存在方式？是不是还有许多未曾讲述的故事？在这个世界上，是不是还有许多未曾说出口的话？某个春日，突然下了一阵雨，持续了好几个小时，没有人愿意到户外活动，我就给坐在理发店里的顾客讲故事，我给他们讲关于旅行者的故事。在我所有的顾客中，建筑师阿达扎笑得最厉害，他觉得山村里村民的困惑很好笑，他无法克制自己的笑声，甚至把茶水洒到了领带上。阿达扎照着镜子，同时也因为自己而笑出声来，此刻的他并不知道，这天夜里他将睁着眼彻夜不眠。他心情舒畅地离开了理发店，第二天早上又睁着布满血丝的眼睛回到这里。

"卡莫，告诉我真相吧。我整夜不断地想着这个故事。告诉我，那个旅行者是先知吗？"

我让他平静下来，坐到镶着蓝框的镜子前的椅子上。我从旁边的茶店里点了两杯茶。

"阿达扎，"我说道，"你让我解释，可是你会不会相信我所有的话呢？"

"我会的。"

茶水到了，我呷了一口，他顿了顿。

"如果我说我就是先知，你会相信我吗，阿达扎？"

他没有回答。我递给他一根烟，先点着了他的，然后又点着了我自己的。

　　"你不会相信我就是先知的,"我继续说道,"没关系,但是如果那堵墙说话了,你会相信它吗?"

　　阿达扎看着那堵墙。他端详着画里的少女塔、船和海鸥。他又审视了一番画下方的罗勒和小收音机。他把目光又转向镜子上方的旗子和海报。他已经迷失在海报上那个姑娘天真无邪的笑容中。所有的顾客看到的都是她的脸,而不是她的腿。他沉迷在图像中,仿佛他爽约了,因而失去了与她的联系,但他的脑子里却充盈着她令他一直无法忘怀的音容笑貌。假如他能够按时赴约,两人会不会从此幸福地生活在一起,住在一个遥远的地方?建筑师阿达扎把他的目光从海报上挪开,重新在蓝色边框的镜子里找到他的面庞。"谎言!"他看着自己的镜像说。他停顿了一下,猛吸了一口烟,然后朝镜子呼了一口气。当他的面庞在雾气中变得模糊不清的时候,他重复了一句:"谎言!"一滴泪顺着他的脸颊落下来。他没有再说一句话,而是从开着的门走了出去。

　　自那天起,他再也没有来过我的理发店。我觉得他找了一个新理发师。我的妻子和他的妻子是好朋友。有一天,他的妻子来到我们家,告诉我们阿达扎离家出走了,没人知道他的下落。在他离家出走之后,两个女儿相继病倒。他的妻子请求我帮她一把,让我找到阿达扎并把他带回家。我的妻子马希泽尔也极力劝我帮她一把,因此我就离开了家,去寻找他的踪迹。我来到建筑师俱乐部，在贝伊奥卢的酒吧里搜寻，在报纸上的第三版翻阅新闻，最终发现他在城墙的阴影下和一些无家可归的人混在一起。从萨拉基里奥角到库姆卡普的路蜿蜒曲折，就像鼹鼠洞一样，我找遍了每个地洞，仔细搜寻了每个暗道，向吸溜着鼻子的孩子和廉价的站街女打听消息，最终在一天夜里，在卡库尔塔冉火车站附近的城墙边的一堆火旁找到了他。那里有十几个无家可归的人，命运早已经把他们抛弃。他们身无分文，围坐在火旁轮流喝一瓶酒，其中的一个人还哼唱着阿拉伯风格的歌曲。"哦，我的命运多凄惨。"我站在一棵树下看着他们，一直保持着距离。他们继续唱着歌："世界充满了黑暗，人类的仁慈何在？"一列火车从铁轨上开过，我脚下的地在颤抖。黄色的灯光闪耀着掠过树顶消失在夜色中。等到火车的呼啸声消失之后，他们的歌也唱完了。某个人说道："喂，旅行者！和我们聊天吧，就像你昨天晚上那样说话，告诉我们发生了什么新事情。"

那个旅行者不是别人，正是建筑师阿达扎。他拄着拐杖站了起来。他披着一件黑色的袍服。和故事里的那个旅行者一样，他赤裸着双脚。他审视着每一个人，然后开口说话了。

"他们告诉我们的是假话。我们眼前的这堆火并不是由第一个使用它的人命名的。是后代给它取了名字，然后宣称人类发现了它。存在的东西已然在那里了，又何谈发现？关于第一个创造火而不是发现火的人，他们什么也没有说。只要火在燃烧并以自己的意愿熄灭，它就什么都不是。有一天，有人用火烤肉吃，然后用它为山洞供暖。这并不是发现火，而是创造火。他们没有把真相告诉我们。"

"说得很精彩，旅行者！"

"不错，旅行者！接着说，不要在意我们懂不懂你在说什么。"

"喝口酒吧，润润你的嗓子。"

建筑师阿达扎酪酊大醉，但是他记得我讲给他的每一句话。他在这里串起来的那些句子正是我在理发店里剪发的时候为了消磨时间而讲的。

"我们都是城市的牺牲品，"他接着说道，"我们要么贫穷，要么不幸福，我们常常既贫穷又不幸福。我们对怀有希望司空见惯，为了希望我们可以容忍邪恶。但是，如果我们不是今天的主人，我们怎样保障明天的到来？希望是传教者的谎言，是政治家和富人的谎言。他们用语言欺骗我们，掩盖事实。"

那些醉醺醺的人热情高涨地回应他。

"打倒希望！喝酒万岁！"

"好样的！"

"希望是人的鸦片！"

阿达扎打断了人们的呼喊声和口哨声。他问道："我的兄弟们，这座城市是活着还是已经死去？"

我想，他正在回忆他上大学的时光，他演讲的样子就好像正在面对一群年轻的起义者。他把手探到魔术师的帽子里，从里面掏出藏了很多年的词语。他怀念那革命的岁月，并因为对警察的恐惧而悔恨不已。有一次，他喝得醉醺醺地向我敞开心扉。"你可以抛弃过去，但是过去永远不会抛弃你。"他说。

那些无家可归者争吵起来。

"这座城市既死了，又活着。"

"如果有人胆敢说它活着，我就拿这个瓶子砸他的头。"

"死了！"

阿达扎兴奋不已。他说话的时候一直踮着脚，现在他重新让脚跟贴着地。

"我的无家可归的兄弟们！我说的是你们，可怜的失败者！心碎的人儿！"他说，他说话的时候越来越自信，"我们没有创造这座城市，我们都身处其中。我们也不是摧毁这座城市的人。我们已经没有退路，我们的先辈已经把船烧毁。就像第一个创造火的人一样，谁将会成为第一个创造新城市的人？谁会赋予它生命？"

"接着说，旅行者！大胆地说吧。"

"也给我们讲讲月亮的故事吧。"

"还有星星的故事。"

他们都齐刷刷地抬起了头。我从树底下走出来，也像他们一样抬起了头。满天的星星无边无垠，只有这些无家可归的人和酒鬼才有时间思考有关星星的事。

这里没有城市的灯光，夜空中闪耀着星光。在这个庞大的城市里，牙医、面包师和家庭主妇从来不抬头望一望星星，星光照在城墙的阴影里，星星在宇宙间跳动着，仿佛随时都会从天空中掉落下来。

"这真是一个漫长的夜！"

"我们还要喝酒！"

"旅行者，给我们朗诵一首浪漫的诗吧！"

朗诵一首诗？这一次我可不能呆坐在这里听他背诵糟糕的诗句。我拖着沉重的脚步走到围坐在火旁的醉汉们身边。

当建筑师阿达扎看见我的时候，他犹豫了一下，然后从他握着的酒瓶里喝了一口酒。他喝酒的样子就像刚刚找到了他一直在寻找的秘密，就像在多年的失败之后终于找到了幸福。他笑了起来。

"这就是我给你们讲的那个人，"他说道，"他就是理发师卡莫。"

所有的人都转过身来看着我。我越走近他们，便越觉得他们丑陋，也更能看清楚他们脸上的伤疤。就像垃圾堆里的老鼠一样，他们占据了这块地方，并把建筑师阿达扎吸收为他们的一员。阿达扎很高兴，他醉醺醺的，嘴巴下垂着。在一个相似的傍晚，伊斯坦布尔的天黑得更早，阿达扎看起来像现在一样高兴，我们一起去了一家酒吧。在我们两个人喝了两轮雷基酒之后，他宣布他要朗诵一下最近写的一首诗。他站在椅子上，要求屋子里的每一个人跟着他大声重复诗句。这实在是令人无法忍受。听他朗读那糟糕的诗让我心情沉重。

建筑师阿达扎站在城墙阴影下的一堆火旁，一只手拿着酒瓶，另一只手紧紧地攥着他那根长长的拐棍，努力保持着身子直立。

"卡莫，"他说道，"故事里的那个旅行者并没有说谎。他只是在演示什么是说谎。不是吗？词语是通向真理的唯一道路，旅行者想解释的就是这个道理。"

"建筑师先生，"我说，"阿达扎，该回家了。"

围坐在篝火旁的醉汉们开始挪动身子，站立起来。他们看着彼此，也看着阿达扎。

"卡莫，"建筑师阿达扎继续说道，"第一个使用火的人并没有给火命名，我们正在探求他的那个时代的真理。除了诗歌，我们还拥有什么呢？诗人不仅能够超越现实，还可以超越幻想，走进火诞生之前的时代。在大学里没有人教我们这种知识，也没有人给我们诗歌，让我们朗读。他们每一天都向我们说谎。"

建筑师阿达扎没有回到家人温暖的怀抱里，而是继续游荡，掂量着他很快就会忘记的词语。他有妻子和两个美丽的女儿，她们都爱着他。愚蠢的人总是很幸运，他们并不为拥有什么而感恩。他们还要追求什么呢？他们已经拥有了别人苦苦求索一辈子而不能获得的幸福，他们还想要什么呢？

醉汉们瞪着我，不知道我会做什么。他们邋里邋遢，面目消瘦，丑陋不堪。他们没有一个人穿着体面，也没有一个人把头发梳整齐。建筑师阿达扎现在看起来和他们一模一样。站在我面前的这个人再也不是经常到我的理发店里刮胡子的那个人了，那时的他小心翼翼地坐着，从不翘二郎腿，以免弄皱妻子给他熨平整的裤子。

"卡莫，"他说道，"你曾经说过，一个人如果对某个信念坚贞不渝，那个人就会变成魔鬼。你还记得吗？你看，我现在就是一个对某个信念坚贞不渝的人。"

是的，对某个信念坚贞不渝会把一个人变成魔鬼。一个把自己的信念看得高于他人信念的人总会高高在上地俯视其他人。他把人生的所有价值握在手里，在自己身上看到了善的源泉。这样的人相信，邪恶是他人的一部分，与自己的心灵不相干。有的时候我会用这样的话来测试我的顾客。当他们心悦诚服地表示同意或者彼此意见不一的时候，我就会悄然转向相反的立场，提出与我之前所说的话完全相反的观点。这样，在人们捍卫自己的信念的时候，我就会判断出谁是最顽强的。

"我说过这样的话吗？我不记得了。"我回答阿达扎说。

"不要因为他是一个普通的理发师而小看他，卡莫上过大学。他懂的比教授还多，而且他是最理解我的诗的那个人。"

这家伙为什么没有在喝醉酒的时候被车撞死？他妻子或许会掉一两滴眼泪，然后就会开始为自己打算新的生活，给孩子们找一个更好的爸爸。像他这样的人从来不长记性，他们在家时做出种种蠢事，离开家后也会屡屡再犯。我还是一个小孩的时候就已经知道这一点了。不管你说什么，他们总是和你对着干，并想出一些鬼把戏。他们一面对你赞赏有加，表示出极大的善意，一面把他们拙劣的诗吹得天花乱坠，强迫你接受它们。这些都是拿过大学文凭的人，他们建造城市，身居要职，指点这个国家的正义。他们总是想让你按照他们卑劣的信念活下去。

我接过理发师阿达扎递给我的酒瓶，在两个游手好闲的家伙中间坐下。他们都朝我身边挤了挤。我仔细看了看四周的人，检查那一张张脸。他们看起来都非常幸福，也同样非常疲倦，仿佛刚刚从一次沉船事件中捡回性命来到这里。他们没有过去，并把自己的当下交付给了酒。他们信仰火，信仰城墙，信仰星星。

阿达扎坐在我的身旁，把他的拐杖放在地上。当他凝视火苗的时候，眼泪充盈了他的双眼。有好几次他的身子向前倾倒。他出神地看着那跳动的火焰从黄色变成蓝色并突然消失。他就像一个在海浪中漂泊的人，后悔自己在海难中存活下来，随时准备回到那片黑暗之中，随时准备葬身海底。在这个世界上没有一根树枝可以让他抓住，他也无心寻找什么宝藏。如果他有那样的勇气，他一定会迈出最后那一步，或者如果有人轻轻地在他身后推一把，他或许会坠入大海，在汹涌的波涛下长眠。

一些人发现他不说话了，于是大声喊道："诗呢？诗在哪里？"

有一个醉汉注意到阿达扎没有回答，便举起手中的酒瓶说："我来给你朗诵一首诗吧。"他的一只眼睛失明了，另一只眼睛被火灼伤了。

"继续。"他们说。

"我想把女人写进诗歌里。"

"还有星星。"

"那就抽签决定吧。"

那个一只眼失明的人喝了一口酒说道："在你如胭脂一般红的双唇前／我不懂什么叫痛苦。"

他停了停，看着他的伙计们，以确保他们正在听他朗诵。远处传来一阵狗吠声，他继续朗诵诗歌。

"当你的黑发在风中飘舞 / 当诗歌飞向天空 / 当你没在溪流中冰凉的双腿 / 像银色的鱼一样闪闪发光 / 天拂晓了，太阳落了 / 你束起头发 / 跟着那迁徙的鸟儿离开 / 你的身后，夜的门还开着 / 你把我抛弃在溪流在岸边 / 在你如胭脂一般红的双唇前 / 我不懂什么叫痛苦。"

"就这样吗？"

"讲的是女人吗？"

"或者讲的是星星？"

"好像你懂诗歌的一切似的！"

狗吠声越来越大，所有人转过头看着声音传来的地方。几只狗穿过城墙碎石之间的裂口跑来，只有一只白毛狗无动于衷。狗飞奔着，它们的影子在月光下相互交融。它们来到醉汉们身前，拱着他们的胳膊。它们在地上翻滚或者四处跑动。它们用鼻子嗅着气味，翻出了醉汉们给它们留着的骨头。那只白毛狗在远处等待着。

那个一只眼失明的人没有注意到狗。他从手里的酒瓶里喝了一口酒，站起身来。"我去尿个尿，过会儿回来再给你们背一首诗。"他说。没有人再理会他。

我呷了一口酒，也站起身来，跟上那个起身去尿尿的一只眼失明的人。月光下的城墙向远处延伸开来，无边无际。在城市的这一侧，除了城墙、星星和火，什么都没有。当天空变得越来越开阔的时候，一个醉汉操着尖锐的嗓音唱起了歌。"夕阳西下 / 你远走他乡，把我留给了我的挚爱。"

那个一只眼失明的人走到城墙的凹处停下脚步。他步履蹒跚，挣扎着拉开拉链。我赶紧走几步跟上了他。我一把把他推进凹处，用手捂上他的嘴。随手拔出钢匕首，在空中挥舞了几遍，然后顶到他的喉咙上。他一脸懵懂，不知道发生了什么。他的眼睛睁得大大的，在满月的清辉下闪烁。他的表情更像是受挫的无奈而不是恐惧。这真的发生了，还是只是一场梦？他的脑子急速飞转，试图回想起我是谁，再搞清楚他在哪里，以及他自己是谁。如果不是因为远处传来微弱的歌声，或许他会以为自己早已经死去，现在只是在坟墓里醒来而已。他的个子矮小，还蜷缩着身子。我用身子顶着他，把他猛摔到墙上。我再一次在空中挥舞匕首。"不许喊出声，现在我要问你几个问题。"我说。我把脸移开了一些距离，把身体的重心从他身上转移开。我把手从他的嘴上拿开，但是用另一只手里的匕首指着他的眼珠。"求求你，不要杀我，你可以拿走所有我偷的东西。"他说。他浑身都是酒味，散发出一阵发霉的恶臭。我可以听到他的心跳声。"现在我要问你一个问题，你必须告诉我实话。"我说。他点了点头。"我发誓。"他说。我没有问他为什么还这样苟延残喘，也没有问他为什么不在垃圾堆里挖一座坟墓，借着他那只好眼，带着他的恶臭跳进去。我问他："你刚才朗诵的那首诗是从哪里学来的？"他的眼睛一亮，然后又黯淡下来。

"我做错什么了吗？"他结结巴巴地说。"你生下来就是错的，"我说，"回答我，你从哪里听到的这首诗？"

他本来可以直截了当地回答我的这个简单的问题，可是指着他眼珠的锋利的刀刃让他神智错乱。

"那首诗是我的小学老师教的。"他说。

这是解开他的生活踪迹之谜的答案，他告诉我的正是我想知道的。

"你在哪里上的学，是黑泉村吗？"

他一下来了精神。"是的，我来自黑泉村。我的老师来自伊斯坦布尔……"

我没有给他说完话的机会，而是掐住他的喉咙把他顶到墙上。"看你再敢提他一个字！"我说，"不要给我讲你的老师，给我讲讲你的村庄。"

他用瘦削的手指抓着我的手腕，用乞求的眼神看着我。他犯什么事儿了？他做错了什么？他的静脉扩张，额头上渗出了汗，口水顺着嘴边流下来。在他快要窒息的时候我松开了手。我代替他回答问题："通往村庄的路穿过大山，陡峭不平。村子四周总是云雾缭绕。你并不在地里种树，而是畜养牲口。你用黑色的石块建造自己的房屋。你的村庄叫黑泉村，但是那里并没有泉，你只能从井里汲水。"

我端着他的下巴往上顶，盯着他的双眼继续说道：

"村子里的墙比你更加可靠。不论阴晴昼夜，墙是不会变的。墙竖立在那里已经至少一百年了。可是你呢，你白天对着人们微笑，夜晚却把砍下的鸡腿挂在他们的门前。没有人看到你承认自己的错误，你也不知道如何道歉。你强奸、谋杀你的亲戚。你聆听着昔日的哀怨和梦想。即便整个世界毁灭了你也毫不在乎，只要你自家的墙上没有丢失一块砖。你不知道你的心里养了多少条毒蛇。"

"你说的对，"他用一种毫无生气的声音说，"看看他们都对我做了些什么！那些村民和亲戚挖出我的眼珠，把我赶出村子。"

"住嘴，我不要听你的故事。你没有资格拥有自己的故事，你只有大家的故事。故事只有一个，每个人都是生活在它里面的一部分。"

他搜遍了全身，从已经撕破的衣服口袋里掏出藏在里面的钱。他把满把的钱递给我。"给你，我每天会给你钱。"他说。我把匕首一划，血立即从他的手掌上喷出，钱掉了一地。"啊！"他喊了一声，立即把手缩了回去。

"你这个懦夫、胆小鬼！你只要一逃脱，就会变得凶残无比。你就是这样让你的老师陷入绝境的。你还没起床，他便起身下床，点燃学校里唯一一间教室里的炉火。他在黑板上画图，描绘你从未听说过的动物的样子，还给你讲大山的故事，那些大山和村子里的大山不一样。你不在乎世界是圆还是方，也不在乎地球的大部分表面是海洋还是陆地。可是，晚上的时候，他依然会督促你走到学校的院子里，指给你银河和北极星。等你回家之后，学校就变成了流浪狗的领地。然后他会把自己封闭在小小的书房里，借着昏暗的灯光写下他将会读给你的诗。他丝毫没有注意到窗外黑暗的影子。他需要时间来了解你们是一群什么样的人，在房门紧闭的屋子里过着怎样的生活。每一间房屋，每一个人，都是黑黢黢的洞穴。让他认识到这一点太残酷了。这就是为什么他最后的诗歌里充满了幻灭。你的村子名为黑泉，但却没有一眼泉水，你也是一个谎言，就像你的村庄一样。你的老师无法忍受的就是这个谎言。"

他双目圆睁，眼珠仿佛随时会从眼眶里迸出来。他咬着嘴唇，紧紧抓住我的胳膊。他开始抽泣，就像捕鼠夹里的一只老鼠一样。有谁知道他上次像这样哭是什么时候？他思考的不是自己的罪孽，而是我的刀刃。我把他紧紧地顶在墙上，抓紧他的衣领。

"不要哭了，否则我割了你的喉，"我说，"现在已经晚了。你们这些人无论做什么都晚了。你早就应该这样痛哭着祈求老师的原谅。除了将真理告诉那个倚墙而坐的老者之外，他还对你们做了些什么呢？在他讲话的时候，你睡着了，半夜醒来的时候浑身是汗。你走出门外，来到黑暗中远眺。你整夜不断地抽烟。你不想知道真理。你满足于充满谎言的生活，拒绝承认你的邪恶。你为心里有那些毒蛇感到幸福，你背叛的不只是你的老师，你背叛了你所依赖的大山。"

"你是谁？你是村里的人吗？"他用迟疑的语气问道。

"你们这些人更像什么呢？你们都是些什么样的人？"此刻我完全被激怒了，"你为什么不停下来照照自己是什么模样？老师来到你们的村庄是因为他已经受够了伊斯坦布尔，他想逃离城市的压迫。否则的话，他会丧失理智。伊斯坦布尔臃肿得像一具尸体，人们都变成了以这具尸体为食的寄生虫。他从噩梦中逃脱，来到这个村庄避难。每天夜里，他都笔耕不辍，翻译法语诗歌，用诗歌抒发自己的胸臆。可是这些村民会有什么不同？不管在哪里，人不总是一样的吗？他只是从一个噩梦走向了另一个噩梦，当他意识到这一点的时候已经晚了。城市就是一个谎言，而现在村庄也是一个谎言，他已经完全深陷在这两个谎言之间了。到处都在腐烂，在这个世界上，他已经无处可逃。"

我凑近了他的脸。我闻到了他头发的油腻味，戳了戳他脏兮兮的额头。

"这就是他曾经想牢牢抓住的希望，"我露出手指上的污垢对他说道，"那位老师是我的父亲。他最后的诗诅咒的是人性。在他写那首诗的夜晚，他来到外面凝望着天空，银河正从一个地平线流向另一个地平线。北极星在很远的地方闪耀。他不能北上，换句话说，他不能靠近北极星，因此他只能考虑南下，去往地球的最深处。这样，他就会完成他

76

最后的旅途。所有的死亡是不是都是向下的旅途？他来到村子广场上的一口井前，弯腰往下看。他把头伸了进去。井壁上布满苔藓，散发出宜人的气味。他深深地吸了一口香气，往井里扔了一块石头。石头掉下去的时候花了很长时间，直到最后击中水面传回回声。在深深的井底，到处漆黑、潮湿、神秘。世界的心脏，也就是南方，就在这井下。"

火边传来了喧闹声。我们久久未归，这开始让他们感到担心。他们大声喊着我们两个人的名字。"一只眼，你到哪里去了？理发师卡莫，你在哪里？"我把头探出来看了看。醉汉们依然在围着火喝酒，有一两个人在朝我们的方向喊叫。他们随时都会过来。《钢匕首之歌》马上就要唱起。

我转过身来，忽然看到了那只白毛狗，身子不由一歪。我撞到了一块石头上。匕首从我的手中掉落。白毛狗什么时候走得这么近？它的脸很漂亮，脖子宽宽的。它看起来不像那些躲在城墙下的流浪狗。它过来不是为了找食物。它白色的牙齿在月光中闪亮。它的耳朵尖竖着，让人想起了狼的耳朵。它粗大的脚并没有沾上尘土。它一动不动地盯着我，没有表现出任何动机。我弯下腰，捡起了匕首。我向后退了两步，背靠着墙。我想起了先前的愿望，它把我自己、匕首和追赶我的白毛狗带到了这里。

我听到了火车的轰鸣声。地面开始颤抖。铁轨的声音越来越大，就像是铁锤敲击金属的声音。咣当，咣当，咣当，咔。醉汉们随时都会过来。哐当，哐当，哐当，咔。《钢匕首之歌》马上就会唱起。在这个夜晚，每个人都将屈服于自己的命运。我把身子紧紧地贴在墙上，攥紧了手指。我不在火边的时候，建筑师阿达扎给他们讲了些什么？"不要低估他，他可不是一个简单的理发师。卡莫有一个美丽的妻子。"欲望在黑暗中蠢蠢欲动。火车喜欢铁轨。醉汉们正在传递着一瓶酒。酒瓶就是一个女人的酮体，她有着火红的双唇，汗水正顺着她的肚子流下。火车喜欢铁轨，孩子喜欢井。哐当，哐当，哐当，咔。我父亲也喜欢井。他望着黑泉村上方的群星，估摸着山风的速度，记录降雨的情况。黑泉村的井水啊！愿你能像漩涡一样旋转，吞没那些愚蠢的孩子、狡黠的老男人和狠心的女人！愿你吞没所有关着房门的房子和被砍断腿的鸡。哐当，哐当，哐当，咔。那口井是不是还会吞没我的父亲？

夜晚的欲望突然消退了。欲望就像穿过暗道的成群结队的蚂蚁；欲望曾经在这里的整个地盘上肆虐，现在终于停了下来。我感到耳朵里有一阵嗡鸣声。随着火车在黑暗中远去，我把头抬起来。我是躺在地上吗？我什么时候躺在了混凝土地板上？谎言和醉汉已经让我筋疲力尽。我的头很痛。我挣扎着坐起来，靠着墙，伸开双腿。我的脖子、后背和胸膛上满是汗水。我从塑料水瓶里喝了一口水。现在几点了？我转过头，看了看格栅。从走廊里透进来的光线刺激着我的双眼。我又喝了几口水。今天是几月几号？我已经记不清日子了。他们没有把医生或其他人带回来。当我的癫痫症发作的时候，独自待在这里应当算是理想的状况了。我不需要任何人帮助。

我看着对面的墙。墙壁上到处是划痕、字迹和血迹。许多地方的灰泥已经裂开并且脱落下来。墙壁上还有一些涂鸦，不知道是哪一个被随机关到这里的囚犯所写。"人类的荣耀！"有一处涂鸦这样写道。"绝对是一天！"另一处这样写道。"为什么会有痛苦？"还有一处写道。"为什么会有痛苦？"这是每一个到这里来的人所思考的问题。当痛苦以分裂心灵的方式分裂世界时，人们把这里当作痛苦的场所，而头顶的伊斯坦布尔则是没有痛苦的世界。这是海市蜃楼的时代！掩盖谎言的最佳方法就是编出另一个谎言。掩盖头顶世界里的痛苦的方法就是在地下世界创造痛苦。那些被关在这个冰冷的牢房里的人向往外面的人群和街道。外面的人是幸福的，因为他们能够睡在温暖的床上，远离牢房。然而在伊斯坦布尔，因绝望而窒息的人随处可见，他们不得不在早上像蛞蝓一样起床上班。头顶的房屋把根扎到地里，它们依靠的是地下牢房的墙壁，而那些房屋的主人则紧紧抓住虚假的幸福，绝不放手。这就是伊斯坦布尔能站立起来的唯一原因。

"演出的时间到了！"看守的喊声沿着走廊传来。发生了什么？铁门打开了吗？"所有人都出来，全都站到门口来！"

我不知道他们到底要做什么。

他们猛烈地砸着格栅，一个挨着一个地打开囚室的门。他们沿着走廊往前走，一直到了我的囚室门前。他们把门栓打开，光线猛地泻进牢房。我的眼睛感到刺痛，头痛也更加剧烈了。

"你，站起来！挪一挪你的屁股，到门口来！"看守离开了我，到下一个牢房去了。牢房门被打开的声音继续着。

我站起身来，走到外面。所有人在走廊里排成了一队。男人们头发卷成团，胡子拉碴，女人们脸上带着瘀青，大家对视着。看守跛到了走廊的一头又返了回来，把对面牢房的门打开。门一开，里面的那个姑娘就站了起来。希纳·塞弗达是什么时候返回牢房的？他们是不是在我晕倒的时候把她带回来了？她走到囚室的外面，站在我的面前。很显然，她已经很久没有睡觉了。不光是她的脸和脖子，就连她的手指都是浮肿的。一滴血从她的下嘴唇渗出来。她用手擦掉了血迹。

"注意啦！"我们一起看着在走廊入口处大喊的那些审讯官。审讯官有不少。他们拿着棍棒和铁链。他们卷起汗衫的袖子，一边打量着我们一边阴笑着。"你们的大佬来了，这就是你们的卫士天使！"他们从铁门的方向拖进来一双脚。他们把他扔在走廊入口处的地上。他赤裸着身子，只穿了一条黑色的内裤。我认出了库黑兰叔叔魁梧的身材。他躺在那里，就像一具被海水冲到岸边的尸体。他浑身是血，白发被染成了红色。他们是不是杀害了他，把这里当作他的坟墓？走廊里一阵骚动。我们听到了恐惧的声音。有人轻声地说："狗杂种。"有人跟着那声音重复道："狗杂种。"一名看守听到了声音，暴跳如雷，一下子冲到我们中间。"是谁说的？"他喊道。他来回跑动着，随意用他的棍棒殴打囚犯。走廊里到处是脱落的牙齿和喷出的鲜血。

两个审讯官把库黑兰叔叔的手搭到肩膀上，准备把他抬起来。"醒一醒，你这只脏狗，站起来自己走。"库黑兰叔叔还活着。我们一动不动地站在原地，他的呻吟声顺着走廊传过来，一直传到最远处的囚犯的耳朵里。库黑兰叔叔抬起了一只胳膊，伸出手来，仿佛要抓住一片空白。他的头垂着，粗壮的脖子和宽厚的肩膀显露出一丝野兽般的特质。他发出了一阵嚎叫，就像一头受伤的野兽，那声音让人的血液都要凝滞了。唾液和鼻涕顺着他的嘴流下来。他咕哝着说了一句什么，但我们没法听懂。现在的库黑兰叔叔是谁？这个痛苦地呻吟着的人是谁？他把一只脚放在地上，另一只脚在地上拖着。审讯官松开了他的胳膊，让他一只脚站着。他迟疑了一小会儿，深吸了几口气，把拖在身后的那只脚挪到前面，好让它和另一只脚站齐。他抬起头。他的脸不像一个人的脸。他的双唇肿胀，舌头垂在嘴外。他的眉毛上裂了一条口子，红肿的眼睛紧闭着。他胸膛上的伤口渗着脓水。

"好好看一看！"一个审讯官喊道，"仔细看一看我们的作品吧！谁能逃开我们的正义审判？"

库黑兰叔叔就像为了猎杀白鲸而斩风破浪的船长，与狂风暴雨展开殊死搏斗，最终却以失败告终，回到港口。就像他父亲的故事里所讲的那样，他的船被风浪摧毁，船帆被撕成碎片。但是，像船长一样，他每经历一次失败，都会幻想新的历险。当他用血迹斑斑的双脚往前走的时候，他可以听到旋风在耳旁肆虐。他把顺着鼻孔流下的血液当作咸咸的海水。这是一场没有结尾的梦。每个人都在波涛汹涌的大海里搜寻自己的白鲸，而库黑兰叔叔则在伊斯坦布尔这片大海里寻找他的白鲸。他陶醉在搜寻的快感中，不能抵御那无法抗拒的诱惑。他寻找的不是一个可以藏身的小岛，他已经从地图上划去了所有的小岛。他选择要么征服大海，要么葬身在波涛之下。他的背上刻着无数刀痕。他拖着沉重的脚步走在混凝土地上。他抬起头，仿佛听到了远处传来的一声喊叫。他试图辨认风吹来的方向。

当库黑兰叔叔在他人生最漫长的旅途上艰难跋涉的时候，希纳·塞弗达挺直身子站在我面前，紧紧地握起拳头。她像一个孩子一样眨了眨眼，慢慢地走出队列。她朝着走廊的中央走了两步。她站在库黑兰叔叔面前，像树一样笔直。他们两个之间隔着五六米远。当所有的头都转向希纳·塞弗达的时候，那些审讯官面面相觑。沉默笼罩在走廊的上空。唯一能够听到的声音，就是库黑兰叔叔身上的鲜血滴答滴答地落在混凝土地板上的声音。

"她在做什么？"

"长官，这就是他们从山里带来的那个姑娘。"

希纳·塞弗达用手擦了擦额头和脸颊，整理了一下头发。在众人好奇的目光下，她蹲了下来，像一尊大理石雕像一样跪在库黑兰叔叔的身旁。她伸出双臂，等待那个朝她走来的伤痕累累的躯体。她脚底的伤痕红肿着。她的颈部布满香烟烫过的痕迹。她不是一条在夕阳西下的时候从海浪中现身并坐在岩石上歌唱的美人鱼，而是一个遍体鳞伤的人。库黑兰叔叔能看到她吗？他那红肿的双眼能否辨认出张开双臂跪在他面前的这个姑娘？

"起来，骚货！"

希纳·塞弗达没有理会审讯官的命令。她用舌头舔去嘴唇上渗出的黑血。她把双臂张得更大了。

"让那骚货站起来！"

站在走廊边上的一个审讯官走了过来，手里挥舞着棍子。他站在希纳·塞弗达面前，把嘴里的烟头扔到地上，然后用脚把它踩灭。在他慢慢转动混凝土地板上的靴子的时候，他的眼睛紧盯着希纳·塞弗达。他冷笑了一声，露出发黄的牙齿。然后他向后退了一步，朝着她的腹部踢了一脚。

希纳·塞弗达像木头一样飞了起来，重重地摔在牢房的地板上。她犹豫了一小会儿，用双手捂着肚子慢慢站起来。她再一次跪在地上看着库黑兰叔叔。他们两人之间有一个无法穿透的空间。

审讯官用脚把地板上的烟头踢开，弯下腰把脸凑到希纳·塞弗达的跟前。她没有作出反应，因此他又直起了身子。他仍然在阴笑。他不断地摆弄着手里的警棍，好像那就是一个玩具一样，然后，他把它高高地举到空中。他就在我的正前方。我一把抓住他举起的手。他的警棍悬在空中。审讯官和我用眼神对峙着。去他妈的，他认识我吗？他是不是知道《钢匕首之歌》？我的鬓角突突地跳动着。所有人战战兢兢地站在混凝土地上，而我的脸像被大火烧一样。我的脑袋里有一个钻头在转动。他知道《钢匕首之歌》吗？去你妈的！他推了我一把，想把手挣脱开。当他意识到自己不够强壮的时候，就大声喊叫起来。

由库黑兰叔叔讲述

饿 狼

"当猎人们在陡峭的山路上小心翼翼地攀行的时候，一场突如其来的暴风雪袭击了他们。暴风雪很快把一切埋到了雪中，雪花茫茫一片，什么也看不到。黑夜降临得很早，迷途的猎人们在雪中看到了火光。他们跌跌撞撞地朝着那火光走去。他们最终来到了一间坐落在花园里的小屋前。他们敲了敲门。我们快冻僵了，让我们进去吧，他们喊道。门后有一个女人问道，你们是谁？我们是来自伊斯坦布尔的猎人，我们迷了路，需要找个地方躲一躲风雪，他们说。我丈夫不在，那个女人说，我不能让你们进来。猎人们乞求她放他们进去。如果你不开门的话，我们就会死在这里，如果你愿意的话，我们可以把我们所有的武器给你，他们央求道。寒风在呼啸着，他们能够听到远处的雪崩正在席卷而来。女人打开了门，邀请猎人们进来在炉边暖暖身子。她给他们端来了食物。猎人们从驮囊中掏出一面镜子、一把梳子和一把小刀给了那个女人。你救了我们的命，我们会永远感激你，他们说。女人感谢他们赠给她礼物，然后回到了自己的房间。猎人们在壁炉边躺下，进入了梦乡。他们睡着不久就被一阵嗖嗖的声音惊醒了。那奇怪的声音来自壁炉。火苗从一种颜色变成了另一种颜色。一束光线从烟囱里射下来，立在他们面前。一个长着绿色翅膀的仙女在光线里出现。不要害怕，仙女说，我是来这里书写命运的。我们的命运吗？他们问。不，仙女说。你们的命运在出生前就已经被写下了。我来这里是为了在另一个房间里的那个怀孕的女人。我来这里是为了书写那个她很快就要生下的孩子的命运。告诉我们那孩子的命运是什么样子的，他们说。我可以告诉你们，但是你们却没法改变它，仙女说。猎人们坚持要听。仙女微笑着将他们想知道的事告诉他们。那女人会生下一个男孩，她说，他会长成一个健康强壮的人，二十岁的时候他会娶一个他深爱的女孩为妻。但是在婚礼的那一夜，男孩会被一只狼吃掉。不，猎人们说，我们不会让这件事发生。不要和命运抗辩，仙女边说边往猎人们身上撒尘土。猎人们又睡着了。第二天早上醒来的时候，他们把梦告诉了彼此。既然他们做了同样的梦，那么这梦一定会是真的。他们把手放在枪上发誓保守秘密，并保护男孩的生命。女人一无所知。他们说，从现在起，你就是我们的妹妹了，我们还有一件事想求你。你们想要做什么，女人问。我们想来参加你的孩子的婚礼，你必须告诉我们婚礼在哪一天，他们说。在此之后，对猎人们来说，平淡无奇的二十年过去了，他们每天都在为婚礼那一夜做准备。时间终于到了，男孩婚礼的消息传到了伊斯坦布尔，他们把枪挎到了肩膀上。他们像闪电一般赶回山间小屋，多年前他们曾在那里受到款待。他们把多年来一直守口如瓶的秘密告诉那个女人。他们把带上山来的一个大衣箱摆在屋子的中央，并把新郎和新娘关在里面。他们在衣箱的四周绕了七条锁链，并在盖子上上了七把挂锁。我们谁也不会睡觉，他们宣布。为了防止不小心睡着，他们还砍下了小指。他们听着风的呼啸声一直待到天亮。只要一有动静，他们就立刻开枪。当第一缕晨光照亮天空的时候，他们发出了胜利的欢呼声。他们首先打开七把挂锁，然后解开七条锁链。但是当他们发现箱子里只有血迹斑斑的新娘一人的时候，他们不敢相信这一切。发生了什么？他们说，发生了什么？新娘语无伦次地说，我也无法理解这一切，你们刚刚把盖子合上我就变成了一只狼，吞掉了我爱着的那个男人。我不知道为什么，可是我吃掉了他。"

医生兴致勃勃地听我讲故事，他的表情不断地变化着，一会儿显得非常投入，一会儿又显得害怕。他的眼神闪烁不定。

"故事的结尾有没有让你吃惊呢，医生？"我说，"你知道吗？我碰到许多人，当他们得知在故事的结尾狼吃掉了男孩的时候，他们都大笑起来，而不是感到吃惊。"

"你可能会发现，这里的人也会大笑。"医生看着已经入睡的理发师卡莫说。他把身子稍稍前倾，对着他，把耳朵凑近，仿佛试图听卡莫的呼吸声。他等了一小会儿，然后直起身子。"我从来没有听到过这个故事，库黑兰叔叔。我喜欢猎人的故事。这个故事是你父亲给你讲的吗？"

"是的，我们的收音机坏了之后的第一天夜里，父亲就给我们讲了这个故事，他不想让我们感到无聊。"

"你们是不是很容易就感到无聊？"

"在我们村子里，每个人都可以是别人的娱乐对象，我们不知道什么是无聊。收音机改变了我们。收音机一坏，我们就无所事事；玩我们总玩的游戏，也没有什么意思。我们很想知道，在城里人感到无聊的时候，他们做些什么。"

"真是奇怪啊。"医生说。

"有一次，我父亲外出归来时带回来一个晶体管收音机。如果他到伊斯坦布尔的行程时间很短，我们就会知道，他一定是去找朋友了。可是如果他的行程时间很长，我们就会意识到，他被那些人关到伊斯坦布尔的某个牢房里去了。这一次他出去的时间很久。为了不让我们注意到他那瘦削、苍白而充满忧虑的脸，他从手提箱里掏出些小礼物送给我们，用这种办法转移我们的注意力。那天晚上，我们在收音机里收听了一个故事。一个男人爱上了一个女人，但是她拒绝了他。女人离开了伊斯坦布尔，来到巴黎，并在多年后返回。他们的生命轨迹再次相交。他们一起坐在一个茶园里，金黄的树叶飘落下来，在他们四周飞舞。男人为女人点着了香烟。他们两个就像明信片上的情侣一样面对着来来往往的船只和托普卡珀宫陷入沉思。终于，女人转过身子，直视着男人的眼睛。那男人因为爱而心醉神迷，一股炽烈的爱把他驱赶到了沙漠里。你有沙漠吗？她问道。有，男人说，你不在的时候这座城市就会变成沙漠。女人问，假如你一天早上醒来，发现我变成了一只年迈的老鼠，你会怎么做？我会对你表示同情，男人说，如果你死去，我会哀悼你。女人点着了另一根烟说，我要给你讲一个故事。她好像在考验这个男人。可是，广播节目主持人宣布今天的节目结束了，下周同一时间才能继续收听这个故事。我们必须等一个星期的时间才能知道那个女人讲了什么故事。"

　　或许是因为头痛，医生半闭着眼睛。他背对着光，不去看格栅，但却兴致勃勃地听我讲。第二周，收音机坏了。我父亲尽了全力，还是没能把它修好。他第一次在我们脸上看到了无聊的表情，他一定感到惶恐不安，因为他说，不要急，我知道故事内容。他真的知道吗？在村子里，他必须知道，而我们也必须相信他。他当着我们的面给我们继续讲述收音机里那个女人讲给男人的故事。他就像魔术师一样掰动手指，在墙上投射出那个怀孕女人和仙女的影子。就这样他一点一滴地把猎人的故事讲得栩栩如生。他给我们打出高山的影子和屋子里衣箱的影子。那天夜里，我平生第一次渴望拥有一种不同的幸福。我梦到父亲要带我到五彩斑斓的伊斯坦布尔去。后来，我问父亲那则故事是不是隐含着什么问题。你说给我看看，父亲说，故事里隐含着什么样的问题和答案？那个女人为什么要给男人讲这个故事？"

"库黑兰叔叔，"医生说，"我喜欢猜谜解谜，可是在这里，我们连谜是什么都不知道，更不用说答案了。"

"我父亲说，我们必须自己找到问题和答案。他说我们必须在第二天晚上之前找到答案。"

"你们找到了吗？"

"我母亲找到了。她是我们家里的猜谜专家。"

"给我点时间，我也要试一试，争取明天找到答案。"

"没问题，医生，在这里有什么东西会比时间更充足呢？"

把头靠在膝盖上睡觉的德米泰坐了起来。他揉了揉眼睛。很明显，他感到冷，两只手紧紧地抱在胸前。他瞟了一眼正在睡觉的理发师卡莫说："这么冷，他居然还能睡着！我羡慕他。我觉得，这里的寒冷，我是最有体会的人。"

"你睡不着吗？"我问道。

"是的，睡不着。库黑兰叔叔，我在听你讲故事，就好像看电影一样。一幅幅画面在我的眼前浮现——狂风中的深夜，在风中狂舞的雪花，窗口灯光明灭的小屋。我觉得故事最终再清楚不过了。我的意思是说，难道他们还有别的办法能够改变那个孩子的命运吗？"

"如果问题这么简单，那么答案也会非常简单。你知道答案吗？"医生问道。

"是的，我知道，医生。我觉得，他们无法改变命运。"

"为什么？如果他们把那个男孩独自放到衣箱里，他不就得救了？"

"在这种情况下，某个猎人会变成一只狼，他会把另外几个人撕成碎片，然后钻到衣箱里去。"

医生表示反对。在这种情况下，其他的猎人就会有机会把狼打死。猎人们并不只是想拯救那个孩子，他们也想和狼正面对峙。他们砍断手指，让鲜血流出。他们想用血的气味引诱狼，想让狼挑战他们。

德米泰陷入了沉思，仿佛正在考试中解答一个难题。"也给我一点时间，让我想出一个更好的答案。"他说。

医生转过身来面对着我。"库黑兰叔叔，你母亲的答案是什么？她有没有说你无法改变命运？"

"没有，她想到的是别的答案。"

"我有个答案，你们想听一听吗？"

"着什么急，医生？是你让我等到明天再说的。"

"在你们和德米泰说话的时候我一直在思考。在猎人的故事里并没有什么问题。问题并不是来自故事的内部，而是来自它的外部。那个女人实际上是想问一个关于她自己的问题。这就是她为什么要讲故事的原因，对不对？"

"不错，接着说。"

"那个女人想知道男人能为她做出多大的牺牲。她想问他的是，如果他是故事里的那个男孩，那么他是否愿意和她一起躲到箱子里去？她不想解决问题，而只是想知道那个男人是否有面对问题的勇气。"

"你的答案和我母亲的答案一模一样，医生。你读过这个故事吗？"

"不，我没读过。"

"故事有一个皆大欢喜的结尾，"我说，"据我父亲说，有些爱情之花需要时间才会开花。这就是这个故事的命运。"

"故事的命运，"医生仿佛在自言自语，他用指甲在墙上画了一条竖线，"命运是不是就像这条线？它会不会发生改变呢？等卡莫醒来的时候我会问他这个问题。库黑兰叔叔，你也应该睡一觉，休息一会儿。"

"我不困。卡莫睡得很熟。他的脸上或许没有刀痕或伤疤，但是审讯官昨天狠狠地砸了他的头。他们把他按在地上，不断地踢他。"

他们昨天把理发师卡莫拖进了牢房，不断地殴打他，而那时的我们都已经半死过去。我们忍受着剧痛，无法入睡。相比卡莫，更让我关心的是对面牢房里的希纳·塞弗达。我想知道的是，她为什么能够不顾他们的拳打脚踢挺身而出。她就那样跪在走廊中间向我张开双臂。任凭那些人怎样拳脚相向，她岿然不动，毫无惧色。当卡莫抓住审讯官的手试图保护她的时候，希纳·塞弗达和其他人一样感到吃惊。

"不，"卡莫说，"我没有抓审讯官的手，他向我进攻是因为我不小心碰到了他。"

我记得很清楚。我全身上下都是血。尽管我的双腿几乎动弹不得，就像一个死人一样，但是我依然能够看得清站在走廊两侧的那些囚犯。我还能听到声音。希纳·塞弗达在我的对面跪倒在地，向我伸出双臂。理发师卡莫一把抓住审讯官的手腕，把他甩到了墙上。气氛在尖叫和咒骂声中变得紧张万分。他们殴打了希纳·塞弗达和卡莫。我连动一动舌头的力气都没有了，我的喉咙里发出呼哧呼哧的响声。

"你搞错了，库黑兰叔叔，我没有帮那个女孩。那样做会有什么好处呢？每一个人都必须面对自己的痛苦。我有我自己的问题，我不想去干涉别人的痛苦。在这个世界上，没有任何人能够解除他人的痛苦。这一点我很清楚。我没有攻击审讯官，我也没有保护那个女孩。你怎么想，我可不在乎。"

难道他后悔自己的同情之举吗？是不是关心他人会让他感到极不自在？有的人极力规避孤独，而有的人则趋向孤独。在这间小小的牢房里，理发师卡莫正在寻找一处安身之隅。他一言不发，低着头，打量着他的两个脚尖。他的目光像地板上的蚂蚁一样四处游移着，爬上墙，寻找一个能钻进去的小洞或者裂缝，最后又重新落到他的两个脚尖上。"时间就是个婊子。"他咕哝着说。他的头不住地点着，昏昏欲睡，嘴上则像念咒语一般不断地重复着："时间就是个婊子。"

在地底深处的这间牢房里，我们的一切动作都异常缓慢，身体也变得越来越沉重。我们的思想早已适应了地上世界的节奏，但是在这里，却不得不艰难地进行调整，以适应地下的世界。对我们来说，自己的声音变得非常陌生。即便是最轻微的声响，也会让我们耳鸣。我们瘫软的手指在黑暗中不断地抽搐，仿佛这些手指不属于我们似的。最艰巨的事并不是我们无法认出他人，而是我们总是能够痛切地认识自己。我们正在经历的是什么样的噩梦？正在遭受痛苦的这具躯体的主人是谁？他还能够承受多少痛苦？时间发出恶臭，在我们眼前散开，在这里，它就是我们的宿敌。它藏身于我们的血肉之中，就像在田地里耕作的犁铧，把鲜血聚拢起来。

难道理发师卡莫说的是外面的时间，而不是这里的时间？时间这个婊子是否活在上面的世界里，人们是否可以通过一架无形的梯子找到她？在那里没有火车站，没有拥挤的渡口，没有宽阔的大道，也没有摩肩接踵行走着的人们。在那里没有路灯柱，没有桥梁，也没有塔。所有事物都蕴含着一种重大的意义。构成这个意义的一部分因素是匆忙，另一部分因素则是焦躁。每一件微小的事都可以反映出那个重大的意义。一天的工作结束之后，人们离开工作单位，拉上窗帘，情人们来到广场上约会，这一切都反映出那个重大的意义。即便雨水把城市里连日积累的尘土冲刷一净，可是当第一缕阳光出现的时候，一切又显示出那个重大的意义。在产房里，在偏僻的街道上，在深夜的酒吧里，时间滴答滴答地前进，玩弄城市的节奏。人们忘记了太阳，忘记了月亮，忘记了星星，只与时间共存。上班的时间、上学的时间、约会的时间、吃饭的时间、出去的时间。当睡觉的时间终于来临时，人们再也没有力气和欲望去思考这个世界。他们在黑暗中放纵自我。他们被一个单一的意义裹挟着前行，而这个意义隐藏在每一件事之中。这到底是一种什么样的意义？它会把我们带到哪里？人们为自己创造小小的快感，使自己不再为这些问题而焦虑重重，并坚贞不渝地追逐这种快感。他们远离生活的苦难，平静地入睡，并用这种方法来减轻他们思想的重压和情感的重负。他们对这种方法笃信不疑，直到他们内里的墙崩溃坍塌，直到他们的心被压得粉碎。当他们意识到，在瓦砾下不断跳动着的东西并不是他们的心脏，而是时间的时候，他们惶恐不安。他们别无选择。无论你是否承认，时间这个婊子来了又去了，渗透到人的皮肤下面，进入城市的静脉。

这就是理发师卡莫所相信的时间吗？他是否正是为了这种时间而低头？他叹息了一声，咒骂起来。在地下世界里，他成为存在于地上世界的那种焦虑的牺牲品。他要寻找一个与世隔绝的地方，在这里，他可以独自生存。尽管他还年轻，但是他相信，他已经走到了生命的终点，此刻他正在回顾过去，而不是瞻望未来。审讯官也很清楚这一点。"老家伙！"他们总会这样对我说，"你的秘密是否和你室友的秘密一样多？你的记忆是否和理发师卡莫的记忆一样深刻？"

当我忍受痛苦的时候，我对自己的记忆极限感到好奇。我所想的并不是我所知道的，而是我所不知道的。我想忘记的越多，我的记忆就越努力回忆起更多。有的时候我会高喊，而有的时候我会沉默。这是痛苦的极限了，我每一次都这样对自己说。然后，痛苦再一次加剧，达到了一个新的极限。发现是一种奇怪的感觉。人们也发现痛苦。当我的肉体被撕裂，我的骨骼被压碎的时候，我总是在认识新的痛苦。审讯官们常常嘲笑我。"你以为你是谁？"我被绑在一个沉重的木桩上，双臂向两边伸开。我被吊在了空中。在我的脚下是一片空白，我的头顶上方漫无边际。我就是天空中某一个固定的点，整个世界和星星围绕着我旋转。我试图通过一阵阵剧痛了解自己。审讯官们常常大笑。"我们已经放了不少血，把那些人拿去喂狗，而你和他们一样。是我们将曼苏尔·哈拉智处以磔刑。我们的历史比你们的光辉。你知不知道无政府主义者爱德华·乔利斯？他来到伊斯坦布尔，准备刺杀苏丹阿卜杜勒·哈米德二世。阿卜杜勒·哈米德二世总是到伊尔第兹清真寺做星期五祷告。从他走出清真寺到钻进轿车总是要花一分钟四十二秒的时间。无政府主义者乔利斯计算好时间，策划了一场炸弹爆炸事件。但是那个星期五，阿卜杜勒·哈米德二世在从清真寺里走出来的路上停了下来，和教长闲聊了几句。二十六个人因此丧生。无政府主义者被抓住了。你知道我们做了些什么吗？我们把钉子钉到了他的骨头里，我们把他的指甲一个个地拔了出来。我们把他当作我们的奴隶。那些无政府主义者以为他们是谁啊。在承受苦难的时候，每个人都是那么孤独。你也会痛苦嚎叫的。"

我被捆在十字桩上，双眼被蒙了起来，忘记了一切。我的耳朵在轰鸣，我会忘记自己身处何地。我能听到远处的狼嚎声。多少个日子，不，多少个星期已经过去？一天夜里，我跋涉在没膝的雪里，看见了一只狼。笼罩在哈伊马纳山上的云层已经消散，露出一颗又一颗星星。这是一个满月之夜。在森林那一边，那只狼站在高高的山顶上看着我。这是一只孤独的狼。从它的眼睛里我能够看到饥饿，那是森林里所有狼必须忍受的饥饿。我是不是它在这一片漆黑中能够发现的唯一的东西？难道它没有嗅到一只鹿或者一只兔子的气味吗？我从上衣口袋里掏出勃朗宁手枪，攥紧那冰冷的手柄。我把子弹推上膛。我知道，这里是狼的领地，狼的山头。我只是一个过路的旅行者。我必须在天亮之前赶到山背后的村庄。

我认识的一个年轻小伙子曾经被狼伤害过，他现在正在山村里的一个牧羊人家里疗伤。我不能有丝毫耽搁。我必须在天亮之前把那个小伙子从村子里转移出来。山区里有些地方的雪越来越大了，在雪中行走愈发困难。我的步伐慢了下来，踉踉跄跄。我感觉背上仿佛压着沉重的岩石，就连我的身子也异常沉重，汗水顺着我的脖子淌下来。

当我到达一块平地的时候，我停下脚步。我重新系了系靴子的鞋带，把它拉紧。我掸去衣服上的雪花。跟在我身后的狼也在等待。它的尾巴上盖着雪花。它目光尖锐，一动不动地站在山坡上。它是不是也感到在雪中跋涉很艰难？从它疲惫的身体可以看出，这个冬天它过得很艰难。它既不再往前靠近，也没有离开的意思。在我们之间有一发子弹的射程。但是我不会去伤害它。我捡起在系鞋带的时候放在地上的枪，把它放到口袋里。我把空空的手举在空中，好让狼看到。

狼把头转向天空，开始嚎叫起来。它已经做好准备，要么击溃每一个敌人，要么孤独地死去。它唯一害怕的就是饥饿。它嚎叫的回声传得很远很远，在天空和森林间回荡。在山顶上，它就像一块矗立多年的岩石，面对寒风，傲世而立。在这里没有哪只狼比这只更强壮了，也没有哪只狼的鼻息比这只狼的鼻息更粗重，更透着饥饿。每一个人都必须知道这一点，都必须向它低头。它不停地嚎叫着，那回声在雪中、在森林间、在夜空中回荡着，直冲星汉。

当狼停止嚎叫的时候，我开始嚎叫起来。我就像它刚才那样，高高地昂起头，大声嚎叫。我的喊声四处传开，划破夜空。我朝着星星张开双手。在这同一片天空下，我也存在着。我也严阵以待，要么击溃每一个敌人，要么孤独地死去。我喊叫着，直到筋疲力尽。然后我停了下来，喘了几口气。当我用双手把雪捏成球的时候，我开始怀疑自己究竟是一个与狼对峙的人，还是一只跟踪人的狼。我们两个究竟是谁在嚎叫，是谁在定义着漆黑的夜？我的鼻息散发出饥饿的气味。我的脖颈寒冷无比。这森林是我的家，抑或我只是一个过路的行人？

我抬头望着天空。我的父亲曾经说，我们在天上都有另一个生命。我们的世界有一个映像，就像照镜子一样。我们每一个人都有一个双身生活在天空的世界里。那里的人白天睡觉夜里醒来。他们在炎热中感到寒冷，在寒冷中感到炎热。在光明中，他们的眼睛什么也看不到，但是在黑暗中，却可以辨认出最远处的东西。这个世界中的男人就是那个世界中的女人，这个世界中的女人就是那个世界中的男人。在那里，他们并不珍视生命，而是把梦当作珍贵的事物。他们喜欢拥抱陌生人。他们并不会因为贫穷而感到羞耻，而是因富贵而感到羞耻。对他们来说笑就是哭，哭就是笑。人死的时候，他们会载歌载舞。小的时候，我常常凝望天空想找到我的另一个自我。我很想知道在另一个生命中我会是什么样子？此时此刻，我在黑暗中面对着森林沉思，我想知道我们在森林里是否也有另一个世界。有谁知道呢，或许我们的生命早已反映在森林之中了。这就是为什么我们会有回声。在那树丛中，每一个人都对应着一只动物。有的是瞪羚，有的是蛇。或许我是一只狼，一只野蛮、孤独、瘦弱的狼。在此刻，这只狼已经被饥饿折磨得筋疲力尽。此刻的我正在一个风雪交加的黑夜跟踪一个年老的男人。

天空像玻璃一样透亮，森林沐浴在一片海蓝色的光中。我望着山顶上的狼。它也像我一样停下来休息。它的气息渐渐地规律起来。我们绝不能耽搁时间，我们必须继续前进。我们开始向前走起来。我们在雪地上留下深深的脚印，眼睛注视着远方的地平线。我们知道，在每一个山坡之后还会有一个山坡，在每一个山坡上都会有寒风重新刮起。我们早已习惯了孤独。就像天空中的流星一样，我们今天存在着，明天就会销声匿迹。这就是为什么我们会喜欢和一个陌生人肩并肩同行。我们信任彼此所需要的一切就是月光下自己的影子。我们在返回的途中是否也会同行呢？我们是否还会走在同一片天空之下？当我到达牧羊人的家之后，我会拿上一块肉，在返回的途中放到狼的面前。这就是我加快脚步的另一个原因。

　　我从哈伊马纳山经过的时候没有长时间休息过一次，我汗流浃背地在天亮前赶到了山村。当我在村口看到牧羊人的房子时，我停下脚步，向四周望了望。整个村子都在酣睡。一缕缕轻烟从烟囱中袅袅飘出。所有的屋顶都覆盖着厚厚的雪，但是地面上有许多脚印。雪地上脚印纷沓，牛的脚印、狗的脚印和村民的脚印相互交杂。牧羊人房子的窗口闪着一丝微弱的光。他的煤气灯正在燃烧着。这是我们的信号。如果灯没有亮，我就知道有意外发生。我转过身来看了看后面。那只远远地跟在后面的狼也停了下来，正看着我。一旦闻到狗的气味，它就逡巡不前了。它就在自己的那个世界的边缘等待着。可是，没有一条狗的影子。它们也不在院子的门口。或许，刺骨的严寒已经把它们逼到了谷仓里；或许，它们回到了山下的村里。我审视雪地中的脚印，慢慢地靠近房子。我小心翼翼地观察四周，仔细分辨皮靴印中是否有士兵靴底的印记。我没有发现任何可疑的地方。我停了一下，嗅了嗅空气。我扫视了一圈对面的山坡。我怎么会知道士兵正埋伏在那里等待着我呢？我怎么会猜得出，他们前一夜就已经埋伏在那里了？唯一的线索就是，我见不到一只狗。可是这并没有引起我的怀疑。我信任窗口闪烁的灯光。我已经把我的思想全部托付给了那点灯光。我想尽早把那个受伤的小伙子带走，在天亮之前远离这里。可是我一踏进院子，我的旅途就到达了终点。当藏在墙后的士兵向我扑过来的时候，我没有丝毫机会去掏出口袋里的枪。他们把我压倒在地上，用步枪的枪托砸我的头。他们把我的手绑起来拖进屋子。

我吐出口中的鲜血，大喊起来。愤怒的泪花刺痛了我的双眼。我不敢相信，我就这么轻易地掉进了陷阱，就像一只被困住的兔子一样。我挣扎着用双脚踢翻地上的茶壶。然后我环顾四周，试图看清楚是谁背叛了我。屋子里不见牧羊人的踪影，也看不到受伤的小伙子。士兵从旁边的屋子里带来一个高个子年轻人。他们用枪指着我问道："是他吗？""是。"那个年轻人说。我想了一小会儿，记了起来。我去年和他在这间屋子里相识，并把他带到了山里，让他加入了他寻找的组织。他点着头回答士兵的问题。"他就是那个从伊斯坦布尔带材料来的人吗？""他对伊斯坦布尔了如指掌。"他指的是我。

伊斯坦布尔？他是从哪里知道消息的？我们去年认识的那个夜晚，在去山里的碰头点的途中，我曾经和他聊过天。我像往常一样谈到了伊斯坦布尔，试图得到新的消息，以他人的眼光认识这座城市。在他描述金角湾的时候，我还谈到了海湾上的桥；当他谈到宽阔的街道上的橱窗时，我提到了街道尽头的广场。因此，他猜测，我就是在伊斯坦布尔和我们的朋友接头的那个人，或者，当他们逼他供出人名的时候，我的名字是进入他脑海的第一个名字。"你说谎！"我喊道。可是没有士兵相信我。他们疯狂地殴打我，我鲜血直流。整整两个星期，他们把伊斯坦布尔的地图摊在我的面前，逼着我说出碰头人的姓名和地址，让我在地图上找到住宅区和街道的名字。他们要我说出城市的秘密。我把自己知道的信息告诉他们。我向他们描述伊斯坦布尔的那些有木房子的码头、镶嵌着玻璃的摩天大楼，还有长满南欧紫荆的花园。这些都是观看日落的最佳地点。我把那些正在快速消失的公园指给他们看，在这些公园里，尽管人群熙攘，你依然可以在工作一天之后来到这里坐下。我给他们描述夜间在远处像萤火虫一样闪烁不定的灯光。"生活在伊斯坦布尔的人正在失去对城市的信仰，"我说，"但是我信仰伊斯坦布尔。"

　　每一座城市都需要被征服，每一个时代都能创造它的征服者。我就是幻想的征服者。我信仰伊斯坦布尔，并且有许多关于她的幻想。当绝望像瘟疫一样蔓延的时候，我知道，在那里，他们需要我。他们在等待着我。我已经做好了准备，献出自己的身体，赋予伊斯坦布尔生命。痛苦就是反映我的爱的一面镜子。但让死去的人复活时，基督并没有赋予尸体生命，而是提醒人们不要忘记，他们不朽正是因为他们有不朽之躯。我也要提醒一座不朽的城市，让她不要忘记自己的不朽。如果有必要的话，我会像基督那样让自己被钉在十字架上，把整个世界的痛苦压在自己的身体上。美丽的伊斯坦布尔正在日复一日地遭到摧残，她需要我。

在那个雪夜，那只狼一直在途中陪伴着我，把它的时间和我的时间融为一体。每天夜里，给我讲故事的父亲也把他的时间和我的时间融为一体。我不能忘记我的父亲，也不能忘记那只狼。我带着这些坚定的信念来到伊斯坦布尔，迈出我生命的最后一步。我告诉那些士兵："如果你们能带我到伊斯坦布尔，我会带你们去你们想知道的地方，我会把你们想听到的秘密告诉你们。"如果我将要遭受折磨，那么我想在伊斯坦布尔遭受折磨；如果我将要死去，那么我想在伊斯坦布尔死去。

我最终来到了伊斯坦布尔的这间牢房里，这里一点都不陌生。我感到如鱼得水。牢房对我来说似乎无边无际。在那一堵墙之外就是大海，就是街道，再然后就是新的墙壁。每一堵墙都会通往一条街道，每一条街道都会通往一片大海。墙内有墙，它们就这样无穷无尽地延伸着。墙壁一侧的痛苦会变成另一侧的幸福，一侧的眼泪会变成另一侧的欢笑。悲伤、忧虑和欢喜就像相拥而眠的人儿，你贴着我，我贴着你，有的时候你无法看清楚谁是谁。在你认为死亡即将到来时，你的生命突然喷薄而发。无穷无尽却转瞬而逝。现在，我就站在这边界上。我能够感觉到我倚靠着的这堵墙后面的大海，我了解在我的面前蜿蜒不绝的街道。我仔细聆听体内的声音。和所有人一样，我笃信的是未曾看到的事物，而不是我曾经看到的事物。

当卡莫开始咳嗽的时候，我把凝视的目光从墙外拉回，让它重新落在墙的内部。我意识到自己的身体冷冰冰的。我看着医生和学生。他们的脸被遮在黑暗中，呼出的气中散发着恶臭。他们的身体像我的身体一样冷冰冰的，他们缩着肩膀，把手藏在胳肢窝下。

理发师卡莫不再咳嗽，把头从膝盖上抬了起来。他就像一个刚刚在一间陌生的房间里醒来的孩子一样审视着我们。

"你还好吧？"医生问道。

卡莫没有回答。他俯下身子捡起门边的塑料水瓶。他喝了一口水，用手背揩了揩嘴角。

我重复了一遍医生的问题。"你还好吧，卡莫？"

即便全身疼痛难忍，他也不愿意承认。他不再皱眉头，脸上的表情非常放松。

"库黑兰叔叔，"他说，"你喜欢狼吗？"

他是不是梦到了狼？他问的那只狼是不是在那个风雪交加的夜晚陪伴我走完全程的那只，抑或是在猎人的故事里吃掉年轻小伙子的那只？

"是的。"我说。

他转过脸，面对光线。他的眼一眨不眨地盯着某个点。他的脸上甚至一度露出喜悦的神情。他说："如果我是一只狼，我就会把你们全部吃掉。"

我们应该哄笑还是颤抖呢？

"你饿了，我们还留着一点面包。要不要给你吃呢？"

"即便如此，我还是要吃掉你们。"

他说话的时候脸一直对着光线。不管他梦到了什么，他下定决心要把我们吃掉。

"为什么？"我问道。

"凡事都必须有原因吗，库黑兰叔叔？如果你觉得知道了更好的话，我会告诉你为什么。你讲述的故事都是以寒冷的地方为背景。你让那里下雪，让猎人们困在暴风雪中。你让这寒风呼啸的囚室更加寒冷，你让我们身下的混凝土变成寒冰。当天冷得折胶堕指的时候，你不给我任何建议，而是把我抛给野狼。我要把你撕成碎片，然后吃掉你。"

他是否嗅到了我们身上每一个毛孔中的血腥味？鲜血已经在我们的头发、脸庞和脖子上干涸凝结。他的尖牙奇痒难忍，他是不是贪婪地觊觎我们久经折磨的血肉？我笑了笑，转向光线，就像他一样凝视着某个点。如果每一个人身体的内部都有一个黑洞洞的深渊，那么卡莫现在就在他的深渊旁边等待着。他凝视着那个无穷无尽的空洞，却只能看到黑暗，即便那里有光线。这就是他对痛苦鄙夷不屑的原因。世界和一切存在对他来说微不足道。他只是啃一小点面包，喝一小口水。他把词汇储藏在记忆中，大多数时间一言不发。

他喜欢黑暗和睡眠。他常常闭上双眼，沉浸在自己的世界里，仿佛把自己完全托付给身体内那蠢蠢欲动的东西。当他转过头来看我们的脸的时候，他总会立即注意到紧紧贴附在我们脸上的光线，并对我们表示怜悯。我们的状况让他心痛。或许他一直在问自己同样的问题：命运是不是一条蚀刻在墙上的直线？那条线是不是会被擦掉？命运会不会改变？

"库黑兰叔叔，你怎么样？"医生抚摸着我的胳膊问道，"你睡着了……"

是吗？我也不知道在我的脑袋里发生了些什么。

"啊，我刚才在想伊斯坦布尔，我们头顶上的伊斯坦布尔。"

"伊斯坦布尔？"

每当我忘记自己在想什么，或者，每当我想改变话题的时候，伊斯坦布尔总是第一个蹦到我脑子里的词。

"等我出去的时候，"我说，"我要做的第一件事就是在加拉塔大桥上散步。我会站在钓鱼的人身旁凝望博斯普鲁斯海峡。然后，我会开始寻找我的双身，我的双身在那里过着另一种生活。"

"你的双身？"医生问道。

"什么意思？另一种生活？"大学生德米泰问道。

"如果我出生在这个城市，我将过着一种什么样的生活？"我说，"我在这里能够找到这个问题的答案，因为我的双身就在这里生存。你们说你们总是讲一些自己已经知道的故事。这个故事是你们不知道的。"

他们兴致盎然地看着我。

"我们不知道什么？"他们问道。

"你们知道我，知道伊斯坦布尔，也知道痛苦。在这三者之间存在着缝隙。"

"告诉我们吧，我们都想知道。"

"我会告诉你们的，"我说，"在我们的小村庄里，我的父亲经常指着夜空给我们看。他常常说，我们都在那里有一个生命。在那里，我们的生命有镜像，我们每个人都有一个双身生活在那里。我常常在半夜起床，凝视窗外的天空。我经常想，作为我的双身的那个孩子正在做什么？每当父亲离开我们到城里去的时候，我总是长时间地观察天空。那时，我觉得，他从城里带回来的那些伊斯坦布尔的故事都属于我们的另一个生命。或许伊斯坦布尔就是天上的那座城市，在那里生活着我们的影子。我父亲经常到那里去看我们的双身。他爱着一个长得非常像我的女孩，并讲给她许多关于村庄的故事。住在伊斯坦布尔的那个女孩仿佛就是我自己，因为她总是在做我梦到的事情。有一天，我忽然想，如果我在伊斯坦布尔有一个镜像，那么我一定就是她在村庄里的对应者。她也想了解我。我一意识到这一点，就开始为那个孩子生存。我试着做她在城市里不能做的事情——到河里抓鱼，到山上摘黑刺李。我把受伤的动物的伤口裹上，为年迈的女士们扛起沉重的袋子。我觉得每一个人都在为其他人而生存，因此我负有双倍的责任。我得记着，我大笑不止的时候她在哭泣，我哭泣的时候她大笑不止。我们让彼此完整。我是一个男孩，而她是一个女孩。现在我将会给你们讲那个女孩的故事。你们会喜欢这个故事吗？"

"会的，给我们讲吧。"

"我们先喝一杯茶吧，我们都口干舌燥了。"

我俯下身子，举起手，仿佛拎着一个茶壶，然后把茶叶倒到我们看不见的玻璃茶杯里。我用指尖捏着茶杯，仿佛它们是滚烫的杯子。我给他们每个人递了一杯茶，然后又递给他们一块糖。茶叶的味道浓郁芬芳。我慢慢搅动着，他们也慢慢地搅动着。当我看到大学生德米泰搅动茶叶的速度过快的时候，我还示意他慢下来。勺子碰撞玻璃杯的叮当声或许会沿着走廊传下去，传到看守的耳边。德米泰微笑着。是生命发现了那微笑、那茶水，以及这里的故事。

由大学生德米泰讲述

夜里的灯光

"那是在战争期间。战争的故事都非常长，不过我会讲
得简短一些。有一个军事行动分队遭遇了一系列冲突，仗打
了好几天，所有人都精疲力尽。他们耗光了储备物资，失
去了和后方的联系。为了撤退到一个安全的地点，他们四
处搜寻。他们在黑暗中一连行军好几个小时后终于到达了
一个高原。他们喝池塘里的水，摘树丛里的黑莓吃。他们
不能猎杀鹿，因为这样太冒险，枪声会暴露他们的藏身之
所。在小憩片刻之后，他们开始攀登一座陡峭的山。他们
在夜间行军，白日里则躲藏在岩石中间睡觉。他们从不点
火，总是把抓来的蛇或蜥蜴生吞活吃。如果他们不吃这些，
在他们当中就会有不止一个人为了吃一顿饭而向敌军投降。
整个军队的行军路线不是已经布置好了吗？他们将和谁会
师？他们将怎样会师？他们没有发现任何信号，不能贸然
进入村庄询问。整个地区都处在敌军的控制之下。这是一

个很长的故事，不过我会讲得简短一些。他们的人数日渐减少，三天之后，他们到达了另一座山的山顶，在阳光底下精疲力尽地躺倒并睡着了。夜幕降临的时候，他们找到了水源并开始洗漱。他们感到身体渐渐复原，想努力搞清楚自己身处何处。一个镶着金牙的士兵指着下面的山谷说，他出生的村庄就在那里。他们就像迷途的孩子一样站在黑暗中，一边顺着他手指的方向看去，一边大口大口地喘着气。村子里的灯光像萤火虫一样闪烁明灭。那个镶着金牙的士兵说，他可以到村里去，带一些吃的回来。指挥官表示反对，他说这样可能会被抓住并被敌人打死。那个镶着金牙的士兵说，我们已经在鬼门关上了，如果我成功的话，我不会只带着食物回来，我还会带回来兄弟们的消息以及敌人的情报。所有的人都支持他的决定。那个士兵告别了他的同伴们，来到山谷里，消失在黑暗中。天空变换了三次颜色，从蓝黑色最终变成火红色。天拂晓的时候，那个镶着金牙的士兵出现在两块岩石的缝隙中，他的背上还背着一个大旅行包。同伴们迫不及待地向他提问。他说，坐下，我有一些事要告诉你们。他把大旅行包从背上卸下来。村子里敌军遍布，他说道。他们并不像我这样熟悉我的村庄，我趁他们没有注意悄悄溜了进去，来到我的房子前。我敲了敲门。我老婆打开了门。她一看到我几乎尖叫起来，但是我用手捂住了她的嘴，让她平静下来。好吧，接下来发生了什么呢？那个提出问题的镶着金牙的士兵把手探到大旅行包里取出一块奶酪。好吧，他说，谁要是猜到了接下来发生了什么，就会得到这块奶酪。士兵们的口中因为多日的饥饿而散发出恶臭，他们争先恐后地回答问题。你打探到了敌军的人数，其中一个说。你询问了我军的藏身处，另一个人说。正当士兵们开始一个接一个回答的时候，坐在队伍后面的一个来自伊斯坦布尔的士兵举起手说，你当场干了你的老婆。镶着金牙的士兵大笑着把奶酪抛给他。感到出乎意料的士兵们大声喊叫着，哄堂大笑。镶着金牙的士兵从大旅行包里拿出一块馅饼。谁要是猜出下面发生了什么，我就把这个给他，他说。这一次你真的打探了我军的情况，一个士兵说。你问了你的孩子的情况，另一个说。坐在后面的那个来自伊斯坦布尔的士兵又举起手。像他这样的人，无论在学校，还是在军队，永远坐在后排。你又干了你老婆一次，他说。镶着金牙的士兵大笑着，把馅饼递给了他。镶着金牙的士兵从旅行包里取出一块炸鸡在空中挥了挥。谁要是猜出我接下来干了什么，就把这块鸡肉给他，他说。你又干了她，所有的士兵异口同声地回答，仿佛他们正在进行早操训练。镶着金牙的士兵大笑不已。不，他说，接下来我脱掉了靴子。

"不，他说，接下来我脱掉了靴子。"我重复道。

我用手捂着嘴大笑不已。医生和库黑兰叔叔也开怀大笑，他们的肩膀一上一下地抖动着。我们无声地笑着，但四周的墙壁随着我们抽搐的身体震颤。我们就像藏身在秘密的角落里的淘气孩子一样，在大人们看不到的地方大声笑着。我们的嘴大张着，兴高采烈地看着彼此。知道怎么样让一个人发笑是了解这个人的一个途径。另一方面，我们了解理发师卡莫，因为我们知道什么不会让他发笑。他阴沉着脸，表情木然地看着我们，对我们觉得好玩的事情置若罔闻。

等我们稍微平静一点的时候，我说："我们笑得太多了，我不知道会不会有什么不祥的事情发生。"

"不祥的事情？"医生说道，"在这里，会有什么不祥的事情降临在我们身上？"

我们又开始大笑。人们只有在喝醉酒或者开怀大笑的时候，才会忘记未来，对生活耸耸肩膀表示不屑。正如一个人在经受痛苦的时候时间会停滞下来一样，在他大笑的时候，时间也会停滞下来。过去和现在被擦掉，只有那无休止的瞬间继续存在。

我们几个笑累了，逐渐平静下来。我们把眼泪从脸上擦掉。

"我知道那个关于士兵的故事，"库黑兰叔叔说，"但是据我所知，故事里并没有从伊斯坦布尔来的人，故事的背景是在俄国。"

医生替我回答。"在这里，所有的故事都是伊斯坦布尔的财产。"他说。

"你不满足于讲述一些你已经知道的故事，而是把它们加以改编，把它们塑造成你想要的形式。"

"你父亲不也这样做了吗，库黑兰叔叔？难道他没有把那些追赶白鲸的伊斯坦布尔水手抛到海中？难道他没有把狼故事中的那些猎人一路带到伊斯坦布尔来？"

医生和库黑兰叔叔聚精会神地讨论着士兵、猎人和水手。他们谈到了令库姆卡普的古老渔村毁灭的海边小路，他们谈到了博斯普鲁斯海峡沿岸的那些日益减少的南欧紫荆，他们谈到了建筑家锡南设计的、有四百年历史的、古老的清真寺，这座清真寺后来被拆掉了。他们还谈到了一千年前的一次地震，这次地震使离海岸最近的一座小岛沉入海中，就像亚特兰蒂斯岛一样。他们问道："伊斯坦布尔也是一座岛吗？"

根据医生的说法，伊斯坦布尔是一座岛，它已经因为各种罪恶而变得肥胖臃肿，必将在未来的某一天彻底毁灭。这里的罪恶并不是一成不变的，而是不断地在变化。这就是为什么这个城市并不是一个为人所知的地方，而是一个需要人们日复一日逐渐了解的地方。她的神秘不断地刺激着她对变化的渴求，煽动着她对未来的渴望。当今天变得模糊不清时，真理也会变得模糊不清，并且把它的位置让给各种象征物。高楼取代了高山，装点着鲜花的阳台取代了海岸。就连爱也变成一个贪得无厌的、全身潮湿的、毛茸茸的动物，它总是在不断地寻找着新的体验。

库黑兰叔叔表示反对，他和医生争辩说，象征物比真理更真实。在这个世界上，真的没有自由意志，因此人们没有责任发现自己的存在，但是却有责任把存在变成现实。在我们存在之前，高山就已经是高山了，正像在我们来到这里之前树木就已经是树木一样。可是，城市是不是也是这样子呢？钢筋、电和电话也是这样子吗？那些从噪音中创造音乐，从数字中创造数学的人创造了一个新的宇宙，也创造了这座城市。他们越远离外部自然就越靠近自己的本质。他们不相信山峰，而相信鳞次栉比、高可参天的屋顶；他们不相信河流湖泊，而相信熙熙攘攘的街道；他们不相信满天星辰，而相信无所不在的灯光。

我相信的是哪一个呢，是满天星辰还是城市里的灯光？当我上个月在我藏身的希沙卢楚的房子里从窗户向外看的时候，我就在思考这个问题。我想搞清楚星星在哪里结束，城市的灯光从哪里开始。我读书疲倦，休息了片刻，此时我茫然若失，陷入沉思，迷失在银河和我的幻想中。那一刻，我很想知道，在我眼帘中的那些闪烁不定的东西是不是就是银河？

刚开始的那几天，我并不是一个人待在希沙卢楚的房子里。雅诗敏女士和我在一起。我不知道她的真名，她也只知道我的另一个名字，虞苏夫。我们是在塔克西姆的格兹公园碰面的。在此之前，我们从未谋面，根据任务简报上的描述，我认出了她——她的脖子上围着一条绿色的围巾。她也认出了我，因为我手里拿着一本体育杂志。她看起来比我大五到六岁。

"虞苏夫，"当我们抵达那间房子的时候，她说，"我们要在这里待上几天。邻居们认识我，如果有人问起，我们就说我们是姐弟。不过尽量不要让任何人看到你。"

这是一个只有一间屋子的简陋棚屋，门口有一个小小的洗手间，我们所住的屋子同时是厨房，屋里放了一个炉子。

睡觉的时候，我们轮流到洗手间里去换衣服。我们睡在两个分开的躺椅上。不久，我闻到了火柴燃烧的气味。我醒了过来，半睁开眼睛。我看到雅诗敏女士正坐在窗边，手里拿着一根烟，若有所思地望着窗外。

"睡不着吗？"我说。

"我们没能和一个朋友联络上。昨天两次约会，他都没有来。我在想他是不是出事了。"

"他知道这个房子吗？"在我还没有反应过来的时候，问题就已经脱口而出。

"如果他被捕，他能够说出的只有一个地址，而昨天夜里我们已经从那里撤出了。他不知道这个房子。"

"我只是问一问。"

"即使你担心，我也不会怪你的，虞苏夫。"

我下了床，来到她身旁，坐在桌子对面的椅子上。我也点燃了一根烟。

"雅诗敏女士，"我说道，我尽量掩盖自己的焦虑，不让她看出来，"你以前被捕过吗？"

"没有，你呢？"

"我也没有。"

房子坐落在山坡上。摇摇欲坠的棚屋顺着小山一直延伸到下面。路灯一直延伸到海边，路灯的灯光和在博斯普鲁斯海峡航行的船里露出来的灯光交织在一起。这里是伊斯坦布尔最美丽的海岸线。在这里，没有奢华的别墅和摩天大楼，伊斯坦布尔用一座座狭小的棚屋尽情地展示着她的热情。

我们沏了一壶茶，一直坐到天亮。我们没有谈论政治，而是谈论书和梦。我非常羡慕雅诗敏女士能记得那么多诗歌。只要我说一个词，她就能背出包含那个词的诗句。当我说"大海"，她便低声地吟诵："哦，自由的人儿！你必须永远拥抱大海。"当我说"时钟"，她回答道："时钟！你这个咄咄逼人的、像岩石一般没有表情的神！"她像一个优等生那样笑着。我们关掉了灯。在街灯下，她的脸上闪烁着一点光辉。夜快结束的时候，大雾笼罩在黎明的红光上。我们回到各自的床上。我们睡着了，不再理会那些海鸥和麻雀的叫声。

中午时分，雅诗敏女士到外面去了一趟。天黑的时候，她回来了，手里还提着一袋食物。

"还没有失踪的朋友的消息，虞苏夫。明天我要到城外去。我最晚三天回来。"

"我该做什么？"

"我给你带了一些吃的。如果第三天夜里我还没有回来，就把房子清空。不要在这里留下任何东西，否则你会留下暴露你身份的线索。"

雅诗敏女士在炉子上烧了一壶水，走到洗手间里去洗漱了。从洗手间里出来的时候，她穿上了一条宽松的裤子。

当她看到我坐在桌子旁正在缝补夹克上的裂口的时候，她问道："你会缝衣服吗？"

"不会。"我说。

"给我吧，我给你缝。我耳环上的钩子掉下来了，你帮我装回去吧。"

我从她手里接过两只琥珀耳环。我仔细对比，想搞清楚怎样修好那只钩子掉了的耳环。我用小刀慢慢地撬动耳环，以免把它弄坏。

在雅诗敏女士缝补我夹克上的裂口的时候，她抬起头问道："你喜欢手工活吗？"

"不太喜欢，你呢？"

"我以前是个裁缝，我喜欢触碰布料的感觉，也喜欢裁剪布料。我的裤子和裙子都是自己做的。"

我看着她挂在墙上的裙子。裙子的腰很低，裙摆和膝盖齐平，腰部还有一条带子。裙子上印着的花纹和她的耳环非常般配。

"站起来，穿上夹克试试看。"她说。

我穿上夹克，前后左右动了动胳膊。

"你缝得真好。"我说。

雅诗敏女士走到我跟前，整了整发皱的夹克领子。

"嗯，你有很多时间可以支配。在我回来之前你可以熨熨衣服。"

"遵命。"我笑着说。

"这不是命令，这是个愿望。"

她的头发是湿的。她身上有一种刚刚洗过澡的清新味儿，闻起来像玫瑰。她缓缓地走回去，从炉子上拎起茶壶，倒满了茶杯。

她喜欢说话。她给我讲她生长的地方的棚屋，也给我讲她在棚屋里透过窗户看到的世界。她又一次背诵了一些诗句，这些诗句里包含我说过的每一个词。她给窗台上的天竺葵浇了水。两盆天竺葵中的一盆开着花，而另一盆已经凋零。她说，等她回来的时候，她还会给花园里的那些花浇水。那些花包括紫茉莉、夹竹桃和玫瑰。在我们谈话的时候，词语和花朵之间的黑夜渐渐渗出，流逝，就像水从一个有裂纹的瓶子里渐渐流出。我们没有注意到，天已经放亮，星星已经消隐。

没过多久，我被雨声惊醒。她已经不在床上，而是悄悄地出门去了。

我坐在窗边，点了一支烟。

一场暴风雨在窗外酝酿着。狂暴的风在嚎叫。伊斯坦布尔的海神秘莫测。海面上转瞬间怒涛汹涌，白天变成黑夜。天上的云变得乌黑一片，仿佛一幅油画。在博斯普鲁斯海峡的海面上，巨浪肆意地抛起一艘轮船，把它掷向海岸。那艘船到处乱撞，发出求救信号。它随时会沉入海底，被巨浪吞没。刺耳的警报声和雨声、风声、波浪声交杂在一起。当所有的船员抬起头看着天空祈求保佑的时候，或许海岸上的那些醉汉、乞丐和正准备自杀的人正在盼望船早日到来，把他们从岩石上接到船上，然后沉入海中，如果这就是船的意愿的话。与船一起沉入海中是离开这个世界的最好的办法。大海一遍遍地扬起响鞭抽动着，巨浪愤怒地翻滚着。海浪就像桀骜不驯的野马一样直立起来。雅诗敏女士挑选了最好的出行日。要么是她挑选这样的日子，要么就是狂风暴雨在等待着她出行，等待着船到达博斯普鲁斯海峡。狂风把花园里的紫茉莉、夹竹桃和玫瑰最后的花瓣吹得四散，大街上空荡荡的。狗和无家可归的人躲在摇摇欲坠的建筑废墟下。贫穷而又奢华的伊斯坦布尔让人晕眩，这座城市正张开双臂等待着。而此刻，船员们一会儿祈祷，一会儿诅咒那掌管风暴的海神，他们看到的大海是一片墓地。当每一条大道都被堵死，应当坦然接受命运，还是诅咒命运？狂烈的风暴总是能激起这样的争论。可是，当窗台上的一株紫红色天竺葵凋落时，其他的花却在绽放，就在这同一片天空之下，同一片水域之中。

这时我注意到了那只琥珀耳环。它躺在两个花盆之间，没有受到窗外风雨的玷污。这就是我前一晚修好的那只耳环。另一只耳环呢？我找遍了所有地方——躺椅上，前门旁。我在洗手间的镜子前瞟了一眼，想看看雅诗敏女士在收拾行装的时候是不是把另一只耳环忘在了那里。她走的时候竟然那么匆忙吗？

我坐在躺椅上，用指尖捏着那只耳环，举到空中。一个半透明的金色葡萄状吊坠在银色的钩子上晃来晃去。在耳环古老的深处有光线和螺纹在转动。耳环里面有橘色和棕色的波浪微微起伏。我端详着这只曾挂在女人耳朵上，曾陈列在商店橱窗里很多年的琥珀耳环，仿佛我从来没有见到过耳环。我们的大脑是如何进行选择的？一个人是在什么时候认识到物体的存在的？

就像我从来没有注意到耳环一样，或许我曾经和雅诗敏女士同行在一条街道上，却没有注意到她。或许那也是一个下雨的日子。人们蜷缩在伞下，沿着华丽高大的建筑急匆匆地前行，从站在过道口卖艺的女孩身旁掠过。有些人会想起把自己抛弃的恋人，而有些人则会因为孩子不服管教而感到绝望。所有的人都说着同样的语言，但是没有人能够懂得其他人。每一个人的头脑里都居住着其他人的头脑。天下雨的时候，伊斯坦布尔变成了一个茂密的森林，到处都是裸露的树木。所有的人都惊慌失措，每一个房子、每一条街道、每一张脸都是那么相像。我经过头发被雨淋湿的雅诗敏女士身旁，匆匆忙忙地行走，以便能够准时和她碰头。我戴上连帽羊毛大衣上的帽子，遮住额头，急匆匆地往前走。如果她不慎掉落了一只耳环却丝毫没有察觉，如果我在脚边的水洼中捡起那只琥珀耳环，如果我驻足片刻，仔细观察沾满雨水的手和吞没雅诗敏女士的灰色人群，那么，伊斯坦布尔会不会因我而发生变化呢？那只耳环会不会让我心中荡起从未有过的喜悦呢？

伊斯坦布尔的一个令人不解的地方就是，她更喜欢问题，而不是答案。她能够把幸福变成噩梦，也能够把噩梦变成幸福。她能够把充满喜悦的黎明变成失去希望的黑夜。她从动荡中汲取力量。人们把这称为城市的命运。一条街上的天堂和另一条街上的地狱会突然易位，就像在国王和乞丐的故事里那样。国王想寻找一点乐趣，开心一下，他命人把在街头打瞌睡的乞丐带到王宫里来。当乞丐醒来的时候，每一个人都尊称他为国王，在他前后服侍着。等乞丐的惊异逐渐消失之后，他开始相信自己真的就是国王。他觉得他的另一个贫穷的生命只是一场梦而已。当夜晚降临，他进入甜美的梦乡时，他们又把他搬到宫外。当他睁开双眼的时候，他发现自己又回到了街道上，四周都是垃圾。他无法理解哪个是真，哪个是梦。这个游戏一连持续了好几个夜晚。当乞丐头一天醒来的时候，他在宫殿里；而当第二天他醒来的时候，却又回到了街道上。每一次，他都相信他的另一个生命只是一场梦。谁敢说故事变得越来越陈旧，不能到城市里来呢？那个国王和那名乞丐不正是来自伊斯坦布尔吗？他们一个从别人的凄惨命运中寻求快乐，而另一个则在真相和幻象这两个极端之间摇摆，寻找自己的生命。此时此刻，在雨中奔波的人们是否知道，他们明天早上醒来会是什么样子？

伊斯坦布尔既是自己，又不是自己。同样，这只耳环并不是一只耳环。它拥有一段自己的历史。雅诗敏女士买下这只耳环是因为她喜欢它，而且觉得它非常适合她。然后她把它给了我，让我修理，因此就把我添加到了它的历史中。在这个金色的琥珀耳环内部，有一段故事和一个美丽的人的梦想。

我回到窗台前，又向外望了一眼。海面平静了下来，海浪不再肆虐。刚才那艘在海浪中挣扎着发出求救信号的船在哪里呢？它是否已经回到了原来的航线上，或者已经葬身海底？雨停了。狗又回到了大街上。一个男人正在沿着一排排房子漫不经心地散步。他没有披大衣，也没有举伞。

他没有注意到脚下的水洼。他停下来一小会儿，转过头来看着房子。光线不足，我无法看清他的脸庞，但是我能想象到他有多么疲倦和饥饿。他决定不再继续前行，而是转过身来。他加快了脚步，仿佛忘记了什么东西，要赶回去找到它。

我沏了一壶茶，吃了早餐，尽管时间已经不早。我看着墙上唯一的书架上的一排书，从中挑选了两本。一本书是《世界诗歌选集》，另一本书是《麦麦德，我的鹰》，作者是亚沙尔·凯末尔。我在躺椅上躺下。读过几首诗之后，我开始看小说。

雨后的阳光下回荡着孩子和街头商贩的吵闹声。阳光是那么充满活力，生意盎然；它在暴风雨期间全身隐退，暴风雨之后，它的光芒普照大地。我想打开窗户，但是我知道，我不能让任何人看到房子里有人住。我在帘子的后面偷偷地看着外面的街道。我把窗户打开一条小缝，从外面是看不到的。我吸了一口凉爽新鲜的空气。

我躺在躺椅上阅读，一次又一次地睡去。夜晚的时候，我审视着邻居家的灯光以及穿过博斯普鲁斯海峡的船只。每一个夜晚，天空都会发生变化。从天的一头到另外一头流溢着五彩斑斓的颜色，远处四面八方的灯光在风中摇曳。我一直平静地等到了第三天夜里，我的手指不停地玩弄着那只琥珀耳环。我读完了小说，还一遍又一遍地读了一些诗。

雅诗敏女士曾经说"第三天夜里"。我开始想象最坏的情况，我想象她被捕了。太阳落山的时候，我做好了一切准备。我把东西收拾整齐，收起了牙刷和刮胡刀。当我正在收拾装着烟头的垃圾桶衬套的时候，我听到了门外的脚步声。

有人敲门，但不是我们约定的敲门声。

我停了下来，等待着。

一个孩子的声音传来："有人在吗？"

肯定是邻居家的孩子。我没有动。

同样的声音又一次悄悄地说道："先生，你能开一下门吗？"

先生？她怎么会知道我？如果他们曾经看到我和雅诗敏女士住进来，那么为什么她现在在叫我而不是雅诗敏？我感到迷惑。我没有打开灯，而是走到门后慢慢地开了一条缝。一个小女孩睁着大大的眼睛看着我。

"先生，我在做明天要交的作业，你能帮我吗？是我姥姥让我来找你的。"

"你姥姥？你姥姥是谁？"

"我们住在你后面的房子里，雅诗敏女士也帮我做过作业。"

"雅诗敏女士不在家。等她回来的时候我会告诉她你来过，她会去找你的。"

"我姥姥让我来找你，她说来找你，虞苏夫先生。"

我的脑子里瞬间闪现出许多问题。她怎么知道雅诗敏女士没有回来？她是怎么知道我的名字的？我的好奇心不允许我继续待在这里。在邻居家等待，比起自己待在家里，是一个更好的选择。

"我换上夹克就来。"我说。

我拿起帆布背包走了出去。我不会再回到这里了。我把垃圾桶衬套扔到了花园矮墙后面的垃圾堆上。

"你叫什么名字？"

"舍皮尔。"

舍皮尔沿着房子旁边狭窄的巷道往前走。她晓得在黑暗中辨认道路。我静静地跟在她后面。当我们来到房子背后时，我们从有缺口的篱笆上翻过。我们穿过另一条巷道，这是一条我自己永远也找不到的巷道。我们爬上了破旧的石阶。当我们来到房子前面时，我停下脚步看了看。我们正站在我住过的棚屋的上方。

门开着，舍皮尔先进了门。

"进来吧，先生。"她说。

这是一个单间房，和我们的房子一样。一个老妇人正坐在窗边的躺椅上织着什么。

"你来了吗，虞苏夫？"那个老妇人说。

"晚上好。"我说。

"来，坐到我身边来，孩子。"

这个时候，我才意识到那个老妇人是个瞎子。我在她对面坐下，没有看她的脸，而是看着她那忙着的手指。正两针，反两针，她嘴里数着，数字不断地增加。她停了下来，仿佛意识到我正在看着她的手指。

"靠近一点。"她一边放下编织针一边说。

她伸出双手来触摸我的脸。她摸了摸我的脸颊、我的下巴和我的额头。她一只手放到我的脖子上，另一只手则顺着我的鼻子和眉毛摸索。

"你眉清目秀，长相英俊，"她仿佛在谈论自己的编织品，"是雅诗敏把你的情况告诉我们的。你帮孩子做作业吧，好多问题我都不懂。"

我从来没见过一间这样破败不堪的穷人的房子。窗子上没有窗帘，窗格已经碎裂，窗子角落里的玻璃已经不见了，她们用一个塑料袋堵住了漏洞。对面的墙边放着一个煤气罐，煤气罐的旁边是一个纸箱子，里面装着一些碟子和玻璃杯。她们就是靠这个煤气罐发出的微弱的火苗煮水沏茶的。地板上的地毯已经褪色，破破烂烂的。墙上的灰泥已经剥落了。房子里没有桌子，也没有椅子。躺椅高处的那端叠放着两床被子。很明显，夜里老妇人睡在躺椅的一端，舍皮尔则睡在另一端。

舍皮尔从地板上拿起书包走过来，坐在我的身旁。她打开书包，从里面取出课本和练习册。那书包已经褪色，针脚也已经脱落。

"老师给我们布置了三个问题。"

"那我们就开始吧，"我说，"一个一个地念。"

舍皮尔先是看了看老妇人，然后又看了看我，然后就开始念。

"单元练习题。问题一：为什么季节会发生变化？为什么不总是夏天或者冬天？"

"我怎么会知道？"老妇人说。

我和舍皮尔看着彼此笑了。

"开始写吧，小舍皮尔。"我说，"有两个原因，第一个原因是地球围绕太阳转动，第二个原因是地轴不是垂直的。太阳的光线在一年中从不同的角度抵达地球，因此气温也会发生变化，于是有了不同的季节。"

"我早就知道。"老妇人说道。

"你要是早知道，为什么不告诉我呢？"舍皮尔说。

"我说的不是问题，宝贝，我是说我早就知道雅诗敏的朋友一定是个聪明人。"

我忽然咳嗽了几声想纠正她。"我不是雅诗敏的朋友，我是他的弟弟。"我说。

"弟弟，朋友，这又有什么区别呢，不管怎样，你们都是一样的。"

我们三个一边完成舍皮尔的作业，一边聊着天。我们一起讨论为什么山峰上的雪不会随着季节的变化而融化，为什么地球两极只有一个季节，而我们所在的地方却有四个季节。

"我们就像南极和北极一样，"老妇人说，"我们一直这样贫穷。但愿穷人和富人能够像四季那样换位。那样的话，社会就不会有不公正现象了。"

秋风从窗缝里吹进来，很明显，她们需要这公正早日到来。当伊斯坦布尔寒冷的冬季到来的时候，当刺骨的湿气袭来的时候，她们该怎么办呢？她们是否需要暖气？舍皮尔的袜子漏了一个洞，脚尖从里面露出来。或许老妇人正在给她织袜子，然后准备给她织一件厚一点的套衫。她们两个都瘦骨嶙峋。她们手指瘦削，脸色苍白。我可以看出，这个房子里就住着她们两个人，因为除了一张躺椅，她们没有别的家具，而她们能盖在身上的，也只有那两床被子。

"我得走了。"我说。

老妇人抓住我的胳膊。"看你说的，你还没有喝茶呢，也没有吃点东西。舍皮尔，小宝贝，要是你已经做完了作业，就给我们倒点茶吧。给你的虞苏夫先生拿点吃的来。"

"我还有最后一项作业要做，姥姥。我要背一首诗。"

"什么诗？"

"一首关于天堂的诗。"

"天堂？"老妇人笑起来，"还有天堂？"

我坐了起来。"让舍皮尔学习吧，我自己去倒茶。"我说。

"真不想麻烦你，小伙子。还有点面包和油橄榄，你可以就着茶吃。"

"谢谢，我饱着呢。我来之前就已经吃了。"

舍皮尔坐在被子旁，打开课本，准备开始背诗。

我倒了茶，在玻璃杯里放了一块糖，然后开始搅拌。

老妇人把编织物放在怀里，两只手握着热乎乎的玻璃杯。

"我在舍皮尔这么大的时候就开始编织了，"她说，"我那时候还能看得见。我们的村子在地球的另一端。我们那里有两个季节。夏天的时候，我在田里劳动；冬天的时候，我就编织。当时，我想象自己会在田地里度过一生，而现在呢，我靠织套衫谋生。邻居们帮我牵线搭桥，他们把我介绍给他们的朋友。有的时候我会到海滩上、大街上卖套衫。可是我们能在这穿套衫的季节里赚到多少钱呢？孩子需要更多的东西。"

"不只是孩子，你也需要。"

老妇人把手里的玻璃杯放到窗台上。她朝我倾了倾身子说："如果我问你一个问题，你会回答吗？"

"什么问题？"

"是关于舍皮尔的。"

我一脸茫然地看着她。

"是个很简单的问题，"她指着舍皮尔说，"她是我女儿的女儿，也是我丈夫的妹妹。这怎么可能呢？"

这可不是一个简单的问题，我沉思良久，不知道该怎么理解它。"听起来像一个谜。"我说。

"我也问了雅诗敏类似的问题，还让她下次来的时候给出答案。我想让她有另一个能够回来的理由。你能帮我解答这个问题吗？"

"我不确定，这太复杂了。"

"我很高兴听你这么说。我也会给你时间的。不管你要去哪里，照顾好你自己，安全地回来。我想知道答案。"

"不用担心，我会带着答案回来的。"我说道。我努力让自己的声音听起来很有精神。

老妇人坐了回去。她用指尖擦了擦眼睛。"你知道吗，虞苏夫？"她说，"我怀念我失明前的那些梦。我看着村子里婚礼上的那些年轻女孩时，我觉得她们就是山中女神。她们长着颀长的脖子，露着乳沟，鸟儿围着她们拍打着翅膀。我常常梦到自己长大后就像那些女孩一样，我梦想我的光彩会让镜子熠熠生辉。可是，我还没有成长到青春期，我的生命就发生了变化。整个夏天，村子里刮着风，到处充斥着霉病的气味,庄稼全都腐烂了。牧羊人在河里发现了淹死的鹿，在悬崖底下发现了摔死的狼。昔日展翅飞翔的、像天堂的主人一般威武的雄鹰一只只从天空中跌落。这种致盲的病很快传染给了孩子们。我的许多朋友两眼疼痛难忍，一夜间都死掉了。哀悼的女人们来了，她们唱起了挽歌。我很幸运，我丧失了视力，却活了下来。我大声痛哭，那些哀悼的女人唱得更加凄惨。人们说，猎人们用陷阱捕获了很多幼鹿，打死了很多幼狼，因此整个村子遭到了诅咒。你知道这个故事吗，虞苏夫？有一座城市，那里的居民都是瞎子，每一个人生下来就看不见。有一天，一个孩子恢复了视力，能够看到周围的事物。市民们被这种疾病吓得惊恐万分，于是杀掉了那个孩子，以防疾病传染到别的孩子身上。他们烧掉了他的尸体。我现在心里想着的是伊斯坦布尔。这座罪孽深重的城市应该遭到什么样的报应呢？她会被怎样的诅咒毁灭呢？或者她已经被毁灭，而我们正在承受所有的后果？在这里，他们会严刑拷打任何恢复视力的人。你有你的梦想，小伙子，他们也会对你严刑拷打的。"老妇人放慢了语速，好像已经无法抗拒浓浓的睡意，她的声音越来越轻。她自言自语地咕哝着说："他们会严刑拷打雅诗敏的，她也有颀长的脖子，裸露的乳沟，鸟儿也围着她拍打翅膀。"

我朝窗外看去。通往我们所住的棚屋的花园入口清晰可见。在这里可以观察从那里进出的人。可是谁来观察呢，瞎眼的老妇人吗？天已经黑了，雅诗敏女士还没有回来，她这一次再也不会回来了。

远处传来轮船的汽笛声和海鸥的鸣叫声。星光流溢到城市上空，仿佛从东方飘来的一团烟云。天空看起来很潮湿，

133

仿佛浸满了水。或许在地平线的远处有更多的星星，它们正在等待着，因为天空中已经没有多余的地方了。天空既无边无际，又狭小局促，只能放得下一个罐子。人们无法看到星星在哪里结束，也无法看到城市的灯光从哪里开始。

老妇人向前倾了一下身子，抓住我的手。她把一个纸团放在我的手心。

我带着强烈的好奇心打开纸团，开始读里面的短信："房子被人监视……灰色的点……明天……15……另：忘记耳环……"

耳环？

老妇人把手伸到乳沟里，从胸罩里掏出一只耳环。这正是我找不到的那只琥珀耳环。

"雅诗敏女士到这里来过吗？"我心情激动地问。

"我瞎了，不好说。"她神秘地说道，"后面的出口有一条小巷道。舍皮尔会领你去。你可以从那条巷道离开，不会有人看到的。"

我重新读了一遍手里的纸条。我们都提前做了一些防备。我们用不同的颜色表示不同的碰头地点。灰色的点就是伊斯坦布尔大学图书馆前面的公共汽车站。碰头时间总是比纸条中说明的时间早一小时，我们将在 14 点碰头。把另一只耳环送给老妇人是雅诗敏女士的一个策略，这样我就可以确信纸条是她留给我的。"忘记耳环"那句话是一个再明显不过的信号。我绝不能留下任何痕迹，我必须确保身上没有带和其他任何人相关的东西。

我吻了老妇人的手。

"我们的房子里有一些天竺葵。如果我把钥匙留给你，你能去浇水吗？"我问道。

"不用担心，小伙子，我们有钥匙。"老妇人说。她拿起编织物，把毛线卷到手指上，又开始编织。她上下挑动着针，就像一只鸟在扇动翅膀。在我离开的时候，她在我身后喊道："不要忘记我的问题，我需要知道答案。"

外面刺骨的寒风抽打着我的脸。我把围巾紧紧地围在脖子上。我跟在舍皮尔后面一头钻进漆黑的夜色里。巷道弯弯曲曲的，斗折蛇行，无穷无尽，时不时地有岔道冒出。到处都是灌木丛。如果你不知道要到哪里去，你一定会迷失方向的。这里像一个隐秘的迷宫。灯光越来越暗，下面的狗叫声也越来越弱。在一个必须由我一个人走下去的地点，我们停下了脚步。

我掏出口袋里的钱，分出一半给舍皮尔。我告诉她要好好学习，好好照顾她的姥姥。我弯下腰，吻了一下她的额头。这时候我忽然发觉，她那泛着微光的脸和琥珀耳环十分般配。耳环是那么真切、柔美、楚楚动人。她看起来就像一个山中女神。唯一缺少的东西就是金黄的琥珀。我用手拨开她的两条辫子，抬起她的下巴，给她戴上耳环。"现在耳环归你了。"我说。她眨眨眼睛，不敢相信，然后把手举到耳边。她摸着耳环上悬荡着的吊坠。她的脸上洋溢着这个世界上最美丽的表情。只要我愿意，她就会生出翅膀，飞向那繁星闪烁的天空。

在我进入花园开始慢慢行走的时候，我从雅诗敏女士那里学来的诗歌忽然闪现在我的脑中。"哦，自由的人儿！你必须永远拥抱大海。"

这个时候，有人在喊我的真名。我在黑暗中停了下来，环顾四周。我不能断定声音是从哪里传来的。我的心脏在胸膛里咚咚地跳动着。一股冷汗从我的脖子上冒出来。当我再一次听到这个声音的时候，我半睁开眼。

"德米泰，"医生说，"你说梦话了。"

"我一定是打瞌睡了。"我看着牢房里漆黑的墙壁说。睡觉和沉思就是疗伤的过程。我梦到我出了狱，又过上了被捕前的生活。再往后却都是噩梦。当我在牢房里再一次睁开眼睛的时候，绝望和悔恨吞噬着我。在我的面前，我看到一堵墙，它的颜色就像伤口上的脓。我为什么被捕了呢？我为什么不跑得快一点？我责备着自己。我还想有第二次机会。我要让这次机会彻底改变我的生命。然后，我就在痛苦中扭动伤痕累累的身体。

"库黑兰叔叔，"我说，"我能问你一个谜吗？"

"我昨天刚讲了我的谜，现在你是不是又要拿你的谜来考验我？"

"我的谜更难解答。听着。有一个老妇人，她和一个小女孩一起生活。我问老妇人这个小女孩是不是她的外孙女，她回答道：'她是我女儿的女儿，也是我丈夫的妹妹。这怎么可能呢？'"

"这是你梦到的吗？"

"不是。"我说。我没有提起那个老妇人和舍皮尔的事。

"我女儿的女儿，也是我丈夫的妹妹，"库黑兰叔叔重复道，"这个问题很有意思。让我想一想，看看能不能解答出来。"

库黑兰叔叔和医生开始认真思考这个问题。同时，他们也想知道，为什么审讯官已经有两天时间没有从牢房带走人进行折磨，他们想知道为什么自己被这么平静地留在牢房里。审讯官昨天和今天没有带走任何人。铁门只在看守换岗和送食物的时候打开过。

"审讯官也是人，他们一天一连十个小时、二十个小时不停地折磨犯人，他们也会厌倦的。因此他们会拿出一天来休假，休息一下。他们现在或许正躺在某个温暖的地方，或许是海洋中的某个小岛。在那里，阳光会晒干他们的灵魂。"库黑兰叔叔笑着说。

"不对，"医生说，"折磨人是一件苦力活，他们在出门前就已流干了汗。他们在寒冷和狂风中得了风寒，疾病很快肆虐开来。现在他们都在家中休养，吸着加了柠檬和薄荷的酸橙汁。"

医生和库黑兰叔叔说笑的时候，一颗小小的扣子从牢房的混凝土地板上滑了过来，停在我们脚边。我们不知道它从哪里来。这是一颗黄色的星形纽扣，上面还有两个洞。库黑兰叔叔把它捡起来，就着灯光端详。"这是一颗从女人衣服上脱落的扣子。"他说。我们都走到格栅旁向外望去。希纳·塞弗达正站在对面的囚室里，仿佛是一尊灰色的人身雕像。是她揪下来一颗扣子，从门底的缝隙扔到我们这边来的。当她看见我们时——或者说当她看见库黑兰叔叔时，她笑了笑。她那被紫色的眼圈包围的眼睛亮了起来。她用手指在空中写道："你还好吗？"库黑兰叔叔艰难地在空中拼写着回答她，就像一个刚刚开始上学的孩子。

我没有再理会他们，而是返了回来。我把脚搭在医生的身上。我看着把头放在膝盖上入睡的理发师卡莫，思考他为什么这么冷淡。他今天一句话也没有说，不过，他表现得仿佛我们根本不存在似的。他缩回到自己的硬壳里，只顾不停地睡觉。

当站在门口的库黑兰叔叔俯身说"卡莫，到格栅这里来，希纳·塞弗达想谢谢你"的时候，卡莫才抬起了头。他用一副比以往更加漠然的神情盯着库黑兰叔叔。接着，他审视了一下四周，仿佛要记起身在何方。然后，他满不在乎地挥了挥手，他用手势表示，他不想被打扰。他抱住双膝，把脸埋在双臂之间，重新回到自己的世界里。能够让他逃避一切的最隐秘的地方就是梦乡。这是他能够和我们保持距离的最远处。

由医生讲述

时 间 之 鸟

"在一个港口，一个姑娘偷偷地登上了一艘大船，她爬上台阶，藏在一个大救生艇里。她用船帆把自己裹起来，支起耳朵仔细聆听从外面传来的每一个声音。船一扬帆，她就舒了一口气。她在睡睡醒醒中度过了在船上的时间。她听船员们唱歌。船在一个港口停下了，她等到夜幕降临万籁俱寂的时候偷偷地下了船，开始飞奔起来。她正在奔向一个新的世界。她一直跑到天快亮的时候。这时，她注意到天上的满月一直在跟着她，在她转弯的时候它也转弯。她来到了沙漠里，躺倒在沙子上，然后休息了片刻。她看到远处有一个小小的住所。那个住所的前面有一个年迈的隐士正在面朝太阳祈祷。隐士慢慢站起身，盯着朝他走来的、身穿丝绸衣服的美丽姑娘。他觉得自己在做梦。他匆忙回到小屋里，跪倒在地自言自语道：上帝正在让我经受考验，我绝不能屈服于肉体的欲望。而且，我已经是一个老人了。我要到外面去给姑娘拿些水。那个姑娘告诉他，她不想住在深宅里，因此逃了出来，她想和隐士住在一起。这也是她找到的为上帝服务的正确途径。隐士建议她继续往前走，并告诉她在沙丘的后面还有一名隐士，他更有资格告诉她为上帝服务的正确途径。

那个姑娘在炙热的阳光下筋疲力尽地走着。中午时分，她来到了第二个隐士的住所。那个隐士以为他看到了海市蜃楼，于是揉了揉双眼，然后紧盯着前方。正在靠近他的是一个长发飘飘、腰若细柳的女神。这是这名隐士所经受的最大考验。既然上帝让他接受这样一个巨大的挑战，那么这就意味着，他正在变成一个圣人。想到这个的时候，他跪倒在地，向天空举起双手。亲爱的上帝，他祈祷道，我或许已经年老，但是我还有欲望；我的肉体在燃烧，我的血在沸腾，但是我会忍受住这一切；我不会走上魔鬼的道路。然后，他抓起水瓢朝那个姑娘走去。她狂饮一番。水从她的嘴唇上滴下来，顺着下巴一直流到她的脖子上。那个姑娘透过低垂的睫毛看着他，保护我吧，她恳求道，让我和你待在一起吧，指给我为上帝服务的途径吧。隐士叹了一口气。啊，我的姑娘，他说，如若不是我现在的状况，我将会深爱你，给你指明为上帝服务的途径。有一个人，他能做得更好。到那边的沙丘去吧，找到那个隐士，他就住在太阳降落的地方。在那里，你会找到为上帝服务的途径。沙漠是什么呢？除了沙子和太阳，沙漠还能是什么呢？沙子彼此相像，沙丘也是如此。

隐士们也是如此，他们彼此相像，一个人总是说跟另外一个人差不多的话。只要太阳还在如火一般熊熊燃烧，沙漠还能是什么呢？那个姑娘走啊走，渐渐地筋疲力竭，她的步伐越来越慢。当太阳快要落下的时候，她翻过了最后一座沙丘，看到了沙丘下面的一个小屋。这是沙漠中最美丽的一块地方，她说。在小屋的前面站着一个隐士，他比前面的隐士们年轻。他面对着落日跪在沙子上，正在忘我地祈祷。当年轻的隐士听到姑娘的声音时，他转过头来看着她。他看到自己面前出现了一个女神，她裸露着大腿，乳房如同含苞欲放的花朵。这是上帝赐给他的一份礼物。隐士用胳膊搂住已经因为疲惫而晕倒的姑娘，把她抱到了小屋里。他用一块湿巾擦拭她的额头、脖子和皲裂的嘴唇。他守在她的床前，一直到天亮。上帝以不同的方式向人们展示美。花丛中的玫瑰、沙漠里的水、天空中的太阳，它们都是美丽的。除了这些之外，这个美若天仙的姑娘就是天堂的一面镜子。接近上帝就是追求美。这就是这名隐士会在如此年轻时就把自己埋藏在沙漠深处的原因。小屋外面的天空开始放亮，姑娘睁开了眼。她凝视着隐士。我不想回到深宅里，她说，让我和你待在一起吧，告诉我怎么样才能为上帝服务。两人走出小屋，跪在刚刚升起的太阳前，闭上了双眼。上帝就在两人身边。那个白天，两人一起采集树叶，为姑娘做床。夜晚，两人并排睡下。隐士踌躇不决，沉思良久。他做了一些狂热的梦。一天夜里，他做出了决定。你是否已经做好准备全身心地为上帝服务，他问姑娘。她已经准备好了。听着，隐士说，魔鬼是上帝最大的敌人。上帝把他驱逐到了地狱的烈焰中，但他又回来了。为上帝服务是一个人的职责。现在你必须按照我说的做。隐士脱掉了他的衣服。姑娘也脱掉了她的丝裙。现在，两人全身赤裸。天已经暗下来了，天空显得更加广阔，上面点缀着星星。两人跪在沙子上，抬起头看着满月。当隐士和姑娘在祈祷般的沉默中等待的时候，两人的身体开始发生变化。隐士的雄性身体复活过来。满脸惊讶的姑娘弯下身子想仔细看一眼。她皱了皱眉。她可怜这个隐士。隐士用一种虔诚的声音说，我知道上帝为什么让你来到这里。他想知道我们能不能把我的恶魔放到你的地狱里去。他在考验我们两个人。我们必须帮助彼此。姑娘坚信不疑地看着他。她说，只要能得到上帝的赐福，她愿意做一切事。隐士站起身来，把姑娘领到小屋里。第二天早上，当隐士和姑娘醒来的时候，两人的脸上浮现出与以往不同的表情。两人在床上对着彼此微笑。魔鬼一定是上帝最大的敌人，姑娘说，他进入我的身体后就变得异常狂暴，在地狱的烈焰里为所欲为。我数了数，昨天夜里我们一共六次把他送回到地狱里。隐士告诉她，两人必须再接再厉。踏上到上帝那里去的路就必须绝对忠诚。他骑到姑娘的身上，又一次把魔鬼打回地狱。再也没有比效忠于上帝更甜美的事情了，姑娘说。可是，我一整夜都在思考。上帝为什么不在一开始就把魔鬼消灭？如果他想消灭魔鬼而身体又不够强壮，那就意味着上帝是很柔弱的。但是，如果他能够消灭魔鬼却不想消灭他，那就意味着他同意邪恶的存在。如果上帝强壮无比，能够消灭魔鬼，也愿意消灭魔鬼，那么魔鬼为什么还存在呢？邪恶到底从哪里来？两人一连几天在沙漠里说话，睡觉，祈祷。太阳在同一个地点升起又落下，而月亮的面孔每晚都不同。一天，当隐士在小屋旁躺下，用眼睛凝望远方的时候，姑娘提出抗议。我到这里来并不是要无所事事地坐着，她说，我到这里来是为了为上帝服务。从昨天开始，我们就一直在等待，这都是为了什么？我们为什么不把魔鬼赶回地狱中去？隐士笑了笑。他说，两人已经给魔鬼吃了教训，因此，在他没有重新现身之前，不需要再惩罚他。她把手放在肚子上。或许你已经把你体内的魔鬼压制住了，她说，可是在我的地狱里，大火仍在燃烧。地狱需要魔鬼。两人看到远处有一团尘灰。沙漠里的沙子向天空流动。一群骑马的人翻过山丘，来到两人身旁。他们是来找这位姑娘的。他们把姑娘扶到马背上。他们顺着来时的路往回走，消失在那团尘灰中。回到家之后，他们把姑娘交给了医生和侍女。侍女们用玫瑰水给她沐浴，并把她扶到一面镜子前坐下。她们在她的辫子中编入小珠，把香油涂抹在她的皮肤上，并用眼影装饰她的眼睛。当一切就绪，她们把她带到一群年长的女人面前。那些年长的女人

145

问她发生了什么，她在沙漠里做了些什么。我向上帝祈祷，姑娘说，我的生命是完全贞洁的。我张开双腿，隐士把魔鬼打回地狱。我懂得了祈祷会让人们感到多么幸福。要是我能够继续为上帝服务就好了。那些年长的女人沉默了一会儿，然后禁不住哄然大笑。不要着急，她们说，任何一个想为上帝服务，把魔鬼打回地狱的人，在这里都可以如愿。"

我笑了起来，仿佛我不是在地狱之中，而是在深宅里，和那些年长的女人待在一起。我向前倾了倾身子，重复着刚才那句话，不过我笑得更厉害了。

库黑兰叔叔和德米泰笑得比我更加厉害。在痛苦给他们留下的时间里，睡一觉或者笑一笑总是好的。笑让活力重返他们的面庞，让他们被酷刑折磨得沙哑的声音响亮起来。就像那群年长的女人一样，他们越是看着彼此，就笑得越厉害。或者说，他们笑得如此开心，是因为他们一刻也没有忘记这里是牢房。

开始的几天里，没有人能说清这里是什么样子。不管一个人如何苦思冥想，他仍旧无法让牢房和自己产生联系。然后，他就开始思考时间。我们在头顶上的城市里生活是几星期前的事，还是几百年前的事？在我们的生命和故事中深宅里的生命之间有没有时间的不同？我们说得越多，就越清晰地认识到，我们并不是从一个虚空中降临到这里来的。我们知道，我们是从某段外部的时间来到这里的。可是那是哪段时间呢？我们试图通过讲述故事来找回那段时间，我们试图循着当下的气味来找回那段时间。

最后一阵哄笑之后，大学生德米泰陷入了沉思。"那个故事里的每一幅画面都跃然眼前，仿佛一场电影。海浪中的船、沙漠中行走的姑娘、小屋上空的星星、远处的那团尘灰……电影此时突然中断了。当我开始笑的时候，我从故事的时间里走了出来，回到了牢房的时间里。我脑海中的景象随着最后一句话消失殆尽。"

"那一天库黑兰叔叔讲述狼故事的时候，你也说了类似的话。你能把听到的一切讲得栩栩如生，我们就像在看电影一样。你是不是准备当一个电影制作人？"

"我很想，这样我就可以把很多故事拍成电影了。如果还没有人这样做……"

在一旁仔细聆听的库黑兰叔叔插话进来。"这是一个有名的故事吗？"他问道。

"你以前没有听过吗？"我问。

"不，我没有听过。"

"库黑兰叔叔，这是我们第一次讲一个你从来没有听过的故事。你必须向我们表示祝贺才对。"

"医生，"他说，"故事太多了，我不可能都听说过。我父亲说，他每次去城里的时候都会听到新的名字和事情，他每次给我们讲新故事的时候总是非常激动。他说伊斯坦布尔的街道和建筑就像沙漠一样，通过创造无限感成长。在太阳升起和落下的地方之间，有许多许多世界，它们都各不相同。在伊斯坦布尔，人们一方面觉得他们正把整个宇宙攥在手里，而另一方面，他们却觉得自己正在从这里消失，他们对自己的认识每天都在发生变化，他们对城市的认识也每天都在发生变化。一天晚上，我父亲在金角湾的海滩上碰见了一个老人。那个人手里拿着一面圆圆的小镜子。他总是先看看镜子，再看看对面的海岸。我父亲坐在他的身边。他向他打招呼，并等了一会儿。我正在观察镜子里丑陋的我，那个老人说。我年轻的时候长得并不像这样，我长得非常英俊。我爱上了一个姑娘，并娶她为妻。我们生了几个孩子，一起生活了四十年。我的妻子上周死去了，我把她埋在了离洛蒂码头不远的一个公墓里，就在我们对面的那个山头上。没有了我妻子的注视，我英俊的面庞就变成了过去。时间飞逝。现在，每当我照镜子的时候，我都会注意到自己变得多么衰老和丑陋。"

库黑兰叔叔蜷起膝盖，靠着墙坐直身子，继续说道：

"在父亲告诉我们这个故事之后，他说，世界上有很多人，他们曾经觉得自己英俊潇洒，而现在却衰老丑陋，他们也以同样的眼光看待伊斯坦布尔，这样的人越来越多。"他把手朝着灯举起来说，现在我给你们演示那些人的时间。他在墙上打出一个看似长着宽翅的鸟的影子。看，他说，这是时间之鸟。在过去，它不停地飞啊，飞啊，飞啊，当它来到今天，它的翅膀停了下来。它悬停在风中。伊斯坦布尔的时间也是一样的。它在过去扑棱着翅膀。当它来到今天，它的翅膀停了下来。它在虚空中缓缓地滑翔。"

库黑兰叔叔看着他那双大手。他伸开手指，就像张开宽大的翅膀一样。

"尽管我小的时候相信时间之鸟，"他继续说道，"但是我很难理解我父亲所讲的伊斯坦布尔的概念。现在在狱中，我终于理解了。每一次我睁开眼的时候，都会看到头顶上有一只展翅翱翔的黑色飞鸟。时间之鸟的翅膀一动不动地展开，它在我们的头顶盘旋。"

我们抬起头，看着天花板。那里黑洞洞一片。我们看着黑暗之处陷入了沉思，仿佛这是我们第一次看到这样深邃的黑暗，仿佛它会把我们吞没到它的漩涡当中。活下来的人是谁？在这里咽下最后一口气的人又是谁？我们仿佛就出生在地下而不是地上，随着日子一天天逝去，我们对外面世界的记忆越来越模糊。如果炎热的反义词是寒冷，我们是知道炎热这个词的，可是，我们已经记不起炎热是一种什么样的感觉。我们就像泥土中的虫子一样，早已经适应了黑暗和潮湿。如果他们不折磨我们，我们就会永远活下去。面包、水和一点点睡眠，这是我们需要的全部东西。如果我们站起来，伸出手，我们是否能够够到头顶上的黑暗呢？

"库黑兰叔叔，"我说，"我们总有一天会从这里出去的。我们会一起探索伊斯坦布尔。然后，我们会坐在我的面向大海的公寓的阳台上。你会给我们讲故事，而我们会听着。"

"为什么是我给你们讲故事，而不是你们给我讲故事？"

"你知道的故事比《十日谈》里的还要多，库黑兰叔叔。你喜欢雷基酒吗？我们就边喝雷基酒边讲故事。"

"这听起来不错。我们为什么不在今天晚上准备一场雷基酒会呢，医生？"

"好主意。我去做吃的，做些鱼肉。可是我们怎么知道什么时候是晚上呢？"

"既然我们不知道时间，那么我们就是时间的主人了。在这里，我们想要晚上，就会是晚上，我们想要太阳升起，太阳就会升起。"

大学生德米泰像一个淘气的孩子一样坐了起来。"你们也会邀请我吗？你们不会因为我年轻就不让我参加雷基酒会吧？"他说。

库黑兰叔叔和我对视了一下。我们脸上露出怀疑的神情。

"库黑兰叔叔，"德米泰接着说，"如果你愿意的话，我会到海滩上找那些卖鱼的人。我知道哪里卖的鱼最好。我会在回来的路上从杂食店买色拉，从街角的商店里买一瓶雷基酒。"

"天还早呢。"

"看你说的！要是现在天快黑了，要是太阳已经落到了屋顶上，那怎么办？要是大街上满是放学后大声喊叫的小学生，那怎么办？"

"没有必要那么着急，我们需要想一想。"

"库黑兰叔叔，如果你邀请我参加酒会，我就会告诉你昨天那个谜的答案。"

"那个谜？"

"然后，如果你愿意的话，我会给你讲另一个谜……"

库黑兰叔叔停了一小会儿，然后慢悠悠地说道："你会到海滩上去，挑选最精致的鱼，然后在回来的路上买色拉和雷基酒，对吗？"

"你没有必要亲自出去受累。你可以坐在阳台上聊天，看着下面的大海讲故事。我去买东西，我会在天黑前人群开始拥挤的时候回来。同时，我会偷听人们在大街上、海鲜市场里和公共汽车上的谈话，我会打探到是谁在暗中操纵最近的那次赛马，我会知道上次的火灾在哪里发生，最近离婚的那个歌手是谁。我还会拿一份报纸回来。"

"不要忘记买些柠檬，"我补充道，"我会摆好餐桌，倒上雷基酒。等街灯一个个亮起来的时候，我会把立体声音响打开，播放我最喜欢的歌曲。"

"对，我们听听歌吧，"库黑兰叔叔说，"不过，如果我在醉酒的时候唱歌，你们可要阻止我。有些人因为美丽的嗓音而出名，而我则因为五音不全而出名。那些听我唱歌的村民都改变了主意，向相反的方向散开。"

库黑兰叔叔开心地笑起来。

"我的声音也不好听，"我说，"在我喝酒的时候，我只听老婆唱歌。没有几个人的声音比她的更动听。"

"她也喜欢雷基酒吗？"

"是的。她已经死去很久了。当她的病开始恶化的时候，她偷偷地用磁带录下了自己的声音。她知道，她将以这种方式和我一起'坐在'桌旁'共度余生'，这种方式再好不过了。晚上的时候，我先打开立体声音响，然后坐在桌子旁，把酒杯斟满。面对着伊斯坦布尔，我陷入深深的沉思。大海的对面灯光摇曳，仿佛童话里的魔幻岛一样。托普卡珀宫的墙和塔楼耸立着，就像童话里国王的宫殿。朦胧的灯光就是一层薄纱，笼罩在墙壁上。在灯光的左侧是少女塔、塞利米耶军营，如果我幸运，碰上晴朗天气的话，还能看到远处闪烁的王子群岛。我不知道什么时候已经喝光了第二杯酒，并且开始喝第三杯。音响里传出我妻子唱着的土耳其古典歌曲。她正在歌唱离别的城市。离别是一座远离希望的城市，那里没有一只飞鸟，没有任何新闻，也没有任何人和我们打招呼。在那里，只有绝望的喊声、徒然的等待，以及悲伤而非令人欣慰的夜晚。瓶子里的雷基酒越来越少，而天上的星星越来越繁密。这时候，我妻子开始唱另一首歌。鲜花处处开放，夜晚像一盏水晶枝形吊灯一样摆动着身躯，远处传来渡轮的汽笛声，海鸥在天空中用翅膀划出一条条线……"

我抬起头，向天上望去。时间之鸟有没有在我们头顶盘旋？它有没有在黑暗中向我们飞来？我们最终会不会离开这里，来到一个阳台上？我们会不会遥望着大海一起聊天？我们会不会面对着伊斯坦布尔陷入沉思？

"库黑兰叔叔，现在我就像你父亲在金角湾碰到的那个人，"我继续说道，"当我想起我妻子的时候，我也感到非常迷惘，因为这种回忆会让我感觉过去的幸福只属于过去。"

德米泰一脸疑惑地看着我。"这是我第一次见你这么忧郁，医生。"他说。

"忧郁？我不这么认为。我只是想在这里想一些美好的事物，如果说有什么伤心的事，我宁愿在雷基酒会上把它浇灭。"

"我也被邀请参加你们的酒会了，对吗？听你们讲话的方式，我就知道了。"

我没有回答，而是等着库黑兰叔叔说话。

库黑兰叔叔端详了德米泰一会儿，告诉他："你是个聪明的孩子，今天晚上来加入我们的酒会吧。我们可以一起喝雷基酒。"

德米泰没有表示高兴，而是向前倾了倾身子，看起来有点不满意。"库黑兰叔叔，你能不能不要叫我孩子？我已经明显不是一个孩子了，如果你想让我参加雷基酒会的话。"

"只是习惯而已，德米泰。你是个不错的年轻人。"

这次德米泰感到满意，他把身子退回去，挨着墙坐着。"你是不是也要邀请希纳·塞弗达？"他问道。

"好主意，那我也请她来吧。"

一阵海风从牢房的门底吹进来。我们三个人的目光都集中到了门上。微风拂着混凝土地板吹了进来，带来了海的气息，并把它留在我们的赤脚上。这是一个预兆，预示着消息会从一个咸咸的、海草丛生的地方传来。我们能感到一股凉意顺着脚踝升起，这是一种转瞬即逝的感觉。有的时候我们会闻到海的气息，有的时候是松树的气味，还有的时候是橘子皮的气味。我们会尽力抓住这种转瞬即逝的感觉。在它把我们丢在牢房，回到它所属的博斯普鲁斯海峡之前，我们会贪婪地呼吸，把那种气味吸到我们的肺里。我们从不满足，总是想要得到更多。或许我们也会听到风暴的呼啸声，如果我们对自己的幻想多一点信心，并且让自己在渴望中沉浸得久一点的话，我们就会听到朔风中的涛声，也会听到渔船发动机的声音。

"医生，"库黑兰叔叔说道，他就像一个在海浪中呼喊的老渔夫一样，但是他的声音被风暴撕得粉碎，"你刚才谈到的那本书叫什么？就是包含很多故事的那本书。"

"你是说《十日谈》吗？"

"是的，就是那本书。我记不起来了，因为它的名字很奇怪。"

"这本书的内容也很奇特，"我说，"一群男女为了躲避瘟疫而逃离城市，在一个农庄里避难。他们等待着瘟疫结束。如果说逃离死亡的途径是逃离城市，那么打发时间的途径就是交谈。一连十日，他们每天晚上都围在火边讲故事。'十日谈'（Decameron）在古老的伊斯坦布尔居民的语言中是'十天'的意思，这本书的名字也是由此而来。他们讲述了稀奇古怪的故事、浪漫的故事，以及让人难为情的故事，他们笑了不知多少次。他们用这些玩世不恭的故事来缓解自己对瘟疫的恐惧。那个逃到沙漠中的姑娘的故事就是其中之一。"

我知道一些故事，人们用一千零一夜的时间讲这些故事；但我从来没有听过人们在十天里讲的故事。我很想知道我父亲为什么从来没谈到过这些故事。或许他有太多其他的故事要讲。"

"或许他讲过这些故事，只是没有说这些故事从哪里来。"

"谁知道呢。"库黑兰叔叔说。他停顿了一下，仿佛要记起他记忆中的所有故事，他接着问道："伊斯坦布尔就是《十日谈》里瘟疫爆发的地方吗？"

"库黑兰叔叔，你知道，每一座城市对我们来说都是伊斯坦布尔。如果一个孩子天黑后在户外待了很久，并在狭窄的街道上迷了路，那么，这个地方就是伊斯坦布尔。在外闯荡、寻找自己终身情人的年轻人的城市，踏上旅途去寻找黑色狐狸毛的猎人的城市，在风暴中摇摆的轮船的城市，想把整个世界像钻石一样攥在手中的王子的城市，发誓绝不屈服的最后的起义者的城市，从家里逃走、梦想变成一名歌手的年轻女孩的城市，还有那些百万富翁、盗贼和诗人去往的城市，它们都是伊斯坦布尔。每一个故事都是关于这里的故事。"

"我父亲也说过类似的话，医生。他曾经说，在伊斯坦布尔，地上和地下是一样的。不管在哪里，时间之鸟都会像黑影一样滑过，却不扇动一下翅膀。我父亲知道这个地方的秘密，但是他选择用故事来展示这个地方，而不是直白地揭示。伊斯坦布尔是所有事情的一部分，它是所有个体集合起来的整体。这就是他告诉我们的。或许他是在一个这样的地方——在地下——发现这个秘密的。"

"现在我们正在发现你父亲所发现的秘密。"

"但是，《十日谈》里的人比我们过得好。他们离开了城市，逃过了死亡，我们仍然深陷在城市的深处，在黑暗中挣扎。为了能和《十日谈》里的那些人在一起，为了离开这里，还有什么样的代价我们不愿付出呢？对不对？他们是自愿到那里去的，但是我们却被迫来到这里。更糟糕的是，他们远离了死亡，而我们正在靠近死亡。如果《十日谈》里的那个城市就是现在的伊斯坦布尔的话，我觉得每一个故事的命运都会向相反方向流变，你同意吗？"

"你说的对，库黑兰叔叔。"我说。

我还没有接着开口，我们就听到了铁门的嘎吱嘎吱声。我们下意识地紧张起来。我们看着彼此，把目光转向格栅。我们竖起耳朵，倾听他们在外面的谈话，等待着他们的声音抵达走廊。在过去的两天里，每当他们打开铁门，我们心中总是升起一丝疑云，想知道他们是给我们送来食物，还是要把我们中的一个带走。我们非常熟悉这种感觉，这种感觉不是好奇，而是焦虑。几个小时之前，他们已经给我们送来了今天的定量食物。现在他们或许要换岗，或许要来取一份文件，然后就会离开。我绞尽脑汁，希望再想出一些他们不会打扰我们，或者不会影响我们在牢房里的平静心情的情况。只要我们没有被带去遭受折磨，我们就能非常幸福地拥坐在一起聊天，像兔子一样打一会儿盹。我们并没有把自己的幸福和地上世界的幸福相比。地上世界离我们太遥远，是一段古老的记忆。在牢房里，我们能够参考的唯一标准就是痛苦。对我们来说，没有痛苦就意味着幸福。假如他们不管我们，我们就会像现在这样幸福地生活。

库黑兰叔叔说道："这次也会过去的。"他是在和德米泰说话，而不是我。

大学生德米泰的脸色已经明显变得苍白，他全神贯注地看着外面，努力分辨走廊里的声音。我听到一大群人同时说话的声音。有的时候他们窃窃私语，有的时候则放怀大笑。显然，我们两天的假期已经结束了。他们会从哪个地方开始呢，是对面的牢房，还是后面的走廊？

"这一切会过去的，对不对？"德米泰用虚弱的声音说。

"当然会过去，"库黑兰叔叔说，"难道不一直就是这样吗？为什么这次会不同？"

"每次他们把我带去施刑的时候，我心里都有准备。但是，经过这两天的短暂修整，我的肉体已经放松了，我已经习惯于平静地沉浸在自己的世界中。现在，我的疼痛将更加剧烈。"

"德米泰，痛苦并不会发生变化。它还和开始的时候一样。他们已经把我们带走了许多次。我们还会被带走，依然会回来，也依然属于我们自己。"

恐惧经常悄悄地钻进我们的肋骨，像老鼠一样啮咬我们的心脏。我们一直在怀疑自己。我们是否能够承受住那令人晕眩的、火烧般的痛苦考验？我们是否能够不被藏在门槛外的那种几近疯狂的恐惧吓倒？每当电流穿过我们的肉体，让我们丧失思考能力的时候，总是有一种说不清的感觉在拉我们的手，让我们坚持住，完整地存活下来。在外面是不是还有一个世界？我们是不是还有未来？当我们的肉体越来越沉重，我们感到一切存在都屈服于焦虑，我们感到月亮围绕地球和地球围绕太阳转动时的巨大震动，仿佛它们正在加速转动。那种永无休止的痛楚让我们的思想和时间发生了扭曲。

"或许，"我说，"他们不会带走任何人，或许他们会转过身，什么都不做就离开这里。"

我也早就习惯了那种让德米泰屈服的舒适生活，我几乎相信我再也不会被带离这里了。或许他们已经忘记了我们，或许深入地下，来到城市的内脏里会让他们感到疲惫。我们是一群需要时不时喂食，然后就可以放任不管的动物。我们用手指摸索着潮湿的墙皮，用鼻子嗅着空气里的气味，紧紧地依偎在一起。他们让我们来，我们就会来，他们让我们走，我们就会走。我们支起耳朵倾听外面走廊里传来的越来越近的脚步声，就好像我们第一次听到这脚步声。

"等我们回来的时候，我会告诉你昨天那个问题的答案。"库黑兰叔叔说。

"哪个问题？"德米泰一脸好奇地问道。

"你忘记自己的谜了吗？难道没有一个老妇人告诉你她身旁的孩子是她女儿的女儿、丈夫的妹妹吗？我苦思冥想了好久才找到答案。等我们回来的时候，我们会在雷基酒会上讨论这个问题。"

德米泰的脸忽然亮了一下，就好像一个渴望被谎言欺骗的孩子一样。"好吧。如果你解开了谜，我就再给你出一个。

不到天亮，我们不会离开酒会，怎么样？"

"当然，德米泰。能和你共饮，我非常高兴。"

门开了，一束光线透了进来，就好像从南边涌来的海浪冲刷着海岸。我们举起手，遮住脸，光线晃得我们眼睛直眨。

"所有的蠢货，都给我站起来！"

我们缓缓地站起身子，站在裸露的混凝土地面上。

他们一把抓住德米泰，然后又拉住库黑兰叔叔的胳膊。"你待在这儿。"他们向我咆哮。

我要待在这里吗？我既感到喜出望外，又为我将要离开的同伴感到伤心，我的心情非常矛盾。我看着大学生德米泰赢瘦的肩膀和库黑兰叔叔坚定的步伐。他们正在走向我不能忍受的痛苦。除了悲伤，我还感到放松，我的身体不会被压碎，我的脸庞不会变成一团血迹。痛苦是无法逃避的，但是它这一次却避开了我，带走了别人。我知道，我们的本能总是让我们想到自己，护理我们自己的伤口。大学一年级的时候我就已经知道了。人们还有另外一面。我们为了所爱的人而忍受痛苦，我们在这里直面折磨。

"你也给我站起来，死狗！"

他们在和理发师卡莫说话。他瘫软着的身子已经在墙上斜靠了两天了，他像一只衰老的海龟一样不断睡去，并时不时地抬起头来发出哼哼声。他用眼睛打量着站在门口的审讯官。他没有站起来的意思，而是用眼睛盯着他们。

"我在和你说话呢，蠢货！"审讯官的语气中充满威胁。

理发师卡莫待在原地没有动，仿佛他就是墙上一个不能分离的部分。他的后背仿佛被粘在墙砖上，脚仿佛被钉在地上。他记不起已经坐在那里多长时间了。他坐在那里，看起来似乎很不耐烦。他的身体抽搐了几下。他用一只手扶着墙。他觉得他们也会把他带走，于是他站起来，看起来既不焦虑也不放松，而是显露出一副毫不在乎的神情。他已经记不清做了多少次梦，梦中他被带走受刑，但是每一次睁开眼，他发现自己仍然在牢房里。为什么所有人都在遭受折磨而只有他在等待呢？为什么其他人都被带出铁门，而只有他在牢房里睡觉呢？他质问自己。他的身体并没有被痛苦撕裂，因此他蓦然地感到愤怒。他希望身体上的痛苦能减轻他内心的痛苦。一连几天，他就这样满怀期望地等待着。

卡莫走到门前，从两个审讯官之间穿过，大步迈到走廊上。没有人拖他。这是一份他已经焦急地等待了好几天的邀请。他不在乎他要去的那个走廊的尽头有什么，不在乎他要穿过的铁门后有什么，也不在乎命运的核心是什么。

审讯官并没有立即离开。他们指着正在走廊里等待着的一个人说："把那个混蛋和这个医生关在一起。"他们揪着一个浑身是血的人的头发，狠狠地推了他后背一把，他踉踉跄跄地被推进囚室。他撞到了我的身上，我们两个都摔倒在地。我的头重重地砸在墙上。我感到被压在身子下不能动弹的胳膊要骨折了。门一关上，一切又变黑了。我恢复了神智，坐起身来。我看着瘫倒在我身旁的那个人。他正在呻吟。

"你没事吧？"我问。

我把他从地上扶起来。他艰难地靠着墙坐起来。

"我的伤口好疼。"他说。

"你哪里受伤了？"

他的头发、脸和脖子上结满了血块，但是他用手紧紧地攥住小腿肚。

"在我的腿上，那是一处枪伤。"

"枪伤？"

"是的，他们在两天前的一次冲突中抓了我。他们在医院里取出了子弹，然后把我带到了这里。从今天早上开始，他们就一直在折磨我。"

当我伸出手去抚摸他的腿的时候，他的脸紧张起来，身子变得僵硬。病人不喜欢他们的伤口被触摸。在我从业的头几年里，我一直试图理解这种奇怪的反应，我意识到，不仅是病人，普通的伊斯坦布尔居民也会在被别人触碰的时候皱眉退缩。过去，当瘟疫和霍乱这样的疾病传播的时候，人们的身体还靠得很近。时代已经发生了变化。现在，癌症、糖尿病、心脏病这样的疾病已经取代了那些传染病，只能由人们默默地独自忍受，人们会缩回到自己的坚壳里，延续着彼此互不触碰的生命。如果有人说"我是人"，翻译出来的意思就是，我正在远离他人，我要在自己和他人之间隔出一段距离。在如今的时代，不仅陌生人之间，甚至朋友之间也会相互躲避，不去触碰对方的身体。我意识到，来我诊室的那些人就像被关进笼子的猫。我们不能把这种焦虑归因于对疾病本身的恐惧。我觉得让人们抛弃伊斯坦布尔的唯一理由并不是瘟疫的爆发，而是触摸的爆发，人们一想到身体会被触摸就会惊慌失措，四处寻找藏身之所。

"我来打点你的伤口吧，我是医生。"

他的裤子被撕破了，上面的针脚露出了缝隙。我可以看到他小腿肚上的伤。有人已经在伤口上敷了点药，用绷带裹起来。我轻轻地把裹着伤口的绷带揭开。我抬起他的腿，就着渗入格栅的灯光仔细检查。

"没有流血。他们还没有把线抽走。"

换药的时候，我注意到他似乎安详了一些，他平静地看着我的一举一动。

"我觉得冷。"他说。

我摸了一下他的额头。"你发高烧了。这是新近受伤的正常现象。不要担心，会过去的。"

"希望如此。"

我捡起水瓶边上的面包和奶酪递给了他。

他迟疑了一下，仿佛正在旁观一件他完全不能理解的事情。他犹豫了。他盯着我放到他手心的面包看了很久，然后咬了一口，很快就吞了下去。他的胸脯起伏着。他拿起水瓶贪婪地喝了两口。

"我的名字叫艾力，"他说，"大家都叫我点火人艾力。"

我记得那个名字。事实上，它就像一个钉子一样牢牢地扎在我的记忆里。我凑近他的脸仔细地看。我看到了他紧锁的眉头和满是褶皱的前额。我怀疑他是不是还不到三十岁，他看起来比我的儿子年长一些。

"你可以管我叫医生，大家都这样叫我。"我说。

"不要告诉我你就是从塞拉帕萨那里来的医生。"

"正是。"

我们知道彼此的名字，但未曾谋面。几个星期之前，我们本来应该在伊斯坦布尔的一条风景如画的街道上，或者在海滩上的一家咖啡店里碰面，可是现在我们都身陷囹圄。我们现在还没有行使完生命的权利，我们还没有抵达路途的终点。他也充满好奇地看着我。

"在我想象中，你是塞拉帕萨医学院的一名学生。"他说。

我要不要告诉他真相？

当我妻子得了胰腺癌的时候，她想马上死掉，而不愿意延长自己的痛苦。"给我注射一针，让我得到解放吧。你就是那个把我最后的呼吸带走的人。"她曾经这样说。在我们恋爱的初期，当我们还是一对不切实际的恋人的时候，我们一起探索伊斯坦布尔，我们按照当时的时尚在每一个码头上许愿，在每一个公园里采撷花瓣。当我们快数完花瓣的时候，我们特别想知道我们会有奇数个还是偶数个孩子。那个年龄的人总是对未来充满好奇。十年之后，我们会在哪里生活？二十年之后，我们又会在做什么？我们甚至不能想象未来的五十年，我们只能祝愿，当我们那么老的时候，我们的生命已经尽兴。我的妻子提前走到了那个叫做死亡的国度的边界，她只想在不遭受痛苦的情况下跨过边界去往另一边。"我亲爱的妻子，你同意我们肩并肩死去，我就会用同一个针头给我们注射。"我说。她艰难地笑了笑，回答道："你必须活下去，你要养活我们的儿子，看着他的孩子们长大，然后你才能来找我。在此之前，你不能来。"

当我的儿子长成一个年轻人的时候，我想让他尽快结婚，一部分原因就是，我想实现他母亲的梦想。但是他离开了家，放弃了他在医学院最后一年的学业，加入了遍布城市的革命团体中的一个，并为他的人生画出了一条不同的道路。斗争和死亡的消息不断地传来。我通过报纸跟踪每一个事件。当我看到和他的名字或者面孔相像的人的时候，我的心就会悬到嗓子眼。当我登上渡轮，或者在漆黑的桥下散步，或者因失眠而到海滩上散步的时候，我的儿子会突

165

然出现在我身旁，紧紧地拥抱我。他身上有他母亲的气味。我会触摸他的手指，看着他日渐消瘦的脸，努力辨认他深陷的双眼中反射出的光芒。"不要为我担心，父亲，我很好。糟糕的日子会过去的。"可是这样的日子并没有过去。时间无休无止地向前延伸着，我的焦虑和渴望也以同样的速度增加。

在一个秋日的早晨，天下着雨，我像往常一样早早离开家，走在去往诊室的路上。这段路走路需要十五分钟。我的儿子忽然钻到了我的伞下，挽住我的胳膊。"不要停，接着走。"他说。他全身湿透了，像条流浪狗。他浑身哆嗦着，咳个不停，用手帕捂着嘴。还没有走两步，他双膝一软，瘫倒在地。在他跌倒的时候，他试图用手抓紧我。我叫了一辆出租车，把他带到医院。我的儿子得了肺结核。在一个传染病肆虐的城市，人们总是避免相互触碰。我的儿子传染上了肺结核，他正在用自己的身体为信仰付出代价。我的儿子常常会在我们讨论问题的时候说："父亲，善和恶都是可以传染的。"现在，他变成了传染病的牺牲品，仿佛这就是他应有的奖赏。旧的城市已经死去，在某种程度上，新的城市正在拒绝诞生。地下传来嚎叫的声音。空气中有一股恶臭，连雨水都不能将这般恶臭冲刷干净。年轻的孩子们铸就了一千个梦想，他们向前奔跑，就好像一艘艘驶向被迷雾笼罩的大海边界的船，到头来却被冲上岸，船帆被撕得粉碎。这个城市什么时候爱过她的子孙？她的同情到底属于谁？有一天，当我带着这样的情绪说话的时候，我的儿子说："父亲，我们的使命不是乞求爱，而是创造爱。这就是我们奋斗的目标。"

我的儿子给他的父亲上了一堂关于生命的课，现在他躺在病床上，浑身颤抖，神志不清。汗珠从他的额头上淌下来，渗到了枕头里。我整日坐在他的身旁，听着他的呼吸声，量着他的体温。那天夜里，当医院的走廊里空无一人，只能听到远处的护士的脚步声的时候，我的儿子睁开了眼，悄悄地说道："我必须起来，我明天还有一个约会。"即使我允许他起来，他也只是在说自己不可能做到的事。"父亲，这件事非常重要。我朋友的生命全靠它了。我明天必须去见人。"除了肺结核之外，他还得了肾病和胃病。他现在到了不能无视自己健康的时候。他现在绝对不可能下床活动很长时间。"我的儿子，不用担心，如果事情很重要，我来代替你。"我说。他无法回答，而是闭上双眼，沉沉地睡去。他和小时候一样，脸上露出单纯的表情。不管他长多大，我常常在夜里他睡着的时候悄悄溜进他的房间，借着台灯端详他那张娃娃脸，而此刻，那张脸又如期而至了。我想让他带着那样的神情醒来，可是天一亮，当他睁开眼睛的时候，他怅然地望着我。他举起纤瘦的手指。"父亲。"他抬高嗓门说道。"我的儿子。"我说。为了他，我愿意放弃我的妻子不再需要的那段生命。我摸着他那被肺结核折磨得凌乱不堪的头发，然后又握着他的双手。他的胸膛里传来呼哧呼哧的声音。"父亲，"他说道，"如果事情不重要，我绝对不会让你去的。你现在必须到拉雷利的拉吉普帕萨图书馆去。在那里，你会见到一个女孩。她就是中间联络员。你必须赶到她告诉你的真正的碰头地点，在那里和一个叫点火人艾力的人碰头。要严守时间。你和点火人艾力的碰头时间比那个女孩告诉你的时间早一小时。他们两个我谁都没有见过。他们会把你当成我。他们管我叫医生，因为我在医学院学习。所以，对你来说没有什么不同。万一出了岔子，你就混到警察当中去，告诉他们你的真实身份。"

一个人什么时候变得完整？我的妻子说，在生完孩子之后，她觉得她感受到了以前从未想象过的事情。"我感觉我完整了，仿佛我体内的所有碎片都归位了。"她曾经这样说。她的面容上出现了一丝安适的神情，这是我以前从未看到过的。我曾经满怀钦羡地看着她，想知道她的圆满人生是什么样的。那是什么样的一种完整？我怎样才能实现那样的完整？对人慈悲是不是就可以实现，或者把这种慈悲心传给我的儿子？如果我把儿子的痛苦担在自己肩上，把自己体内的所有碎片完整组合在一起，那么我会不会感到满足呢？我经常独自坐着，面对伊斯坦布尔的海沉思，当我夜里把头靠在枕头上的时候，当我每日早晨慵懒地走在上班路上的时候，我都在思考同一个问题：一个人怎样才能变得完整？
而现在，我又开始问自己这个问题。

我的儿子有一天也必然会问自己这个问题。

"我的儿子，"我说，"我是用另一个病人的名字把你送
到这家医院的。没人知道你的真实身份。你是安全的。"

第七天

由大学生德米泰讲述

怀 表

"那天早上，当巴耶济德图书馆馆长塞拉法特先生来到图书馆的时候，他发现没有人等在门口。每天早上，总是有一两个爱书人等在那里，可是今天早上只有他一个人。图书馆是由一个马厩改造而来的。他走到图书馆的侧墙前，打开手里拿着的纸包。他蹲下来，小心翼翼地把切成碎片的食物放到鹅卵石地面上。他看着猫儿们聚起来，然后把注意力集中到悬铃木底下的一些鸽子身上。他从提包里取出一纸袋麦粒，绕着树撒了一把。这里的猫和鸽子相处得很融洽，不会相互打扰。当馆长站起身子朝门走去的时候，他看到两个早起的爱书人向他走来。他向他们说早上好，并提醒他们今天迟到了十分钟。两个爱书人看了看怀表说他们很准时。馆长从马甲的口袋里掏出怀表。他把自己的表和那两个爱书人的表对比了一下。他们的时间慢了。馆长向他们露出宽厚的笑容，可是整整一天，他发现不光他们两个的表，

171

图书馆里里外外所有人的表都慢了十分钟。他意识到一定出了什么事儿。在伊斯坦布尔，时间那优雅的指针正在发生变化。学校里的铃声、电影院里的放映时间、轮船的旅程全都慢了十分钟，可是没有一个人察觉。早晨大街上高声叫卖的报童并没有宣布这样的消息。每一天，馆长都会根据自己的怀表打开图书馆大门，他每天都会问自己同样的问题：为什么所有的钟表突然间都慢了下来？故事很长，不过我会讲得简短一些。在世界的某个角落里，一场战争接近尾声，而在另一个角落里，另一场战争正在酝酿。尽管空气里散发出春天的气息，但是伊斯坦布尔的空气却令人感到压抑。海员们带着平静的神情出海了，女人们一连几日忘记了她们晾晒的衣服。图书馆馆长塞拉法特先生无法容忍人们的表慢了十分钟，也无法容忍那些老读者迟到，他决定做些什么。一天早晨，他喂完了猫和鸽子，一直在图书馆工作到中午，然后，他把任务分配给馆员们，拿出这一天剩下的时间去访问城市里的其他图书馆。阅览室里的读者在窃窃私语。国家广播电台的节目主持人宣读了新闻，但是他也晚了十分钟。此刻，伊斯坦布尔上上下下的时间都发生了变化，而唯一错误的表似乎就是他的怀表。他还不知道自己处在危险之中，他还不知道他正处在佩戴着黑色玫瑰花饰物的男人的监视之下。他甚至无法预想时间的延缓会产生什么样的后果。我至少应该救一救图书馆，他想。他告诉馆员们正确的时间和似乎只有他一人才能察觉的真理。他还告诉他们，在巴耶济德一起生活了多年的猫和鸽子也发生了变化，那些猫变得非常暴躁，而鸽子总是紧张地扑棱翅膀。我们必须拨正时间，把真理告诉未来的一代，他说。只要他的怀表还在不停地走动，只要还有人每天给它上弦，让它继续走动，那么时间就会站在他们这边。他对此坚信不疑。一天早上，一辆小轿车径直向塞拉法特先生开来，他竟然侥幸躲开了。午饭的时候，他在最后一刻把下了毒的冰冻果子露退给了街头小贩，因为他觉得玻璃杯很脏。可是，当他夜晚回家走进花园的时候，却没能躲开从黑暗里刺向他后背的刀子。听到他妻子的尖叫声之后，邻居们都赶了过来，他们叫来了医生。塞拉法特先生意识到自己已经到达旅途的终点，他把怀表从口袋里掏出，递给妻子，让她保存。他的妻子看着那块表面上镶嵌着红宝石的怀表，伤心地说：所有人的表都不对，而唯独你的表时间准确，这到底意味着什么呢？塞拉法特先生深情地看着妻子，示意她来到他跟前。等她在邻居们审视的目光下弯下腰的时候，他对着她的耳朵说了几句话，然后闭上了双眼，再也没有睁开。第二天，人们洗净了他单薄的身体，在葬礼的祈祷仪式后把他抬到坟墓前，这同样也晚了十分钟。他们用潮湿的土把他埋葬。邻居们流下了泪，高声地哀悼着。在哭泣的间歇，他们悄悄走到塞拉法特先生的妻子身边，并问她塞拉法特先生临死前在她耳边说了些什么。他的妻子眼泪盈眶,摇了摇头。我没有听到我丈夫的话,她说,我有点耳背,你们知道的。"

库黑兰叔叔替我重复了最后一句话。"我有点耳背,你们知道的。"

我们一起大笑起来。

在牢房里,我们并没有屈服于痛苦的折磨,可是,我们被悬挂在痛苦的边界之上。同样的情形是不是也发生在地上的世界里?在那里,在被云雾笼罩的摩天大楼里,在郊区,在震耳欲聋的汽笛中,在大规模失业的慌乱中,任何不幸都可能降临在我们身上,我们会脆弱地沦为痛苦的牺牲品。当开阔的城市用虚假的皮毛罩住我们的身体,让我们保持温暖的时候,她同样会猛然把我们推开,把我们顺着马桶的下水道冲走,仿佛我们就是被抛弃的胎儿。这种风险鞭策着我们,让我们行动起来,让我们用炽烈的欲望活好每一天。我们相信,我们几乎到达了天堂,我们相信地狱就在脚下。这就是为什么城市里总是有享不尽的快乐,躲不完的恐惧。我们总是沉浸在自己的狂笑中,不能自拔。每一波情感的冲击都是那么夸张,我们为了一己私利苟延残喘,然而这一切很快就会耗尽,只在我们的皮囊上留下一点令人作呕的恶臭。这种情景,我们看得越多,就越发炽烈地渴望改变伊斯坦布尔。

经过几天的抵抗,现在我的表也慢下来了,就像故事里那些伊斯坦布尔居民的表一样。在审讯中，我审问自己的问题比审讯官审问我的还多。我是人，不是机器，我的鲜血和骨骼都到了忍耐的极限。我不顾一切地寻找一种能够躲避痛苦的方法。我寻思着，要是我开口说话，会伤害到谁吗？为了不让审讯官继续提问，我说出一两个细节又怎样呢？假如我告诉他们一个地址、一个姓名，这会造成什么样的伤害呢？我供出的那个人早已躲了起来，我指给他们的那个地址早就已经撤空。我会估量好这一切，然后试图说服自己。我可以只告诉他们一些无关紧要的情报，我不会置任何人于危险之地。我只会捉弄审讯官一番，让自己免受很多痛苦。这样做是否可能？这些想法让我寝食难安，我不知道这些词语是怎样钻进我的脑子的。穿过我身体的电流首先变成痛苦，然后变成绝望，最后又变成一些无辜的词语，在我的脑子里四处闯荡。我正在靠近一条边界线，我不知道它的另一侧是什么。

我该怎么办？我应该抓住什么紧紧不放？我想向医生寻求建议，可是，除了给我希望，他却什么也不能做。他不能治疗我的软弱，不能消除我脑子里的疑虑。在我的眼前，一堵血迹斑斑的墙正在竖起。我什么也看不见。我和图书馆馆长塞拉法特先生一样，不管别人的表显示什么时间，我只相信自己的表是伊斯坦布尔唯一准时的表。"宏丽的梦想会带来无边的失望。"这句话忽然跃入我的脑海。我为平生第一次承认失败而感到伤心，我十分悲痛，因为我没有承受住这座城市对我的折磨。

"你以前给我讲过这个故事，但是结尾是不同的。"医生说。

"正如你无法在同一条河里洗两次澡，"我说，"你也无法在伊斯坦布尔将一个故事讲两遍。"

生命是短暂的，而故事却非常漫长。我们也想变成故事，汇入生命之河随波逐流。讲故事就是展现这种欲望的一种途径。

库黑兰叔叔也加入进来，他说："关于伊斯坦布尔，那只怀表是最让我感到神奇的东西。据我父亲说，表面上的红宝石会在黑暗中像星星一样闪耀。只要看到它一次，任何人都会俾夜作昼，在天空中苦苦寻找，而且只要他们找到了像红宝石那样的星星，他们就会相信只有这块表的时间是准确的。"

"我小的时候经常去一个图书馆，那里的钟表总是快十分钟，"医生说，"那个时候，有很多关于镶嵌着红宝石的怀表的故事，但是它们的结局都有所不同。就像德米泰不断地改编他所有的故事一样，怀表的故事也在不断地变化。小的时候，我没有特别注意这个故事，但是现在，我很想知道怀表的故事的结局。"

"就好像在这间牢房里我们没有别的东西可以担心似

的。"我自言自语地嘟哝。

坐在我身旁的库黑兰叔叔转过身来看着我。"你还有什么担心的吗，德米泰？"他问道。他一脸严肃，仿佛并不是坐在沾满血迹的混凝土地板上，而是舒舒服服地坐在当地一家咖啡馆的火旁。

看到他这么自信，我很想笑出来。不过，我没有这样做，而是给他讲昨天在审讯室里见到的那个死女人的故事。审讯官将我绑在一张桌子上，记不得什么时候，他们给我的手和脚解了绑，命令我从桌子上下来，并摘掉了我的蒙眼布。一个女人赤身裸体躺在墙根。她的身体上布满了刀痕。很显然，她已经死去，她的嘴唇和胸脯没有丝毫动静表明她还在呼吸。一个审讯官走到她跟前，朝她的肚子踢了一脚、一脚、又一脚。然后他踩在她的手指上，开始用力压。审讯官一边踩她的手指，一边看着我，他想看到我浑身战栗，他好奇我会说些什么。他和着那个女人手指碎裂的声音自得其乐地左右摆着头。那个女人的手边有一只怀表，表面已经破碎。看到我在看那只怀表，审讯官也把他的目光转到怀表上面。他看着怀表沉思了一会儿，仿佛不知道它有什么用。接着，他用沾满血迹和泥巴的靴子踩在那只表上。他慢慢地转动着脚跟。他踩碎了时针、分针、发条和齿轮。他的脸上露出一副陶醉的神情。这可不是一只普通的怀表。他把过去和现在，昨日和明天都踩在了脚下。有谁会阻止他呢？他这样做是一种超越，超越了驾驶快车那风驰电掣的快感，超越了在灯红酒绿的夜总会里狂饮不止的放纵，超越了在旅馆里伴着女人的余香入睡的温馨。他把死亡攥在手心，正在肆意摧毁时间。鲜血、肉体和骨骸都站在他的一边。没有人能够阻止他。当怀表的时针和分针在他的脚下迸裂开来的时候，他的额头上冒出了汗珠，他两鬓的静脉鼓了起来。他就像强大的法老，他觉得自己和神一样，高高在上地俯视着人们。对他来说，不存在罪恶，也不存在惩罚。他主宰所有人的痛苦，主宰他们最后的一口呼吸。

"他们也让我看了那个女人，"库黑兰叔叔说，"我觉得那是在审讯你之后。地板上的表已经被压成碎片，满地都是金属零件。"

"这是我到这里来看到的第二具尸体。"我说。

那个女人已经死去，她的表还显示正确的时间，但是，这还有什么意义吗？这就是我想问的问题。或者说，我们头顶上的每个人都在忙于自己的生活而全然不知我们的存在，我们却在这里忍受痛苦，这还有什么意义呢？当古人开始修建巴别塔的时候，上帝搞乱了他们的语言，让他们无法理解彼此，因此也阻止了塔的修建。可是，这样做有什么意义呢？愤怒的人们不止征服了大地，也征服了天空。他们修建起的塔不止一座，而是成千上万。他们一次又一次地穿透天空。随着建筑越来越高，人们意识到，上帝已经被消灭了，因此不再寻找他的存在。他们修建出一座座比蚂蚁通道还错综复杂的城市。通过这种方式，他们把每一种语言和每一个种族汇集到一个地方。他们就这样生活着，仿佛永远不会死去。如果需要有一个新的上帝出现，那么人类就是这个职位的最佳人选。随着他们越来越强大，他们的影子也越来越长。当他们看着自己的影子时，他们忘记了什么是仁慈。他们不晓得自己做了些什么。他们用权利代替仁慈，用算计代替权利。他们浇灭了第一把火，擦除了第一个词语，从记忆里抹去第一个吻。他们唯一留下的就是痛苦，那痛苦不断地提醒人们想起仁慈。然后，他们想方设法用药物解除痛苦。在这里，我们总是更多地思考仁慈，那是因为我们总是在忍受痛苦。痛苦就是我们衡量价值的尺度。但是，我想知道，既然我们头顶上的城市里的每个人都无动于衷，那么，我们在地底下所承受的这些痛苦，其意义又何在呢？

"德米泰，"医生说，"我们还是不要讨论死亡吧，我们来讲一讲头顶上的人们怎样实现圆满的生命。没有了我们，伊斯坦布尔还是那么辉煌灿烂，她仍然活力四射，生机勃勃。这难道不是好消息吗？"

我没有回答。

库黑兰叔叔审视着我们两个。当他意识到我们正在等着他的时候，他开口说话了。他的声音非常平静。

"在我们家里有一条壁毯，上面绣着一只鹿。我来给你们讲讲关于这条壁毯的故事吧。有一天，我的父亲指着它说：你们能不能像爱壁毯上的那只鹿一样去爱一只真鹿？当他把'真'和'鹿'两个字相提并论的时候，我感到有点奇怪。我当时坐在窗口，天已经黑了，外面的天空布满了星星，星星的下面就是大山，大山的后面有鹿。我的父亲看着我，仿佛他能够在我脸上看到星星、大山和鹿。他给我们讲了一个住在伊斯坦布尔的忧郁的年轻人的故事。这个忧郁的年轻人看到了一个女人的画像，便爱上了她。他日夜想着这幅画，念念不忘。有一天，他偶尔与画中的女人邂逅，但是，他瞟了她一眼之后，便立刻转过头，不愿意再看她第二眼。我爱的是画中的女人，他说，我对真实的女人没有丝毫感觉。让年轻人内心燃起火焰的，不是存在着的女人，而是他对她的幻觉。奇怪的是爱情还是人呢？我父亲说，伊斯坦布尔的居民都在这种心态下生活着。伊斯坦布尔的居民更喜欢挂在墙上的描绘伊斯坦布尔的油画，而不喜欢他们每日漫步的街道，不喜欢细雨滴沥的屋顶和海滩上的茶舍。他们会喝雷基酒，讲述传奇故事，背诵诗歌，然后他们会盯着墙上的油画唉声叹气。他们觉得自己生活在一个不同的城市里。在房子外面，海水拍打着海岸，不断地涌入博斯普鲁斯海峡，轮船乘风破浪，海鸥展翼飞翔，双翅横跨两个大陆，一侧是亚洲，另一侧则是欧洲。在大桥下面，孩子们生起了火，他们一起打赌，看谁能够根据汽车引擎的声音辨别车的品牌，夜班工人们聆听着那如怨如诉的阿拉伯风格乐曲。在房子里、咖啡屋里、工作间里，人们可以从墙上挂着的油画的正面清晰地辨认出伊斯坦布尔那公开的面庞，然而在油画的背面，却隐藏着伊斯坦布尔隐秘的面庞。所有人都如醉如痴地看着那些油画，然后，他们会惘然若失地来到床边。他们把时间分成两半，一半是醒来的时间，一半是睡去的时间。

库黑兰叔叔的脑子里装了太多的词语，他的故事比城市里的街巷还要多。

"伊斯坦布尔的居民是这样划分时间的，"他把手向两侧伸出说道，"他们认为真正的伊斯坦布尔是过去的城市。这个疲倦的城市曾经充满活力，曾经拥有一个光辉的苏丹国，但是她现在已经昏昏睡去了。或许她再也不会从那酣梦中醒来。雄伟壮丽的故事就像雄伟壮丽的大厦，它们被埋在瓦砾堆下。持上述看法的伊斯坦布尔居民崇拜过去，并阅读了许多关于这个城市的往昔故事。除了今天的时间，是不是还有别的时间呢？这个城市不正是所有时代的时间汇集的地方吗？抑或那样的愿景是我们无法触及的？他们更愿意忘记类似的、曾经在他们头脑中闪现的问题。他们没有抚今追昔，也没有展望未来。为了忘却，他们忍受着悲痛，然而，他们却没有意识到，他们也正在忘却现在。生存与死亡对他们来说是同一件事，而过去总是无边无际。他们绝望地爱上了往昔时代，但是每天早上，当他们睁开双眼的时候，他们却藐视这座城市。他们把一层层混凝土堆积起来，建造出相像的建筑。他们摧毁房屋，砸碎建筑，然后，他们拖着疲惫的身子回到家，脑子里想象着美妙的伊斯坦布尔油画，昏昏沉沉地睡去。"

库黑兰叔叔面对着我继续说着。"你在听吗，德米泰？"他说，"我喜欢山上的鹿，也喜欢挂毯上的鹿。我迷恋上了伊斯坦布尔的古老故事，可是我也迷恋上了今天的伊斯坦布尔。我发现，人们或许喜欢现在的伊斯坦布尔，但是他们对她并没有充满深情。缺乏深情的爱令他们自私。就像那些压迫爱人的人一样，他们看不到自己身上缺乏什么。他们坚信幸福已经把他们抛弃，他们不再相信伊斯坦布尔。"

"这就是你想要来这里的原因吗？"我问道，"你是想来这里看一看往日的伊斯坦布尔的样子吗？"

"我想知道我能否在死去之前实现我的梦想。在我人生的最后转折点，我来到了这里。难道我来到这里的代价必须是我正在承受的痛苦吗？我为什么没有早一点鼓足勇气来到这里？我为什么要在死亡站在我对面的时候才选择来到这里？我不想用这些问题折磨自己。当我被捕的时候，我对审讯官说，如果他们带我到伊斯坦布尔，我就告诉他们所有的秘密。现在，他们就像机器一样每天审问我同样的问题。我向他们描绘伊斯坦布尔，但是他们无法理解。我把伊斯坦布尔指给他们看，他们却看不到她。他们想让我向痛苦屈服，让我放弃我的爱。他们想让我不再相信自己和伊斯坦布尔，想把我变成他们那样。他们想尽了一切手段折磨我。他们撕裂我的躯体，想把我的灵魂变成他们那样。他们没有意识到我对这座城市的信仰越来越坚定。"

"库黑兰叔叔，我们的信仰越来越坚定，那又怎么样呢？"我带着一丝不安问他，"没有人看到我们在这里遭受折磨，没有人知道我们存在着。"

"那些折磨我们的人能看到我们正在遭受折磨。"

我知道，我们的痛苦来自城市和时间。城市和时间是相同的，这就是为什么上帝在这里的统治被推翻了。没有人在注视我们。那些认为上帝发明了善，而恶则来自人间的人是错误的。如果上帝愿意的话，他会让世界充满无边无际的善。是什么阻止了他？我觉得他发明的是恶，而发明善则是人类的责任。住在地上世界的那些人是否意识到了这些呢？那里有没有人想到我们，有没有人对我们正在经受的一切表示关怀？

"痛苦的最佳见证者就是施加痛苦的人。我们是他们生命的一部分，正如他们是我们生命的一部分一样。"库黑兰叔叔说。

"你们谈论的是时间和怀表，"医生说，"点火人艾力也对这个问题很感兴趣。他总是问我时间是什么。"

他们昨天把点火人艾力带进牢房之后，医生和他聊过了。他仔细检查了他的伤口，注意到他非常冷，便脱下自己的夹克，披在他的肩膀上。点火人艾力想知道这里的时间，还因为这里没有钟表而抱怨过。就像所有新来的人一样，他对时间的方向充满好奇。在外面的时候，时间就在晨曦里，而夜晚的时候，它就在黑暗的天空中。工作的时候，时间在办公室里。上学的时候，时间在下课的铃声中。驾车的时候，时间就在示速器里。在地面世界的街道上，每一个声音、每一个物体都显示时间的位置。可是在这里，时间藏在哪里呢？时间是不是在灰色的墙壁中，在黑洞洞的天花板上，或者在铁门中？它是不是就在像狼嚎一样传到远处的惨叫声中？在从墙体里渗出来的鲜血中？或者在那些被带出牢房永远不再回来的人最后一次回望的眼神中？这个问题也一直折磨着点火人艾力。当他们带他走的时候，他拖着受伤的腿一瘸一拐地慢慢走出牢房。他做的第一件事，就是询问看守时间。"你在时间的终点，"他们告诉他，"你不会再有时间了。"

在他被捕的那一天，点火人艾力和他的朋友们正在贝尔格莱德森林中。他们决定在那里碰头是因为天气很冷，还下着雪，因此，他们觉得那个地方肯定空无一人。他们有

184

二十个人。这是他们第一次以这么大的规模见面。他们已经制订好计划，准备袭击那个被称为审讯中心的地方，那里共有地下三层，有人在那儿遭受着不为人知的折磨。他们还讨论了袭击的策略，用记号标记出入口、岗哨的位置，还画出了他们会采用的所有路线。他们分配了任务，规定了先后次序。他们抽了很多烟，谈论那些被逮捕后就一直下落不明的朋友，也谈论那些刚刚加入他们队伍的年轻人。尽管情况并不乐观，他们仍然有说有笑，相互插科打诨。尽管他们已经失去了对今天的信仰，但是他们仍然信仰明天。

当他们肩并肩坐在一起，系着围巾蜷缩在风雪大衣下的时候，一阵表示警告的口哨声忽然让他们支起了耳朵。他们中的一个人站了起来，走向放哨的人，很快又返了回来。我们被包围了，准备战斗吧，他说。他们以四个人为一组分成了小队，在敌人的包围圈逼近之前，分散到了森林的各个方向。他们不想被抓住。他们努力辨认森林中敌人真实主力的踪迹。他们用锐利的目光扫视这片区域。很快，他们就听到了第一声枪响。一个小分队已经和敌人遭遇了。枪声在山中回荡。艾力带领的小分队正准备穿过另一片区域。如果他们能够在西边杀出一条路，他们就可以轻易地回到居民区。树枝在头顶的直升机的轰鸣声中颤抖着。麻雀、椋鸟和乌鸦受到惊吓，慌乱地飞向四处。在宽大的树枝的掩护下，小分队没有被直升机发现，而是穿过了森林。他们紧紧地靠在一起。不久以后，激烈的枪声响起，他们知道，其他小分队也投入了战斗。天黑之前冲出重围看来将会非常困难。

当点火人艾力和他的队员们经过一个小山坡的时候，附近的枪声迫使他们扑倒在地上。在视野内见不到一个敌人，他们意识到，那些子弹并不是瞄准他们的，那是其他小分队在战斗。他们现在正在山坡的另一侧，准备翻过山头去救援那个小分队。他们可以对进攻的敌人展开突袭，为他们的朋友杀出一条道。他们在沉默中行军，但是事情并没有像他们计划的那样发展。当突出一个包围圈之后，他们发现自己又陷入了另一个包围圈。子弹在他们的身旁呼啸而过，炸弹在轰鸣着，他们迷了路。是谁在开火，谁在进攻，谁在撤退？他们什么都不知道。树枝断裂了，雪花四处乱飞，他们无法听到彼此的声音。他们向头顶的直升机开火，直到它离开他们，飞向别处。枪声停了。点火人艾力意识到，他已经失去了他的朋友们，他现在孤身一人。他向四周看了看，但是却没有看到一个人。他跟着雪地中的脚印在灌木丛后面寻找。他的朋友们要么被打死了，要么改变了方向。

他不断地寻找着。他没有给自己寻找出口，而是选择循着枪声去援助其他小分队。每一次他都成功地躲避了敌人的小包围圈。当他在茂密的树林中装上最后的弹夹时，已经累得气喘吁吁，精疲力尽。他双膝一软，倒在地上，听任雪花将他包裹起来。他想让自己的汗水很快干掉。他看着头顶上的树枝，不知道走哪个方向。这时候，他意识到，夜幕正在降临。云消散了，天空放晴了。黑暗迅速蔓延，就像在水中洇开的墨一样。树正在长高。这是一个没有月亮的黑夜。当点火人艾力听到旁边有人叫他的时候，他的手不自觉地伸向武器。

"艾力。"

他朝着树下的影子走去。当他看到那个影子是队员迈恩·贝德的时候，他双膝一软，跌倒在地。

迈恩·贝德正靠着树干坐在地上。她的呼吸非常沉重艰难。

"我流了许多血。"她说。

"他们打中了你哪个地方？"

"胸膛。"

"我会把你带离这里。"

"不用了，我知道，我没有多久了。"

"不，我们走吧。"

"我希望其他队员成功突围了。"

"嗯，枪声已经停了……"

"他们一定已经撤离了。"

"我可以背你。趁着天黑很容易走出森林。"

"点火人艾力，我知道你做事从不会半途而废。但是，忘了我吧，去执行我们今天讨论的计划吧。"

"你是说袭击计划？"

"是的。你必须离开这里，向审讯中心发动进攻，把在那里遭受折磨的人救出来。"

"我们一起展开行动。"

"我很想这样。我爱着的那个人就在那里。我会付出一切代价去救他，投向他的怀抱……"

迈恩·贝德闭上了眼，没有把话说完。点火人艾力警觉起来，用手摸了摸她的脸。

他能听到远处一只老猫头鹰的叫声。

迈恩·贝德又睁开了眼。

"我很渴。"她说。

点火人艾力抓起一把雪递给她。

"把这个放到嘴里含化。"

"你知道我爱的人是谁吗，艾力？"

"知道。"

"我从来没告诉过他，我太害羞了。"

"不用担心。他也爱着你。"

"真的吗？你说的是真的吗？"

"我们都在谈论你们两个，都知道你们爱着彼此。我觉得唯一不知道这件事的就是你们两个。"

迈恩·贝德深深地吸了一口气。她把头靠在树干上，看着头顶的繁星。她看到两颗流星从天空中接连划过，这让她像小的时候那样感到兴奋。

"你看到流星了吗？"

"看到了。"

"我许了一个愿。"

"不用担心，你对流星许的愿一定会实现的。"

"我的脸像在被火烧。"

"你是什么时候被他们的子弹打中的？"

"一小时前。我迷失了方向，漫无目的地走着，最后瘫倒在了这棵树下。"

"他们会循着血迹找到你的。"

"不到早上，他们不会跟踪任何人。而且，我看离天亮还早。"

"他们也会在黑暗中寻找。我们不能待在这里。在树林的外面有一些房子，我们可以躲在居民区里。"

"艾力，我已经不再害怕了。你觉得这是不是因为你告诉我我爱的那个男人也爱着我呢？"

"你不再害怕了？那非常好。"

"所以，我没有必要告诉他我爱他。我应该做的一切就是把他拥在怀里。"

"或许他比你更没有勇气求爱。"

"这就是他那样看着我的原因吗？"

"怎样看着你？"

"他看人的方式很特别……现在……他就在审讯室里……你觉得他是不是正在忍受很多痛苦？"

"我们会把他救出来的。"

"不要把时间浪费在我身上了，艾力。去找我那个朋友吧。去把那些忍受痛苦的人救出来。"

他们又听到远处那只老猫头鹰的叫声。树枝沙沙作响。枪声在附近响起。

点火人艾力把迈恩·贝德放到地上。他在她身边躺下。他环视了一下四周，检查着树林和灌木丛。他谁也看不到。天漆黑一片。星光微弱，在这个没有月亮的夜晚，他无法看得很远。当他听到前面不远处有鸟飞起的声音时，他说："在这儿等着，不要动，我去那边看一下，马上就回来。"

他悄无声息地慢慢走着。他在树的背后搜索了一番，然后抬起头，看了看头顶的树枝，却一个人影也没有看到。他断定，他一定走错了方向。这时，他听到一声枪响。他转过身来，却一个趔趄跌倒在地上。腿上刺骨的疼痛让他忍不住扭动身子。他用一只手抓住受伤的腿，另一只手则在雪地里摸索着寻找他的枪。他们没有给他机会。他们包围了他。他们使劲用脚踩他的背和他的头部，然后把他铐了起来。

"放开我！"他一遍遍地喊道，"放开我！"

点火人艾力的表现让他们起了疑心。这些人仔细地检查雪中的脚印，然后朝着迈恩·贝德躺着的地方走去。当他们来到树下时，他们用火把照亮了周围的区域。他们看到了血迹，却没有发现任何人。

"刚才谁在这里？你准备开枪给谁传递信号？"他们质问。

"我没有给任何人传递信号。"点火人艾力说。

"这里也有你的脚印。说，这是谁的血？"

"什么血？我只能看到雪。"

一阵拳打脚踢扑面而来，点火人艾力摔倒在地，心里想着迈恩·贝德。她虽然有伤，却躲开了敌人，这让他感到很欣慰。他已经抵达了道路的终点。他们要么会在这里把他杀掉，要么还会让他多活几天。他已经做好了准备。他想发出诅咒的声音，可是他的嘴里充满了血，他能够发出的唯一的声音就是呻吟。在他快要丧失意识的时候，他看到了他们头顶上直升机的灯光，听到了森林里各个方向响起的枪声。

迈恩·贝德的愿望会实现吗？她能否成功逃出森林？她胸口上的伤会不会痊愈？

"这并不是她的愿望。"我反驳医生说。医生正在给我们描述那个夜晚，仿佛他亲身经历似的。"我觉得迈恩·贝德的愿望是对审讯中心发动袭击，救出在这里承受苦难的每一个人。她的愿望会变成现实的，他们一定会来救我们的。"

"你说的有可能是对的，德米泰。或许她许的愿和我们有关。"

"并不只有一颗流星，而是两颗。如果一个愿望没有实现，另外一个也会实现的。"

"但愿那个愿望会实现。"

"迈恩·贝德爱着的人是谁？点火人艾力有没有告诉过你？"

"没有。"

"他就在这里，很明显，他和我们在同一个屠宰场里。"

"地下的牢房密密麻麻，"医生若有所思地说，"谁知道他被关在哪一间呢？"

"这个故事最让我喜欢的地方是，迈恩·贝德幸福地得知，她爱的那个男人也爱着她。我也希望如此。我希望此时此地有人爱着我。"

"可是，这不是故事，德米泰。这是真的。"

"过去发生的一切和我们用语言讲述的一切不都已经变成故事了吗，医生？不存在过去这样的事物。在过去的几天里，难道我们没有发现这一点吗？"

我们就像普通的伊斯坦布尔居民，要么把昨天理想化，要么就对明天充满幻想。我们试图假装今天并不存在。一方面，我们讲述过去的故事，而另一方面，我们又讲述未来的故事。我们把现在看作过去和未来之间的桥梁。我们害怕这桥梁坍塌，害怕跌落到下面的虚空中。我们不断地思考这个萦绕在我们脑际的问题：谁拥有今天？明天属于谁？

从铁门的另一边传来很响的声音。我们竖起耳朵仔细听。当我们听到这声音不断地响起的时候，我们意识到那是枪声。要么是审讯官在试枪，要么是他们在泄欲，打死了某个人。

"那是一支贝雷塔手枪。"库黑兰叔叔说。我们知道，他不仅懂得人，还懂得枪。我们等着远处的声音再一次传来。铁门另一侧的通道很长，像迷宫一样在墙壁间蜿蜒。我们无法判断声音离我们有多远。当我们再一次听到枪响时，库黑兰叔叔说："那是一支勃朗宁手枪。"

这时，声音停了。墙壁恢复了先前的寂静。

"时间正在继续，附近没有一个人，"库黑兰叔叔说，"太阳正在西沉，黑夜马上就要降临。昨天我们还计划举行一场雷基酒会，可是我们没有做到。我们要不要改在今天举办一场呢？"

我们要在医生的阳台上畅饮，那是我们的梦想。当博斯普鲁斯海峡对面居民区里的灯一个个亮起的时候，我们会品评每一个居民区的魅人之处。我们会一个个地数着——于斯屈达尔、库兹衮库克，阿尔图尼萨德、萨拉卡克、哈雷姆、卡德柯伊、基纳里亚达、苏丹艾哈迈德、巴耶济德。我们会根据汽笛声判断哪里发生了交通堵塞。几个世纪以来，人们一直在滥用自己的权力，肆意蹂躏这座城市。他们砸毁一切，推倒房屋，在一座高楼之上又建造另一座高楼，让城市拥挤不堪。我们很想知道伊斯坦布尔是怎样承受这样的破坏的。她能够永葆青春，妩媚动人，这让人感到很惊异，她那不可抗拒的魅力让我们如醉如痴。

我们一起排演了下面的场景：医生在桌子上铺了一张白色的桌布，他拿来奶酪、西瓜、鲜芸豆色拉、鹰嘴豆泥和香草蒜泥酸奶酱。他又拿来了烤面包、蔬菜色拉、黄瓜。然后，他腾出地方，摆了几盘葡萄叶卷米饭和香辣色拉。最后，他在桌子的中央摆了一瓶黄色的玫瑰花。桌子上已经没有多余的地方可以放东西了。他在酒杯中斟满雷基酒，确保每个杯子里都倒了同样多的酒。他又往雷基酒里掺了点水。他走到屋里，打开立体声音响。一首浪漫的歌曲响起。

"晚宴准备好了。"

我们举起空着的手，仿佛在祝酒。

"干杯。"

"干杯。"

"愿我们最糟糕的一天也像今天这样快乐。"

我们的手在空中停留了一会儿。

库黑兰叔叔又重复了一句："愿我们最糟糕的一天也像

今天这样快乐。"

我们开怀大笑。

幸亏我们是在医生的阳台上而不是在酒吧里，否则我们的吵闹声一定会打搅邻桌的人。

在我们的下面，汽笛声和海鸥的叫声交杂在一起。伊斯坦布尔无视我们的存在，海潮继续涨起又落下。一群年轻人正在我们对面的平台上喝啤酒，其中的一个在弹吉他，其他人则跟着吟唱，他们的声音飘得很远，传到了我们的耳中。在旁边的楼房的顶层，有一个女人一边看着窗外一边打电话，另一只手还在整理自己的头发。大多数房子里的窗帘还没有拉上。几个孩子在一个老人周围玩耍，而老人则坐在扶手椅里看电视。太阳西沉，海边越来越暗。从艾米诺努开往于斯屈达尔的渡轮灯火通明，正载着一千种不同的幸福和希望在海上航行。

"希纳·塞弗达马上就到，"库黑兰叔叔说，"她说她会迟到一会儿，她还有任务要完成。"

我们举起酒杯祝她健康。

"为山中女神希纳·塞弗达干杯。"

"为山中女神希纳·塞弗达干杯。"

少女塔也灯火通明。它闪烁着，摇曳着，就像挂在伊斯坦布尔脖子上的闪亮的珍珠项链一般。它离我们如此近，伸手可触。在我们凝视着少女塔的时候，我们每一个人都陷入了自己的记忆，沉迷在从立体声音响里飘出的轻柔的歌声中。

"在过去的两天里，他们为什么没有折磨我们？为什么没有把任何人从牢房中带走？"医生说，"答案很明显。因为在同一时间，贝尔格莱德森林里发生了冲突。那场冲突持续了很久，规模很大，波及的区域很广。我们的审讯官们肯定也在那里。他们把我们留在了这里，我们才得以宁静地度过这几天。"

库黑兰叔叔笑了。"我们在这里遭受折磨，"他说，"同时，在别的地方，许多人正在死去。多么奇怪的世界！现在，在我们的痛苦即将又一次开始的时候，让我们祝愿那些地方的人一切安好。"

我们举起了酒杯。

"祝他们安好！"

"祝他们安好！"

我们喝得很急。我们曾非常想念雷基酒的味道。

现在我想和坐在对面平台上的那些年轻朋友一样充满快乐，我想和窗口的那个女人一样幸福，和坐在扶手椅里看电视的那个老人一样安详。要是我能够离开这个阳台走到楼下，我就会走到桥底下独自思考我的问题。我会给自己买一个鱼肉三明治。我会看着金角湾海面上的船只。然后我会顺着尤克塞克 - 卡尔迪利姆大街悠闲地散步，走到贝伊奥卢，走进一家电影院。有时候我会选择电影院，而不是电影。我会根据建筑、雕塑和回忆进行选择。不管上映的是什么电影，只要电影院能够触动我的心弦，我就会非常满意。

"库黑兰叔叔，"我说，"是不是到了解谜的时间了？你说呢？"

"你说的对。"

我重复了一遍老妇人在狭小的棚屋里问我的那个问题。"一个老妇人带着一个小女孩一起生活。老妇人说：'她是我女儿的女儿，也是我丈夫的妹妹。这怎么可能呢？'"

库黑兰叔叔拿起一块烤面包，在面前的鹰嘴豆泥里蘸了一下。他慢慢地嚼着，用手背抹了一下胡子。

当他注意到我正在焦急地等待的时候，他说："耐心一点，德米泰，我会告诉你的。在我的村子里，有一个黑皮肤的女人，她大约四十岁，和她的金发女儿一起生活。她们的邻居是一个身材魁梧的年轻人，二十来岁。黑皮肤女人和那个身材魁梧的年轻邻居搞上了关系，两人多次在干草棚里幽会，最后还结了婚。大约在那个时候，年轻邻居的父亲回到了村庄。他几年前离开了村庄，到伊斯坦布尔去寻找工作，此后便杳无音信。所有人都以为他要么已经死了，要么已经忘记了村庄。那个父亲也大约四十岁。他很孤独。他和邻居的金发女儿住到了一起，和她一起过上了新的生活。不久，他们就生了一个女儿。现在黑皮肤的女人当上了姥姥,她非常高兴,每天和她的外孙女在一起玩。每当她坐在房子的前面和外孙女玩的时候,她会快乐地给每一个过路人背一首诗:我女儿的女儿,丈夫的妹妹,这样的奇事,谁能说对?人们看着她,不知道她在说什么;可是尽管如此,她说的依然是事实,不是吗?"

"这不公平。"我说,我没有想到他这么快就给出了答案。

"为什么?这不是正确的答案吗?"

"我不得不说你的答案是正确的,可是这不公平。你第一次就猜对了。"

库黑兰叔叔和医生像两个共处多年的老朋友一样笑了起来。他们举杯祝酒,呷了一口雷基酒。

"我并没有第一次就猜对。我已经思考了两天了,我是在排除了四十种不同的可能性之后才找到答案的。"

"你讲的那个故事是真的,还是你自己编的?"

"这是什么问题,德米泰?你不是刚刚说过,过去发生的一切和我们用语言讲述的一切都会变成故事吗?反过来说也是对的。我们所讲述的每一个故事都曾发生过,也完全是真实的。"

他说的对。我的谜里包含了一条真理,它深深地扎根在现实中——在希沙卢楚的那间房子里,那位老妇人正在期盼着我的归来,等待着我给她带回谜底。我曾经向她许诺,我会安全地回去。我不会被伊斯坦布尔的洋流卷走。我会帮助穷人，独自在人群中穿行，不被广告牌上的光彩炫目的灯光所诱惑。我或许会在一个秘密的约会点碰上雅诗敏女士。我会在一个宁静安详的夜晚坐在她身旁，听她背诵诗歌。窗外的月亮将会升起，天空将会发出微光，繁密的星星将会绽放，会开出黄色、粉色和红色的花朵。

"德米泰，另一个问题是什么？"

"哪一个问题？"

"还记得你昨天说的吗？如果我们猜对了这个谜，你就会问我们另一个问题。"

当我离开老妇人的棚屋的时候，我满怀希望。我一心想解答她的谜，并在我再次见到她的时候问一个我自己的问题。我想用别的问题来回答她的问题，和她沟通，经常去看她。但是我跑得不够快，变成了命运的俘虏，被他们关进了这间牢房。我没有回到山顶上那间面向伊斯坦布尔的棚屋，现在，我准备在这间牢房里提出我为老妇人准备的谜。

"有一个年轻的女孩和一个男人，"我说道，"当人们问女孩是谁的时候，男人说，她是我的妻子，我的女儿，我的妹妹。这怎么可能呢？"

"这似乎很难猜。"

"你觉得我会问简单的问题吗？"

"你说他的妻子，他的女儿，他的妹妹，对吗？"

"对。"

"我看你是在故意为难我们。"

"好好回忆一下，很难说的，或许那两个人就是你村子里的。"

"让我想一想，"库黑兰叔叔笑着说道，"如果我猜不出来，我就会请医生来帮我想。你说呢，医生？你会帮助我吗？"

"当然了。"

"随你的便，"我说道，"你可以请任何人帮你。我不介意他是医生还是理发师卡莫。"

我们三个都停了下来，看着彼此，不约而同地举起酒杯。

"为理发师卡莫干杯！"

"为理发师卡莫干杯！"

"愿他安全返回，干杯！"

开始的几天里，我们一直盼望着离开这里，融入地上的、把人群吞没的伊斯坦布尔洋流。时间一点点过去了，我们的期待渐渐收敛缩回，直到完全落回到这间牢房里。现在，我们最好的愿望就是希望那些被带走受刑的人能够身体完整无缺地返回，祝愿他们不会丧失思想或灵魂。我们就这样等待着昨天被带走的理发师卡莫。我们讲着故事，喝着雷基酒，听着歌曲。我们转过头来凝视着海面上上下跃动的灯光。

我们努力忘记自己的伤口。我们听到一个声音，楼下入口处的门似乎响了。我们不再说话，而是看着彼此。那是该死的铁门的声音。铁门的嘎吱声总是让我们意识到，我们并没有坐在医生的阳台上，而是身处地下监牢。

由医生讲述

尖刀般的摩天大楼

"由于断电，一架飞机无法在伊斯坦布尔机场降落，带着四名机组人员和三十七名乘客消失在黑茫茫的大海上。第二天早上，伊斯坦布尔的居民醒来了，他们焦急万分。他们从卡德柯伊乘渡轮穿过海峡，来到欧洲大陆一侧的73号渡口。一路上，他们读着报纸，喝着茶，并时不时地瞟一眼旁边人的报纸，希冀从他们那儿读到不同的新闻。靠窗而坐的旅客们擦掉凝结在玻璃窗上的水汽，仿佛他们会在海浪中发现呼救的人。他们的鼻子紧紧地贴着窗户。他们穿过时间的隧道——隧道的一侧是黑达尔帕萨火车站、塞利米耶军营和少女塔，另一侧则是苏丹艾哈迈德清真寺、圣索菲亚大教堂和托普卡珀宫——来到了到处都是钢筋混凝土建筑和尖刀般的摩天大楼的海岸上。每一天，他们都从一侧来到另一侧，心中满怀着希望和生机。尽管他们在家里的情绪各不相同，但是，当他们登上渡轮，乘上火车，赶上公共汽车时，他们的脸上总是表现出和那个日子相适应的表情。第三天早上，在他们像往日那样庄重地喝着茶，读着报纸的时候，一个长头发的年轻人弹起了吉他，他唱起一首新的摇滚歌曲，向飞机事故中的遇难者表示哀悼。那些遇难者如果还活着，一定会喜欢他的歌曲。就在这时，他们听到了甲板上的喊声。当他们冲出来，不约而同地看着对面的时候，只见一个女人躺在萨拉基里奥角的岩石上，人事不省，冰冷的海水激荡着她的身体。她就是那架坠入大海的飞机上的唯一幸存者。又过了一天，根据一份报纸的报道，那个女人的双腿摔断了。根据其他报纸的报道，她的耳膜穿裂了，或者没有了舌头，或者一只眼瞎了。所有报纸都在头版的醒目位置登出了这个女人的照片。她躺在医院里，身体在电线和点滴瓶子的包围中，一个穿着制服，戴着毡帽的男子正坐在她的身旁。照片下面的标题写道：妻子得救了，我激动万分。在另一份报纸上，这个男人喜形于色，正和他的女儿重聚。还有一份报纸上说，我的妹妹死里逃生。渡轮上的乘客分享着他们读到的新闻，并争论着哪一个才是正确的版本。每一个乘客都坚持认为自己所读的版本才是正确的，他们持续地争论着，一直吵到第二天。巧合的是，所有的报纸都报道了相同的细节——女人和男人的名字——费利兹女士和让恩先生。就像照片罗曼史一样，剩下的故事以每日连载的形式被报道，故事的细节不再具备国家新闻的重要性，人们认为这些细节只对文学作者的汩汩文思有所裨益。每一天，都有新的照片出现，这个叙事报道变得冗长和复杂，费利兹女士和让恩先生的故事不断地出现在众人眼前。让恩先生出生在欧洲的某个国家，并在那里长大——据有的人说，是在法国，另外一些人则说是在瑞士。年轻的他来到伊斯坦布尔度假，在那里，他和一位在贝伊奥卢的夜总会里唱歌的歌手——据有的人说，她是法国人，而另外一些人则说，她是瑞士人——产生了一段短暂的恋情，他和她一起游山玩水。后来，他回到了自己的国家，却不曾意识到自己留下了一个怀孕的女人。大学毕业后，他当了一名讲师——他教授的是社会学，或者生物学，或者物理学——娶了在同一个系里教书的女子。他很幸福，工作兢兢业业，颇受人尊敬。五年后——也有人说是十年后——当他因一个不为人所知的缘故和妻子离婚之后，他发誓终身不娶。多年来，他一直独身，履行着他的誓言，直到他爱上了他的一名学生。这个学生的名字叫费利兹，她来自伊斯坦布尔。他们决定结婚，并邀请费利兹女士的母亲来参加婚礼。由于从伊斯坦布尔出发的飞机晚点，当费利兹女士的母亲在最后一刻赶到婚礼现场，走进宾客满堂的大厅的时候，让恩先生惊讶得几乎窒息。站在他面前的这个女人就是多年前他到伊斯坦布尔时与他有过短暂恋情的夜总会歌手。两人认出了彼此，但是却装作互不相识。渡轮上的乘客们现在得知，费利兹女士既是让恩先生的妻子，又是他的女儿，他们瞪着彼此，不敢相信。他们已经有很多年没有听到这种悲惨命运的故事了。又过了一天，他们从最新的连载故事中得知故事并没有结束。当让恩先生还是一个婴儿的时候，他的母亲抛弃了家庭，离开了他和他的父亲，让他们两个从此相依为命。当坐在婚礼大厅主桌旁的让恩先生的父亲看到自己的亲家母的时候，他无法相信自己的眼睛。那个女人是他的妻子，那个多年以前离他而去的妻子。两人也认出了彼此，但是却装作互不相识。费利兹女士不仅是让恩先生的妻子和女儿，也是他的妹妹。渡轮上的乘客一字一字地读着故事，每读完一句便惊讶得合不拢嘴，他们惊叫着：绝对不可能！他们是在黑白两色戏剧的营养滋润下长大的，无法相信他们所读到的故事。尽管报纸上的报道前后矛盾，可是他们在矛盾而不是一致中发现了真相。一位乘客高举着报纸，开始对众人说话。故事并没有结束，他说。好吧，费利兹女士既是让恩先生的妻子和女儿，又是他的妹妹，但是我的报纸又多了一点信息。费利兹女士还是让恩先生的姨妈。渡轮上的乘客议论纷纷，表示不相信，他们说这有点过分了。然而，他们在私底下希望自己说错了，他们希望听到更多令人惊讶的事实。他们想要看一看报纸上最新的那篇故事。和所有喜欢听闲言碎语的人一样，他们努力表现得既好奇又超然。他们搅动茶水，一脸茫然地看着窗外。渡轮穿过一片名叫时间的迷雾氤氲的海域，缓缓地朝着远处海岸上那个林立着尖刀般的摩天大楼的时代前进。"

我停顿了一下，斜着眼看了看，就像一个从窗口向外远眺的乘客一样。我看了看四周。"渡轮穿过一片名叫时间的迷雾氤氲的海域……"

大学生德米泰微笑着，迫不及待地等着，想知道我会怎么样串起故事的结尾。

"医生，"他说，"你帮了库黑兰叔叔。你已经帮他解开了谜。"

对德米泰来说，笑一笑都是非常困难的。他的伤痛正在加剧。今天，他们把他从审讯室带回来的时候，他半昏迷着，语无伦次地咕哝着，发出呻吟声。他的胳膊没法动弹，头无力地垂着。他在混凝土地板上伸展身子，仿佛即将上床睡觉，他深吸了一口气，很快就睡去了。我脱掉了夹克，并没有把它垫在他的头下好让他睡得更舒服些，而是把它盖到了他的身上，好让他更暖和些。我整了整他的头发，擦掉了他额头和脖子上的血迹。

当他们不久后把库黑兰叔叔也带进来的时候，我感觉似乎我就是负责意外事故和紧急情况的主治医生。受伤的病人源源不断地来到我这里。库黑兰叔叔的眉毛被撕裂了。他的衬衫和裤子浸满血迹，脚底糊了一团血块。我把他扶到德米泰身旁躺下。"愿你起来的时候能看到一个阳光明媚的早晨。"我安排他睡下的时候说道。我把夹克展开，盖在德米泰和库黑兰叔叔的胸脯上。我听着他们艰难的呼吸声，看着他们脸上的皱纹。我一直守护着他们，直到轮到我们囚室去上卫生间。我扶着他们来到走廊入口处的卫生间。尽管德米泰走得很慢，但他努力地拖着脚步，艰难地走着。然而库黑兰叔叔只能用一条腿，无法站稳，他只能靠在我的身上往卫生间走。

"这么做有什么问题吗，德米泰？"库黑兰叔叔问道，"昨天你让我们两个人猜谜。医生替我揭开了谜底。"

"对你来说很难吗？"

"我苦苦思考了很久，无法得出答案，所以我就向医生求助了。"

"那么，答案就在伊斯坦布尔，而不在你的村子里。"

"是的，答案就在这里。再说，如果谜可以把谎言变成现实，有哪一个村庄能够比得上伊斯坦布尔呢……"

"过去的伊斯坦布尔也是这样吗，库黑兰叔叔？"德米泰似乎在问一个不需要回答的问题，"这座城市是不是一直这样虚伪和狡猾？"

大自然不会撒谎。日夜的交替，生死的轮回，地震和风暴，一切都是真实的。伊斯坦布尔从大自然中获得真理，却自个儿编造出谎言。坑蒙拐骗，欺世罔俗，随意对记忆进行篡改，这些都是她的发明。她让每一个人崇拜她。她发明出那些醉汉，使他们相信在清晨醒来的时候，他们会在臂弯里找到昔日的情人。她发明出那些穷人，让他们相信富人是靠自己的诚实发家致富的。她到处播撒希望。那些心碎的人一定会见证自己的光荣时刻。那些失业的人有一天肯定会带着面包和肉回家。为了掩饰孤独，她发明了光彩夺目的橱窗。伊斯坦布尔让身体的气味更加浓烈，她就像一个许下长相厮守的诺言，却总是远在天涯的恋人。动听的谎言都是她编造的。她创造出不辨是非，只懂虔诚地信仰她的男男女女。

"德米泰，你越来越像我父亲了，你的问题和他的一样难。"库黑兰叔叔说。

"太晚了，库黑兰叔叔。"

"为什么？"

"太晚了。"德米泰耸了耸肩膀重复道。

德米泰在外面世界的时候也是这样吗？当他穿行在广告牌、咖啡屋之间，从乞丐中间走过的时候，是不是也遭到了绝望的袭击？大街上的一切都在不停地发生变化，所有的面目变得模糊不堪，或许他内心的世界也模糊不堪。他在兴高采烈的同时悲观失望。他放怀畅笑却惙怛伤悴。他在兴致盎然地讲话的同时会忽然沉默不语。"太晚了。"他知不知道是什么太晚了？

"德米泰，"我打断了他的话说道，"既然你没有否定我的回答，那么，我想你一定承认，我已经解开了谜。"

"说真的，医生，我对飞机失事更感兴趣，而不是谜。"

"你听说过飞机失事的事吗？"

"是的，我母亲的一个朋友就在那架飞机上。她们本来要在第二天见面的。我母亲要给她的朋友带一本刚读过的小说。当她听到飞机失事的消息后，简直不敢相信这是真的。她一天又一天地等待，希望得到好消息。"

"你母亲把那本书怎么样了？"

德米泰把头低下，盯着自己的脚看了一会儿。很明显，他越发感到寒冷。不管他往哪一边转身，他都感到一阵剧痛。他的动作非常缓慢，他那大大的眼睛里的光芒也越来越微弱。无论是说话，还是沉默，都不起什么作用。

"我不知道，"他低着头回答说，"她肯定把它放到书架上了。我从来没有问过她。"

"如果我是你，我肯定想知道那本书的内容。"

"医生，我现在谈的并不是那本书，而是乘客们。我以为飞机上的每一个乘客都死掉了，我没有意识到还有一个幸存者。"

他对坠机事件中那个活下来的女人很感兴趣，但是他不愿意问我这一部分故事是否是真的。在这里，人们能够理解概念，却不清楚这些概念指什么。他们觉得，他们是第一次看到光、水，还有墙壁。每一个声响都意味着不同的事物。有的人脑子里充满了各种各样的问题，甚至会带着怀疑的眼神看着自己的双手。他们不能理解为什么有的故事从一方面看没有完结，从另一方面看却完结了。伊斯坦布尔一直不就是这样吗？她一直就这样存在着——在地上，在地下。为了发现这一点，德米泰必须承受痛苦。他不能提出"真理是什么"这样的问题。

"我希望我母亲知道，"他说，"其他人都在坠机事故中死去，只有一个人活下来了，这种情况一定能带给她一丝乐观，她会紧紧抓住，永不放手。这一丝乐观一定能帮助她战胜悲痛，一定比她在噩梦纷扰的夜里抽的那些香烟有效。对她来说，把我养大成人已经是一个巨大的负担了。她在一家公司里当茶水服务员。她想让我好好学习，拥有一条和她不同的生活轨迹。她常常在我睡着之后才上床，早上又和我一样早早起床。在公共汽车站，她看着每周都在变化的广告牌。在一些广告里，她可以看到她梦想中的假日旅游胜地，在另外一些广告里，她看到了美丽的房子，那房子将来有一天一定会为我们所有。她滔滔不绝地描绘我们未来的生活。周末的时候，她会到远一点的居民区帮人打扫房间，靠这个活积攒一点钱。每个人都有邻居，富人和穷人、支持东方的人和支持西方的人、口音浓重的人和没有口音的人汇集在不同的居民区。那些看到邻居饿着肚子，自己却酒足饭饱上床睡觉的人感到惴惴不安，他们找到了解决的办法，搬到了另一个居民区住下。大伊斯坦布尔里面套着许多小伊斯坦布尔，饥饿的人和富足的人远隔天涯。当城市一侧的一天快要结束的时候，另一侧却正准备寻欢作乐。当城市的一侧起床上班的时候，另一侧却刚刚入睡。每一个人都活在自己的伊斯坦布尔城中，与和自己相似的人共同生活。当他们向窗外的大海望去时，他们看到的是不同的风景。我的母亲做完一份工作便匆匆地赶往下一份工作，她梦想着搬出我们的房子和居民区，梦想着常常更换我们的电视机和冰箱。每当此时，她总是相信，我的未来一定和她的未来完全不同。医生，我有没有给你讲过这个故事？人们问灰姑娘为什么爱上了王子。那是故事给我的唯一的命运，她回答说。我们这个居民区里的生活也没有给我们别的命运。每一个家庭都做着同样的梦，但是他们最终都将走投无路，必须面对同样的绝境。没有人问为什么。我也没有问为什么，直到有一天我读了几本书，那几本书是与我在草地上一起踢足球的年长一点的孩子们给我的。"

德米泰弯下身子捡起塑料水瓶。他喝了两口，接着说道：

"在伊斯坦布尔，面包和自由是两种欲望，这两种欲望都要把对方当作自己的奴隶。你要么牺牲自由获得面包，要么为了自由而放弃面包。同时获得两个是不可能的。居民区里的年轻人想改变那种命运，他们站在光彩夺目的广告牌的阴影下，梦想着崭新的未来。在我读着他们给我的那几本书的时候，我想：当伊斯坦布尔遍体鳞伤的时候，我们怎么可能拥有崭新的未来？大街上车满为患，所有的地皮都被拥挤的建筑占据。起重机和钢筋码头取代了伤感的树木。成群结队的鸟儿就像乞丐一样挣扎着寻找食源，它们的数量越来越多。我废寝忘食地往下读，试图去理解这座让我的母亲、我的老师和我的朋友们如此迷恋的城市。"

德米泰醒来的时候，他的声音还有些沙哑，而现在变得柔和一些了。"我母亲无法跟上城市的潮流，她因为过度劳累而精疲力尽。当她谈起童年的时候，她说，过去的生活并不像现在这样瞬息万变。她常常说，在那个时代，革故鼎新总是在慢慢进展。我们总是把变革一点点地吸纳到生命中。革新总是令人精神振奋，而不是令人茫然。我们晓得第二天会看到什么新气象。现在也是如此吗？革新来得快，去得也快。它们还没有被醇厚的时间接纳就从我们的生命中消失了。它们不会在身后留下任何痕迹、任何记忆。我们还没有机会适应革新，又一轮革新就已经开始了。但是，人是有限度的。我们走得比乌龟快，跑得比兔子慢。我们的思想和感情也是有限度的。我们走在传统的前面，落在革新的后面。这样的差异让我们把天平压向一侧，破坏了内心的平衡。新并不是旧的延续，因为并不存在旧。所有的事物都变成废物。人们遗忘了永久。与人沟通意味着失去信任。人心就像垃圾场一样充斥着废料。这样的节奏让我的母亲身疲力乏。她常常以忧郁熬过黑夜，以梦呓填充白日。除此之外，她还能做些什么呢？在伊斯坦布尔的这团混沌中，她茫然失措，不知道如何展开自己的生命。除了梦想，她还能抓住什么呢？"

德米泰不喜欢孤独。他害怕一个人待在牢房里，很高兴身旁还有我们。他怀念火车站、破敝的渡口、繁忙的大街，在那里，人们你推着我，我挤着你，一起往前走。城市的魅力就在于人群——这里到处挤满了人，人声鼎沸，灯火辉煌。在一条街上静怡恬谧地存在着的事物，到了另一条街上就立刻欢腾鼎沸起来，迸发出勃勃生气。金属交杂在混凝土里，钢筋上覆着玻璃。伊斯坦布尔的人也像城市自身。伊斯坦布尔诞生于土、火、水和呼吸之中。她像钢筋一样坚硬，也像玻璃一样脆弱。昔日里无数的冒险家曾经把生命献给炼金炉，现在，在伊斯坦布尔，人们正在让炼金炉燃起熊熊大火。人们没有满足于已经存在的一切，而是继续追求令人浮想联翩的一次次革新。他们把水和火、爱和恨掺杂在一起。他们反感自然，为了改变它，他们在善中加入恶。他们用金钱买来谎言，用塑料花装饰房屋，用硅胶填充皮肤。每天早上醒来，他们都希望在镜子里看到一张更加美丽动人的脸庞。在伊斯坦布尔，炼金炉的大火正以自己的意愿熊熊燃烧。

德米泰的母亲既强壮又脆弱，既敏捷又笨拙，既满怀期待又心如槁木。她不知道自己是如何同时承担起那么多的沉重负担的。她努力地和朝阳、广告、汽笛声保持同步。她害怕回忆。回忆会让她意识到，过去才是美好的时光。城市已经满目疮痍。生命不再繁殖。人们荒淫堕落，日衰月败。

她和每一个淹没在孤独中的人一样，也喜欢读有圆满结局的小说。在小说里，她能够找到在家里、在工作地点和在大街上不存在的那种完整感。她把她灵魂里相互冲突的头绪系在一起。她灵魂的一侧是钢筋，另一侧是玻璃；一侧是泪水，另一侧是愤怒。

"我母亲相信书，"德米泰说，他看着我们，仿佛想努力看出我们是不是也相信书，"在某些夜晚，她会完全沉浸在小说中，完全忘掉我，或者，她会比往常抽更多的烟。每当这样的时候，我总是想知道，她的心口上是不是又添了一道伤疤。我没有问，她也没有告诉我。她就像一个在水底挣扎的小孩，拼命地钻向水面呼吸空气。她没有溺水，但是她也没能钻出水面呼吸空气。她埋怨这个城市建立在算计而不是梦想上。她觉得伊斯坦布尔像一本花里胡哨的书的封面。外表的装饰和图案欺骗了人们，让他们远离书里面的真理。有的时候，我会幼稚地问：妈妈，你为什么有那么多活干？德米泰，她会说，我想买一座房子，将来你可以舒舒服服地生活在里面。我现在不能给你好的生活，但是我正在奋斗，我保证你将来能够幸福。不要以为未来非常遥远，事实上，它就在面前。每当母亲这样讲话的时候，我总会深信不疑地听着。从她那里，我学会了相信书。"

"你母亲知道他们抓了你吗？"

"不。我已经有好几个月没见到她了。我一直没有回到居民区去，因为他们正在搜寻我。"

"为什么，德米泰？"我问道，"你可以在她下班的时候去见她，地点可以选在最繁华的街段，这样不会被人注意到。"

"我想过，医生。我也曾试了几次，但是到最后关头都改变了主意。他们有可能一直在跟踪她。"

我儿子常常偷偷来看我。有的时候他会躲在密密的人群中；有的时候他会偷偷地溜到街角，碰一下我的胳膊。他会调整他的步速，和我并行，保持同步。我听着德米泰的故事，感到非常幸运。每当我想到那些苦苦地等待着自己的儿女的人，或者那些收到儿女已经死亡的消息的人，我就意识到，我属于幸福的少数人。我曾经找到了我的儿子，并把他送进了医院。我把他转交给可以信赖的人。

"德米泰，"我说道，"我以前有一个多年的同事，他的女儿离开了家，加入了一个革命团体。有一天他听说他的女儿被打死了，还听说她的朋友们把她偷偷埋葬了。他找到了她的墓地。他请人做了一块大理石墓碑，墓碑上有一幅画，画上有一艘船。这幅画就是《伊斯坦布尔图册》的封面。他在女儿小的时候常常和她一起读这本书。他每个星期都去女儿的墓地，和地下的女儿聊天。他给她读《伊斯坦布尔图册》的片段。他给她讲像星星一样闪耀的圆顶建筑的故事，给她讲像河流一样蜿蜒而行的街道的故事，还给她讲像长矛一样越来越细的高楼的故事。有一天，她女儿的朋友们来了，他们说他们搞错了。躺在这里的是另一个朋友，你女儿的墓地在博斯普鲁斯海峡对面的一个墓园里。这天夜里，我的同事失眠了。第二天夜里，他也没有睡觉。第三天夜里，他来到了往常的这个墓碑边躺下。天亮的时候，他醒了过来。他抬头看着金星，听着柏树间的风声。他挖出了一抔坟墓里的土。他闻了闻，把土撒向天空。他看着风把土吹散。我是这个坟墓的主人，他自言自语道，我已经爱上了它，它也爱着我。他双膝跪地，痛哭起来。他相信，如果他离开这块墓地，在另一个坟墓里躺着的他的女儿以及其他死去的人都将被抛弃，无人关心。我的同事继续到那个墓地去。他总是带着《伊斯坦布尔图册》，读里面的故事，并描述书中的图画。你知道是什么让我想起这件事吗？我觉得你母亲和我的同事在做一样的事。她给伊斯坦布尔的海，也就是飞机坠落的地方，讲书中的故事。她本打算把书送给她的朋友。或许，她一读完书就会把它扔到海里，让它随海浪漂流。"

"医生，"德米泰说道，他看起来有些着急，"这是你第二次讲伤心的故事了。你怎么了？你以前还建议我们不要在这里谈论死亡和痛苦。"

我想了想他的话，意识到他说的是对的。"我意识到我在讲伤心的故事。这意味着，我有的时候会失去把握。"我说。

德米泰在试着呵气暖手。我摸了摸他的额头，检查他的体温。我给他把了脉。他的皮肤下没有一点肉,全是骨头。他不住地打着战。他的体温升高了。我示意他往后靠着不要动。我慢慢地抬起他的脚,放到我的膝盖上。他脚底的皮肤上纵横交错着伤口和脓,红的、粉的、白的。他气息奄奄。我用手拢着他的脚趾,仿佛在给它们裹羊毛。我试图让他暖和起来。

他忍不住咯咯地笑起来。

"怎么回事儿?"我问道。

"太痒了。"

"好吧,至少你还能笑。"

"我必须笑吗?"

"是的,我们必须笑,否则我们就会因为讲伤心的故事而得罪库黑兰叔叔。他已经在一脸严肃地看着我们了。"

"既然这样,我来给你们讲个笑话吧。"

德米泰是不是刚刚想到一个新的笑话,或者他准备给我们讲一个老笑话?

"什么笑话?"我问道。

"关于北极熊的笑话。"

"北极熊的笑话?"

"小北极熊。"

"接着讲吧。"

德米泰的双脚已经屈服于我的手掌了。他开始讲笑话。

"在北方的土地上，地面是冰，高山是冰，北极熊呼吸的空气也是冰。小北极熊依偎在妈妈的怀里，把自己埋在妈妈长长的、温暖的毛里。妈妈，小北极熊说，你是我的亲妈妈吗？它的妈妈感到吃惊。当然了，亲爱的宝贝，它的妈妈说。好吧，你妈妈也是一头北极熊吗？是的，我妈妈也是一头北极熊。你爸爸呢？我爸爸也是一头北极熊。小北极熊离开了妈妈，来到爸爸的身边。这一次，它依偎在爸爸温暖的毛里。爸爸，小北极熊说，你是我的亲爸爸吗？是的，它的爸爸说。它又问了和之前一样的问题。你爸爸也是一头北极熊吗？是的。那么你妈妈也是一头北极熊吗？是的。这是一个很长的故事，不过我会讲得简短一些。小北极熊一得知它所期盼的答案便气鼓鼓地走开，站在冰面上。可是为什么我总是这么冷？它喊道。"

　　我们低声地笑起来。如果我们不控制自己的声音，回声就会翻过墙壁，一直传到地上的世界。

　　"为什么我总是这么冷？"德米泰说。德米泰重复着自己的话，就好像一个刚刚跑了很远又跑回来的孩子。他喘着气，继续说道："我也总是感到非常冷，好像我的肉里面有大块大块的冰，而不是骨头。为什么我是这间牢房里最感到冷的人？"

　　我提示道："你是一头小北极熊。"

　　"我肯定是。"

铁门打开的声音擦掉了我们脸上的笑容。我们竖起耳朵仔细聆听传到走廊里的声音。

黑暗中，吸食年轻女孩鲜血的吸血鬼回到了洞中，在森林里吞掉孩子的狼踏进了铁门。一股强烈的气味冲击着我们的鼻孔。我们仿佛掉进沙漠里的一口井中，等待着骆驼队按照星星指引的方向来营救我们。我们梦想着在某个早晨，在某个远离这里的地方睁开眼，从温暖的沙丘上起身，再也听不到那铁门声。我们就像在风暴中被海浪抛起的船一样无助。我们每一个人都觉得自己是沉船上唯一幸存的船员，但是我们却害怕分享死去的水手的命运。

我们一动不动地等待着。我们聆听着外面的声音。他们打开走廊入口处一间囚室的门，然后又把门关上了。然后他们又来到了后面的走廊上，狠狠地在另一间囚室的门上撞击。他们像撒酒疯一样狂笑呼喊。他们唱着一首我们听不懂歌词的曲子，又兴致勃勃地回来了。他们朝我们走来，脚步声在墙壁间回荡。他们有很多人。他们肆无忌惮地哼哼着，身上发出难闻的臭味。他们在我们的囚室前停了下来，并没有打开我们的门，而是打开了对面囚室的门。他们骂骂咧咧地把希纳·塞弗达扔了进去。他们侮辱她。他们重重地摔上门，疯了似的狂笑，就好像精神病院里的病人一样。

德米泰站起来，慢慢地走到格栅前，朝对面的牢房望去。他转过头来对我们说："希纳·塞弗达不在格栅前。"

"她刚刚回来。她需要过几分钟才能站起来。"

德米泰没有意识到，他正光着脚站在冰冷的混凝土地上。"我就在这里等着。"他说。

这不会是最后一次。

囚牢里的生命在不断地重复。当黑暗渐渐地把我们包围，我们就用词语描述同一个人，穿过同一座城市，抓住同一丝希望。但是我们仍旧满怀热情地开启每一天的生活，满怀希望地祝愿今天是一个不同的日子。我们看着彼此，仿佛是第一次见面。当我们意识到我们的梦想和痛苦在不断地重复，我们又重新陷入短暂的沉默。如果幸福是有限的，那么不幸福是不是无限的呢？如果笑声是有限的，那么痛苦是不是无限的呢？每一天，我们都为笑声寻找新的借口，一旦我们察觉到我们的笑声在不断地重复，我们就意识到，我们已经到达了一个新的关口。

我们会抬起头，盯着天花板。我们试图想起头顶的伊斯坦布尔是不是也在不断重复自己。市场中的摊位、清真寺旁的鸽子、放学儿童的喊叫声是不是都是一样的？博斯普鲁斯海峡的海水是不是以同样的方式流经所有的居民区？是不是所有的婴儿都有同样的哭喊声？是不是所有的老人都会用同样的叹息声终结自己的生命？我们对死亡充满好奇。死亡是不是不断地重复着？每一次死亡是不是都和其他死亡一样？

"希纳·塞弗达正在格栅前，她在叫你们。"德米泰说。

"我们两个吗？"

"是的，她想和你们两个说话。"

我扶着库黑兰叔叔站起来，走了两步，来到门前。走廊里的灯光让我们不由得眨了眨眼。我们朝希纳·塞弗达微笑了一下，仿佛看到自己的亲生女儿一样高兴。

"你还好吗？"库黑兰叔叔在空中写道。

"还好，"希纳·塞弗达回答，并回问道，"你们还好吗？"

"我们很好，我的孩子。"

希纳·塞弗达闭着的左眼肿胀，起了许多泡，脸上的瘀伤又增添了许多。她下嘴唇上的口子裂得更大了些。她的脖子上满是黑色的污垢，油腻的头发贴在头上。她端详着我的脸，好像在一个个地数我的伤口。

"医生，你怎么样？"她问道。

"我很好，"我说道，"不过你刚刚从审讯室回来，你需要好好睡一觉，休息一下。"

希纳·塞弗达没有等我写完就抬起了手指，飞快地写道："你们聊天的时候会不会分享自己的秘密呢？"

"不会。"我说。

库黑兰叔叔和德米泰摇摇头，肯定了我的回答。

"真的吗？"希纳·塞弗达问道。

"你是什么意思？"

她是什么意思？

我们睡觉、说话，遭受寒冷的折磨，并在痛苦中度过余下的时间。我们分享彼此的梦，在这里建构我们的天堂。正如伊斯坦布尔严守自己的秘密一样，我们也严守着各自的秘密。

"医生，"希纳·塞弗达写道，她的手指在空中停留了一小会儿，仿佛在犹豫，不知道是不是要写完这句话，"审讯官知道了你的秘密。"

我的秘密？

我咽了一口唾沫。我紧紧地闭上惊惧的眼睛，然后又睁开。

"他们怎么可能知道？"我问。

"你自己告诉他们的。"

"不，他们在拷问我的时候，我没有泄露一个字的秘密。"

"不是在拷问的时候，而是在牢房里。他们在你们的牢房里安插了一个人，而你告诉了他。"

"你在说些什么啊，我的孩子？"

她在说些什么？

希纳·塞弗达耐心地继续写。

"我躺在审讯室的地上，昏了过去，不知道什么时候又醒了过来。审讯官们把我扔在了墙角，他们在一旁聊天。我听到了他们的对话。昨天他们在审问犯人的时候，那个犯人撕下了他的蒙眼布，夺下了审讯官的枪。他随意扫射了一番。他跑到从未去过的走廊里不加分别地扫射了一番。他没有逃远。他们包围了他，毫不犹豫地击毙了他。这就是昨天我们听到枪声的原因。"

希纳·塞弗达暂停了一小会儿，看看我是否明白了她的意思。

"我被蒙上了眼，医生，"她说，"我没法看到他们的脸。他们以为我还昏迷着。他们当时在沏茶抽烟。然后他们就开始谈论你。其中的一个人告诉其他人他是怎样和你说话并取得你的信任的。他向他们透露了从你那里得来的信息。"

从我这里得来的信息？

"他从我这里得到了什么信息？"

"你不是真的医生……"

我从格栅前退了两步，迈着沉重的脚步走开。我回到牢房后墙，站在那里一动不动，就像一个在梦中想大声喊却无法出声的孩子。

"他们知道了，"我喃喃自语，"上帝呀，他们知道了。"

我小心翼翼地走回门口。

"还有一件事，"希纳·塞弗达说，"他们提到了一个叫迈恩·贝德的人。你显然不是她爱的那个人。迈恩·贝德爱着的是另外一个医生。"

我已经没有行走的力气了，一下子瘫坐在地上。我用手抹着我的嘴、我的额头和我的头发。我感到衬衫太紧，便把扣子一个个扯断。库黑兰叔叔抓住了我的手腕。他压着我，让我靠在墙上。当我挣扎着想挣脱的时候，他握得更紧了。

我怎么了？

人们说，人生有三件事是不可抗拒的。是哪三件事呢？泄密是不是其中的一个？我想把时钟拨回去。我不想回到上个月或者去年，而想一直回到人类最原始的时代。在人类还没有成为人类的时候，在残酷这个概念还没有诞生的时候，生活是多么惬意啊！人们无忧无虑。生存并不建立在痛苦的基础之上。人们望着彼此，相互触摸着，心中无比满足。出生不需要登记在案，死亡按照自然的规律发生。那个时候人们不需要秘密。

"我们不是告密者，"德米泰抓着我的一只手腕说，他的声音非常微弱，"我们无法告诉别人你的秘密，因为我们不知道。是不是，库黑兰叔叔？"

"你们……"我说。

"我们没告诉任何人任何事。"

"你们会告诉他们什么呢？"我说，"他们抓到了我，而不是我的儿子。他是真正的医生。我从来没有告诉你们这件事。我代替儿子去了约会地点。当我落入警察的圈套时，我用了他的身份。"

我儿子准备和点火人艾力碰头。那是这个季节最后的几个热天。太阳对我来说非常美丽。我最后一次透过拉吉普帕萨图书馆的窗户看伊斯坦布尔，感受我对这座城市最温存的爱意。在院子里，我弯下腰，用手在地上挖洞。我不停地往下挖着，一层又一层，我像一条虫子一样在黑暗中慢慢地挪动着，终于来到了这间牢房。我蜕掉了皮，在旧皮底下又长出一层新皮。我在孤独中吃着自己的肉，当我感到口渴的时候，就喝自己的血。我妻子曾经经常唱一首经典情歌。我用手指把歌词写在墙上。哦，花苞，绽放吧！我说，不要以为这个世界的快乐将会永在。我闭上眼睛，对着黑暗说话。最后的审判将在这里进行。一切活着的都已死去，一切死去的都还活着。我听到哀求声。有一天门开了，点火人艾力走了进来。他受了伤。他的口袋里装满了光。当他的痛苦加剧时，一缕缕光从口袋里渗出，消散。他怀念死去的朋友们。他谈论迈恩·贝德。他为我的困境而感到悲伤。他说迈恩·贝德爱我。她的胸口上有两处伤，医生，他说，一处是子弹造成的，另一处则是你造成的。枪伤是会痊愈的，可是你造成的那个伤口将会怎样呢？迈恩·贝德怎样才能缓解她的心疼呢？在点火人艾力说话的时候，天花板打开了，星光洒在我们身上。远处传来我妻子曾经唱过的歌。我就是你快乐花园中的夜莺，歌中唱道，而你就是园中的玫瑰。

我的儿子自由了，他爱着一个女孩，而且那个女孩也对他一见倾心。他们一定会找到彼此，并且很快会痊愈。点火人艾力也一定会痊愈，卸掉压在他身上的所有伤感重负。他必须抓紧从口袋里渗出来的光线。我想帮助他。我伸出手，和他分享我的秘密。不要担心，我说，那个女孩不爱我，她爱着我的儿子。他们一定会相见，并且相互帮助。不要担心，他们很快就会好起来。

"就这些吗？"库黑兰叔叔问道。

"'就这些吗？'你是什么意思？"

"审讯官知道的就是这些吗？"

"是的。"

"那么有什么问题呢？"

"他们知道我的儿子还在外面，他们一定会去搜捕他的。"

"他们知道他在哪里吗？"

"不知道。"

在这里，我已经不是我自己。我是一个化用自己儿子身份的父亲。因此，点火人艾力也不是点火人艾力。他是在贝尔格莱德森林的冲突中受伤的一名警察。他的伤口得到了治疗，他满脸疲倦地走了进来，和我待在一起。他给我讲在档案里发现的情况和从被捕的人那里得知的情报，仿佛这些都是他自己的秘密。他受了伤，我相信他。他正在忍受痛苦，我相信他。我给他水喝，并和他分享面包。当他和我提及我儿子爱着的那个女孩时，我更加相信他了。我想我会帮他减轻重负。我想减轻他的痛苦。我把我的一部分秘密交付给他，但是我没有告诉他我的儿子在哪里。

"你确信吗？"

"是的，我没有告诉任何人我的儿子在哪里。"

"你当然没有，"库黑兰叔叔抓着我的肩膀说，"那是因为你不知道。"

"对，我不知道。"我说。

"你无法告诉他们你不知道的事情，对吧？"

"正确。"

"那是因为你不知道。"

"那是因为我不知道。"

"那你还怕什么？"

"我没法保守自己的秘密。如果我也无法捍卫自己的抵抗，那么……"

直到此刻，我才意识到我在这所监牢里很幸福。尽管我忍受着痛苦，尽管我呻吟过，口吐鲜血，但是我很幸福。我的自我是完整的。我爱我的秘密。或许我静脉里的血会流干，或许我会在这里咽下最后一口气。没有人知道我的内心珍藏的是什么。当我的身体变成一个巨大的伤口，我的儿子却会在外面痊愈。即使我死了，他也会活着。人们能看到不幸，但并不是总能意识到幸福。我现在意识到了幸福。

库黑兰叔叔扶着我的脖子给我水喝。

"镇定一下，一切都会好起来的。"他说。

"会吗？"

"医生，不要担心，从现在起，一切都会好起来的。"

"我要死了。那样也挺好的。"

季节变成了冬天。天黑得很早。鹅毛一样的雪花落在屋顶上。商店的橱窗闪闪发亮，在地上的伊斯坦布尔，贝伊奥卢大街上挤满了兴奋的人。到处都是电影海报，还有食物的香味和音乐声。一辆从远古来的电车穿过人群，驶向无边无尽的未来。车厢后部站着一个年轻人，和他爱着的女孩手拉着手。他对着女孩耳语了一两句，我没有听见，但是我非常想知道他说了些什么。他长相中透着机灵，微笑起来就像一个孩子。一首古典爱情歌曲的旋律从外面飘了进来。哦，花苞，绽放吧！歌中唱道，绽放吧！让转瞬而逝的快乐永远留下！我的儿子审视着人群，仿佛正在寻找某个认识的人。他审视着人们的脸庞，更加用力地攥紧了那个女孩的手。一辆从远古来的电车像光线一样从贝伊奥卢大街的人群中流过，它载着我的儿子驶向无边无尽的未来。

就在这个时候，铁门打开了。那嘎吱嘎吱的声音顺着走廊传来。

"我肯定要死了。"我重复道。

"你说'我肯定要死了'是什么意思？"库黑兰叔叔说。

"如果我死了，这里就不会有人知道我的儿子在哪里了。"

"可是医生，你也不知道他在哪里！"

"太晚了……"

"不，还不晚！"

"太晚了……"

库黑兰叔叔瞪着我。他重重地在我的脸上拍了一巴掌。他停了一下，又接着拍我的脸。

由理发师卡莫讲述

最 美 的 诗 歌

"在黑达尔帕萨火车站，一个睡眼惺忪的旅客刚刚走下
夜间列车，在通往海边的石阶上，他碰到了一个身材瘦小、
头戴帽子的男人。那个人用瘦骨嶙峋的手拿着一张照片端
详，他一会儿放声痛哭，一会儿哈哈大笑。当他哭泣的时候，
他把头垂着；但是当他大笑的时候，他就像一个疯子。这名
从火车上走下来的旅客把他的小旅行箱放到地上，走了过
去，坐在那个人的旁边。他叫住了卖面包圈的小商贩，为自
己和那个戴帽子的男人各买了一个面包圈。他出神地看着对
岸的建筑高与云齐的圆顶。他谈论晴朗的天气，谈论伊斯坦
布尔随季节变化的气味。他读着在他眼前快速驶过的一条条
船的名字，并给每一个名字赋予特定的意义。在这个城市，
真理看起来显而易见，但事实上却深藏不露。通往海边的台
阶、连接火车和轮船的台阶、供人们坐在上面观看照片的台
阶，它们承载着许多种真理，而非只有一种。每一个人都在

城市的不同部位紧紧抓住某种真理。在伊斯坦布尔，这一侧的太阳是否和那一侧的太阳相同？我们不得而知。这一侧的风是否也像另一侧的风那样刮动？也没有人知道。从火车上下来的旅客和那个戴帽子的男人说我们走吧。他们决定离开这里，去对面的海岸思考太阳和海风的问题。他们在码头乘了一艘渡轮。他们一边在后面的甲板上喝茶，一边欣赏那古老的宫殿、整齐的军营和一座座塔。他们觉得，伊斯坦布尔并不是一个能够把历史吸附到自己身上的城市，她无法在历史体内的回肠中找到出口。她的历史就是印在彩色明信片上被售卖的历史。当他们走下渡轮，经过街头商贩和盲眼卖艺人身旁时，他们立即改变了想法。他们的结论是，明信片售卖的是谎言，而不是历史。他们跳上锡尔凯吉火车站的通勤列车，经过老人居住的居民区、为早起的酒客开放的酒馆和坍塌的城墙，一直来到最后一站。他们在车站的尽头凝视伊斯坦布尔，凝视天空中新出现的色彩。他们看到垃圾堆旁的狗正在吃死鸟。他们都已买了回程票。他们登上同一辆通勤列车，踏上同一艘渡轮，穿过铁轨和海浪，回到了俯瞰大海的黑达尔帕萨车站的台阶上。太阳正在西沉，一群群鸟正在飞向那绯红色的夕阳，它们从宣礼塔和圆顶上方飞过。戴帽子的男人接过旅客递来的烟，开始说话，仿佛他一整日都在等待这个时刻的到来。他说，现在是多事之秋，我妻子一天晚上出门后就再也没有回来。人们说她跑了，或者失踪了，或者死掉了，但是这些对我来说都没有任何区别。我发了声明，贴了海报。开始的时候，我常常在警察局和医院之间奔波，后来我又常常光顾小酒馆。我喝酒的时候大声叫着妻子的名字。我招来妓女就是为了忘掉她。在我自己的城市里，我就像一个被流放的囚犯。我一天天、一月月、一季季地数着。看，这是我妻子的照片。我随时带着它。她的美丽永远不会枯竭，就像从一个镶嵌着绿宝石的茶杯里喝水一样，那杯里的水每喝一次都会自动斟满。她的美堪比伊斯坦布尔。当我在睡梦中梦到我们相守的往日，我就会欢愉地笑出声来。但是当我想到未来的时候，我意识到，我再也不会见到我的妻子了。这就是我，我已经坠入了深渊。我对着照片里的过去大笑，又为我的未来而痛哭。"

我的话快要说完，不能再讲下去了。库黑兰叔叔意识到了这一点，他扶我坐起来，让我靠着墙。他俯下身拿起水瓶，水瓶里还有一两口水。

"喝一点，润润喉咙，你的感觉会好些。"他说。

"库黑兰叔叔，我也会嘲笑过去，就像那个戴帽子的瘦男人一样，"我说，"不过我不会为未来而哭，我蔑视未来。"

"卡莫，你可以嘲笑任何你想嘲笑的，也可以蔑视任何你想蔑视的。只要你在面对痛苦的时候不会倒下。"他说。

"我不在乎痛苦。"我说，尽管我的全身都在疼痛。我身上每一处都疼痛难忍，从脚趾到私处，从后背到脖子，从鬓角到下巴。当我呼吸的时候,我感觉我的胸腔仿佛被撕裂了,光在我那只能睁开的眼睛里不停地闪烁着。

我艰难地从塑料瓶里喝了一口水,咽了下去,我的喉咙像在被火烧一样。

"该吃点这个了。"库黑兰叔叔把一块面包放在我的手上说。

"这会很痛苦的。"我看着那块像石头一样坚硬的面包说。

"你能咀嚼吗?"

"我的牙很疼,我的齿龈上到处都是伤口。"

"把面包给我吧,我来替你嚼。"

库黑兰叔叔拿回面包,咬下了一口。

"你一个人在这里待了多久?"我问道。我环顾着牢房四周,仿佛在检查一片开阔的广场。

"在你回来之前,他们带走了医生和大学生德米泰,把我一个人留在了这里。"

"那个学生在做什么?他不是疯了吗,不是投降了吗?"

"没有,卡莫,他们两个都在抵抗痛苦的折磨。"

"库黑兰叔叔,我想知道这两排牢房里有多少人,哪些人还在抵抗。他们在拷问我的时候给我看了很多囚犯,他们尖叫着跪在地上,他们很可怜,他们哀求不已。"

"有的时候牢房里的哀求声太大了,几乎要把我撕裂。那些屈服的人也是我们的兄弟,卡莫。除了悲伤,对他们我们什么都不能做。"

"悲伤？千万不要这样想！每次他们摘掉我的蒙眼布，我都觉得他们会把那个学生带到我面前来。那样我就可以看到他凄惨的样子，他像其他人一样哭喊，像红了眼的审讯官哀求……"

"不要再想这些了，吃面包吧。"

库黑兰叔叔用食指和拇指捏着他嚼过的一小口面包，塞到我像待哺的鸟一样张开的嘴里。

我开始艰难地吃面包。我用舌头触碰它，把它卷到面颊的内侧。我咽了一口唾沫来润滑喉咙。我用舌尖挑起面包，用力让它顺着我的喉咙滑下去。我感觉好像在吞刺一般痛苦。在它往下滑的时候，我的食管灼烧着。

"再吃一小点……"库黑兰叔叔递过来一小团嚼碎的面包说。

"不吃了，我需要休息。"我说。

"好吧，缓一缓气。"

"你什么时候把这块布绑到我身上的？"我抬起左腕问道。

"你觉得疼吗？我必须绑紧一点。"

"绷带没有弄疼我，疼的是伤口。"

"当他们把你带进来的时候，你的手腕血流不止。我撕下左袖缠住了你的胳膊。你当时半昏迷着，不记得了吗？"

"我记得的最后一件事是他们在我身上钉钉子。"

"什么钉子？"

"他们把一根钉子钉到了我的手腕里。"

"钉到了你的手腕里？"

"是的。"

"该死！真是难以相信！他们是一群什么样的畜生？！"

"畜生？他们是真正的人，库黑兰叔叔。你还没有认识到这一点吗？当上帝创造自然、天空和土地的时候，撒旦宣布占有了人，并把知识树上的果子喂给他们吃。人们一旦获得了知识，就开始无所不为，干出其他生物不会做的事。他们开始意识到自己的存在。他们越是意识到自己的存在，就越是陶醉于此。除了自己，他们不爱别的，甚至不爱上帝。他们归附上帝的唯一原因就是，他们想获得永生。他们拿自己的生存来衡量一切。他们践踏自然，戕害其他生物。只要时机成熟，他们甚至会杀死上帝。这就是邪恶在这个世界上占上风的原因。那群审讯官往我的耳朵里扎针，往里面灌一些奇怪的东西。滚烫滚烫的。他们想凿透我的脑子。我挣扎着不让自己疯狂，我试图挣脱脚链。我用头使劲撞墙。当他们命令我向他们哀求的时候，我诅咒他们。我有的时候呻吟，有的时候狂笑。你们是人，我说，你们是真的人。从我的口中，我呼喊出了自认为绝不会喊出的那种令人毛骨悚然的尖叫声。他们把我的头按到水里，让我保持清醒的意识，以确保我能完全感受到痛苦。他们像外科医生一样，像工匠一样，像屠夫一样工作。他们钻进我的血管里，打开所有痛苦的通道。他们做出了只有人才能做出的事。"

库黑兰叔叔用食指和拇指捏着一小口面包等待着。

"库黑兰叔叔，"我说，"我没有参加革命团体，因为他们对人的理解是错误的。他们相信人性向善，相信人可以被从邪恶中拯救出来。他们认为自私和残酷只会在逆境中出现。他们看不到藏匿在人们灵魂中的地狱，他们没有意识到人们正在争着抢着要把世界变成地狱。那些革命者在浪费自己的生命，他们在错误的地方寻找真理。人不会恢复善良。人不可能被拯救。唯一的出路就是远离人类。"

库黑兰叔叔带着好奇和怜悯的神情看着我。和其他所有人一样，他把我当成了一个不可救药的古怪的人。他耐心地听我说话。

"这个世界上还有没有一块地方没有被人类霸占，库黑兰叔叔？他们驾驶着奢华的吉普车，开着警车，乘着工厂班车横冲直撞。他们挤进银行，涌入学校。他们侵入城市和农村，山脉和森林。你如此热爱的伊斯坦布尔是他们的。他们说着巧言豪语，烧杀抢掠。他们不满足于无处不在，还钻入我们的体内。他们霸占了我们的身体。即便我们能够躲开这些人，我们又如何躲开自己呢？我们如何把自己从自己中解救出来？人们从不思考这个问题。革命者、政治家、教师滔滔不绝，既欺骗他们自己，也欺骗其他所有人。这就是我尊敬审讯官的原因。他们不需要说谎。他们从不隐瞒真相。他们会毫不犹豫地拥抱邪恶。我告诉他们，他们是我认识的最值得尊敬的一类人。那个时刻，他们正在把我的肉体切成碎片，就像在屠宰场里活生生地肢解一只动物一样。我真心地尊敬你们，我说，你们表里如一。你们的外表和实质完全一致。我的话让他们暴跳如雷，失去了控制。他们使劲地捣着墙壁，砸碎窗户。他们痛苦地尖叫。他们狠狠地摔门。他们用铁链拴着我，把我扔到墙边，然后离开了屋子。我的眼睛上还蒙着布。那是白天还是黑夜？外面那个世界的生命在以快速的节奏还是悠缓的节奏流逝？或许他们已经进入侧屋准备下班，或许他们已经抓起电话问候妻子，倾诉思念之情。我很累，他们说。我又做了一个噩梦，他们说。我想一醉方休，在你的怀抱中睡去，他们说。他们的妻子洋溢着万分柔情。她们是好妻子，因为她们从小就接受这样的训练。在这样的时候，她们温柔地说话，对她们的丈夫百般体贴。她们会告诉自己亲爱的丈夫，他一回到家她就会一把抱住他，疯狂地亲吻他，依偎着他。她们一定会给自己的男人献上充满火一般欲望的肉体。除此之外，她们什么也不能做。她们分不清外面是白天还是黑夜。生命是以快速的节奏还是以悠缓的节奏流逝？大街上是人满为患，还是空无一人？那些拷问我的审讯官一放下电话就陷入了沉默。他们擦掉汗珠，蹲在墙角抽烟。他们等待着自己的心脏不再悸动。他们的暴怒刚一消退，就打开关着我的审讯室的门，用同样的脚步数来到我的身旁。他们平静地和我说话。卡莫，他们说，你必给我们讲一讲过去。卡莫，他们说，你必须把你过去的秘密告诉我们。我抬起头，盯着蒙眼布下的黑暗回应他们。你们有没有准备好听我讲过去的故事？谁也不能改变过去，只能自己面对它，你们指望听到更多的东西？狗娘养的！他们打开我的锁链，摘下我的蒙眼布。他们让我坐在一面镜子前，让我看着一张脸，那仿佛是一具尸体的脸。我们就是未来，他们说。照照镜子吧，卡莫，你没有未来，只有过去，你很快就会把过去交给我们，他们说。

"库黑兰叔叔，我在镜子中看到的那张脸扭曲得变了形，污迹斑斑，血肉模糊。鲜血从一只耳朵里渗出来，另一只耳朵则流着脓。我的一只眼睛睁着，另一只眼睛闭着。我的眉毛被割断了，嘴唇撕了一个裂口。唾液从我的嘴里滴下来。这张脸不是一张人脸。我们都很熟悉镜子，库黑兰叔叔。我们都熟悉制作镜框的木头或金属，熟悉镜子上的花纹和华丽的雕刻。但是镜子的里面呢？我们是不是也熟悉镜子深处的那个黑洞？我们会不会想到那一层层的黑洞中潜藏的魔力？那面镜子就像我小时候俯着身凝视许久的井。我们都能看到镜子的边框，但是在它的中央，有一个黑洞洞的漩涡。我被困到了那个漩涡里。我的呼吸沉重、艰难，我胸口上的伤痛像岩石一样压着我。我不由自主地咳嗽着。我的肺好像被人从胸腔里拽了出来。我不知道我应该做什么。我是不是应该砸碎身旁的镜子？或者我是不是应该扭断站在镜子旁边的一个审讯官的脖子？我像孩子一样欢笑着发出尖叫声，放声大笑起来，仿佛我此刻就在游乐园的哈哈镜大厅里。我忘记了胸口的疼痛。我嘶哑的笑声在整个屋子里回荡。"

库黑兰叔叔探过身来，把嚼过的一小口面包放到我的下嘴唇里，似乎在想办法让我安静下来。

"把这个也吃了吧，"他说，"你需要它。"

霉菌的臭味儿充斥着我的鼻腔。我感到一阵恶心。我呕吐起来，我把面包从嘴里抠出。

"我做不到，我咽不下去。"我说。

"好吧，我们休息一小会儿。"

"然后，我在那里看到了希纳·塞弗达。"

"希纳·塞弗达？在审讯室里？"

我就知道只要我一提她的名字，库黑兰叔叔就会精神抖擞起来。

"是的，"我说，"当我拿起镜子把它砸向一个审讯官的脸部时，他们全都围上来殴打我。他们把所有的气都撒在我身上。他们忘掉了所有精心策划的酷刑手段，他们对我拳打脚踢，直到我失去神志。我不知道过了多久。他们用凉水把我浇醒。当我苏醒过来的时候，我躺在混凝土地板上，浑身发抖。我感到身子异常沉重。烟幕遮住了我的那只好眼，整个世界雾蒙蒙的，我只能辨认出朦胧的影子——一张桌子、一把椅子、几个站着的人、一堵长长的墙。在我的对面，在墙的尽头，有两根粗柱子。一个身体被悬吊在两根柱子中间。如果要想看清那个身体属于谁，我必须要么挪近一些，要么除掉我眼里的烟幕。我揉了揉眼，擦掉眼周的血。我从地上把头抬起，看着我的前面。一个女人正吊在两根柱子中间的一根金属丝上。她的胳膊伸着，被绑在金属丝上，身体的其余部分则悬着。她几乎没有力气动弹一下头部。她全身赤裸，乳房流着血。她的肩膀上有几个口子，鲜血一直流到腹部、阴部和腿部，留下了一道红红的血迹。很显然，审讯官们正在想方设法让我向他们屈服，用在我面前折磨他人的办法唤起我的同情心。他们以为我是一个会屈服于同情的人。我又揉了揉眼，伸出脖子仔细观察。我发现那个悬在半空，就像钉在十字架上的圣人一样的人就是希纳·塞弗达。她身子很轻，像秋天树上的一片脆黄的叶子，在地面上方高高地悬着，离天堂那么近。她胳膊上的绳子不能防止她掉下来，只能妨碍她升向天堂。这就是几天前不顾走廊里所有审讯官的威胁，跪在我们牢房前的那个瘦弱的姑娘吗？这个悬吊在空中的女子就是在遭受拳打脚踢的时候岿然不动的那个希纳·塞弗达吗？她认出了我。她把头稍微往高处抬了抬。她的那只好眼肿着，唇角不断抽搐着。她强笑了一下。她很快耗尽了力气，脑袋垂落在胸前。我无法把我的目光从她身上挪开。我没有因为她赤裸的身体或者我赤裸的身体而感到羞耻。我知道审讯官们在想方设法控制我们的感情，然后控制我们的身体。我把手放在地板上，把所有力量集中在胳膊上撑起身子。我跪在地上，擦掉额头上的汗和顺着脸颊流到脖子上的血。我就像一座雕塑一样直着身子，一动不动。走廊里一片沉寂，唯一能听到的声音就是血液顺着希纳·塞弗达修长的身体从脚尖滴到地板上的声音。我跪在那里等待着，就像烈日下、暴雨中、大雪中的雕塑。审讯官哼哼了几声，他们暴躁地咒骂着。他们意识到我正在重演希纳·塞弗达几天前在走廊里跪着的那种坚强不屈的姿势。他们俯身过来看着我，然后揪着我的头发把我拉到后墙。他们把我的肩膀和胳膊放在一块板子上，然后拿来一根闪闪发光、又细又长的钉子，在我的左手腕上摆好。他们用一个很沉的锤子把钉子砸进我的手腕。我感觉他们仿佛正在把钉子砸到我的大脑里而不是手腕中。我开始呻吟。泪水从我睁开的和闭着的眼睛中汩汩流出。我对那些审讯官说，我很钦佩你们，你们做了没人能做的事，你们让外表忠实地反映出了你们的内里。在击碎囚犯的灵魂之前，你们把自己的灵魂敲开，就像敲开石榴一样，里面的果籽散落满地。他们拿开了手，退回去几步，交换了一下眼神。他们没有别的选择，只能继续下去。他们从盒子里拿出另一根钉子，在我的另外一只手腕上摆好。他们把锤子举在半空，这个时候，我几乎不能呼吸了，我的眼睛紧闭，昏厥过去。在我昏过去之前，在我的脑海中闪过的最后一个问题是：他们当着我的面把希纳·塞弗达吊在空中，是不是为了迫使我说话？他们当着她的面把闪亮的钉子钉到我的手腕里，这是不是一个让她屈服的计策？"

库黑兰叔叔碰了一下我的那只没有受伤的手腕，用手指握着它。他亲吻着它，就好像在亲吻一块面包。他把我的手腕放在他的前额上。他闭上了眼等待着，我的手腕仍然放在他的前额上。他带着一种谦卑呻吟着，那呻吟声发自一个珍视痛苦的不平凡的人。他没有必要这样做。我能够承受我的痛苦，他应该密切关注自己的痛苦。我试着抽回我的手腕，但他没有让我这么做。我又试了试。他用他的大手紧紧握着我的手腕，放在他的额头上，直到我咳嗽起来。当他意识到我的咳嗽没有停下来的时候，他抬起了头。他小心翼翼地把我的手腕放到地板上，就好像正在放下一只麻雀幼鸟。他抓住我的肩膀，扶住我无力地垂向一边的身体，让我的背靠在墙上。他从地板上拿起一块布，擦掉我嘴巴上渗出的鲜血。我觉得那块布一定是他从自己的衬衫上撕下来的另一只袖子。他拭净了我的额头和脖子。他把最后的几滴水滴在布上，用它润湿我的嘴唇。

我头晕目眩，颈部的静脉跳动着，那声音不是我心脏的搏动声，而是时间的声音。时间来自过去，重重地撞在未

来的防波堤上，把我抛给命运。我无法赶上它的节奏。它会
涨起又退下，在瞬时和无限之间交替。它把我的妻子马希泽
尔从我的身边夺走，把她的名字刻在我颈部的静脉上，我每
呼吸一次就可以感到它的存在。时间一方面让我嘲笑过去，
另一方面又让我为了未来而痛哭。

　　库黑兰叔叔曾经给我们讲过一个故事，他说，天上有
一个世界，在那里，我们都有自己的镜像，每一个人都有一
个双身。他讲故事的时候，我抬起头，在黑暗中看见一个阴
雨缠绵、熙熙攘攘、车水马龙的伊斯坦布尔。我听到了街头
商贩的叫卖声、在车流中吸着尾气的引擎的轰鸣声、提醒人
们下班时间到来的铃声。伊斯坦布尔从天空的一侧延伸到另
一侧，吞没了男人和女人，把他们磨成粉末，然后呕吐出来。
到处都是腐烂的肉味。每一个人都把别人当作陌生人，没有
人和他人说话。人们就像他们生活的城市一样，在一天早晨
醒来的时候心情舒畅，而在另一天早上醒来的时候却郁郁不
乐。他们从早上一直工作到晚上，又从晚上一直工作到早上。
他们已经接受了死亡，准备好了一切，却没有勇气直面他们
内心的真理。他们像一股泥流涌上街道，在感到疲倦的时候
汇集到广场上。和其他人一样，我也有一个双身。我的双身
就在人群中踽踽独行，她的脖子上裹着一条薄围巾。她既是
我在镜中的映像，又是我的反像。我是一个男人，她是一个
女人。我郁郁不乐，她安详平和。我面貌丑陋，她美丽动人。

我卑鄙邪恶，她善良纯洁。我是理发师卡莫，她是我的妻子马希泽尔。当我们遇见的时候，我们融入了同一个影子。我们一起朗读诗歌，那些诗歌把我们紧紧地绑在一起。因为有了那些诗歌，我们才得以用语言创造出更加私密的语言。我们用那种别人不懂的语言沟通，我们说笑，做爱。我们两个人在睡梦中都想梦到一首诗，并且以那首诗开始新的一天。但是时间不允许我们的语言在这个世界上扎根，不允许我们与这个世界建立联系。狗娘养的时间。

马希泽尔抛弃我离开家的时候，我起初寻找的并不是她，而是所有诗里最纯美的那首。

我从母亲那里学来的语言远远不够。母亲的语言已经伴随着我长大，我记住了许多名字，熟悉了各种物体和不同的人。我一直以为，语言的信息就是真理的信息，我已经准备好了，要像其他人那样生存。我偶尔吐出零星的词语，然后守着我脑子里的另一些零星的词语保持沉默。我并没有发明语言，是我母亲把我生在了语言的里面。我曾经认为我不可能从那种语言中走出来。直到有一天我翻阅母亲抽屉里的一些笔记本时，我发现了一些手写的诗稿。那些墨迹褪色的诗句是我父亲所作。这是我第一次看到他的签名和他的笔迹。尽管我的父亲在诗歌里用了我认识的词语，但是他改变了声音，让所有的字母都产生了新的意义。他创造了以前没有人创造出的意义。就像洛克曼·海基姆寻求长生不老药一样，他寻求的是语言的纯洁的存在。他会让星星从天空中落下，并代之以诗歌的星星。他断定死亡的乳房哺育了诗歌和爱情。他会把窗帘拉开一条缝，用手把面向真理的窗户上的雾气擦掉。就像动物一只接一只被猎杀一样，他属于一个就要灭绝的名叫诗人的物种。他在我出生之前就已经死去了，但是他给我留下了无价的继承物。他用他保存下来的诗歌把我从流沙中拯救出来。欲望是生命的新的主宰。欲望的恩泽无所不在，它的神威遍及万物。它没有边界。欲望就是错误的不断重复。当你在欲望上加上人们的错误时，生活将变得难以忍受。除了诗人，谁还能够打破这恶性的循环？除了诗人，谁还能使用死亡的语言，谁还能许诺自己给人们带来的是无穷的真理而不是无边的欲望？

我一个接一个地访问图书馆，希望能找到最美丽的诗，并把它放到马希泽尔的脚边。我废寝忘食地在馆藏目录中检索。我在阅览室里翻阅了一期又一期的学报和书本。当轮到检索儿童诗歌的时候，在一个阳光明媚的秋日，我来到伊斯坦布尔归属亚洲的一边，走进西尼里儿童图书馆。

就像我父亲的抒情诗一样，图书馆的小院子里回荡着如音乐般的鸟鸣声，趣味盎然。常春藤的阴影让人油然升起一种想要恬然睡去的感觉。在门和侧墙相交的地方，立着一张木凳子，凳子上的油漆已经剥落了。我穿过鹅卵石和草丛走过去，坐在凳子上，等着汗水晾干——在从于斯屈达尔码头到这里来的路上，我走了一段蜿蜒起伏的山路，身上出了不少汗。图书馆墙外一片寂静，空无一人。正当我要闭上眼的时候，院子的门开了。一个小女孩走了进来。她穿着一件校服，肩上背着书包，瞟了一眼通往二楼图书馆的台阶，然后又瞟了我一眼。我不敢肯定她是否能透过厚厚的镜片看清我。她来到我身边坐下。

"你是谁的父亲？"她问道。

"我不是谁的父亲。"我说。

"那你是来接谁的？"

"我不是来接谁的。"

"那你是新来的管理员吗？"

"不是。老管理员怎么了，要退休了吗？"

"她死了。"

我迟疑了一下，不知道要不要继续说下去。

"她年纪大吗？"

"她比我妈妈年纪大。管理员阿姨死掉的那个夜晚，有一个贼闯入了图书馆。当他看到这里除了书什么都没有的时候，就偷走了墙上的钟。现在我们没有钟了。"

"新的管理员到这里来上班的时候会买一只钟并把它挂到墙上。"

"老钟快十分钟。我们早已经习惯了。"

"你也可以把新钟调快。"

"管理员阿姨经常说，忘记外面吧，忘掉外面的时间。"

"那你能忘记吗？"

"有的时候能。"

我想知道这里的人是靠什么忘记时间的。是靠那面有几百年历史的石墙，还是靠那些童话书？或者是靠小鸟的啼叫声？或者是靠让他们忘记时间的管理员？

"我的名字叫卡莫，你呢？"我说。

"期旺斯。"

"期旺斯，你戴上这副眼镜能看多远？"

"你也像孩子一样，卡莫先生，"她说，"你在拿我的眼镜开玩笑。"

"不，我没有取笑你。我只是想知道你在晚上能不能看到天上的星星。"

"不，我看不到。天空太远了，看起来像一团迷雾。我在图画书里看星星。当我扫视北方的星空图的时候，我总是能在许多星星中找到北极星。"

"我在你这么大的时候，对南方比对北方更感兴趣。如果你要问为什么，那是因为南方让我想到了降落。在我家的花园里有一口井，我童年的时候就在井旁玩耍。当我说南方这个词的时候，它让我想到井底，也就是地球的深处。"

"但是图书馆在楼上。你需要爬十级台阶才能到达阅览室。"

"我已经是大人了，我也早已习惯了待在楼上。你喜欢数数吗？"

"喜欢。我常数台阶、线条、窗户。我从来不会忘记自己数到几。"

"期旺斯，开图书馆门的人是谁？谁在监管读者？"

"旁边公共澡堂的服务员负责开门和关门。她开了门以后就离开图书馆，让我们自个儿学习。自从管理员阿姨死后，我们还没有出什么乱子。"

"乖孩子。我要和你一起学习几天。"

"这里是儿童图书馆，卡莫。你要学习什么？"

"我要做一些研究。我要找一些诗歌。你在这里做什么？你有家庭作业吗？"

"我每天放学后都来这里，我等妈妈干完活来接我。我一直学习到她来这里。"

期旺斯滑下椅子。她背起帆布包，朝台阶走去。我跟在她的身后爬上台阶。图书馆只有一间方形的屋子，里面有几个儿童在学习，他们的书和笔记本在他们的身旁摊开。墙壁上有一排排书架，到处都非常整洁。桌面非常干净。除了圆顶上雨渗进来留下的痕迹之外，到处一尘不染。期旺斯在靠窗的一张桌子前坐下。她示意我在她旁边的椅子上坐下。我扫视了一下书架。我跳过科技、历史和地理方面的书，找到了诗歌。我拿下来一摞，坐在期旺斯刚才指给我的那张椅子上。我从口袋里掏出一张纸和一支笔,放在诗集的旁边。我可以看到对面墙上被偷走的钟留下的圆形的痕迹。钟的痕迹的上面是一颗生锈的铁钉,那铁钉悬着,了无生趣。

这一天,我感受到了双重的喜悦,既读到了年长的诗人怀念童年的诗,又和孩子们在一起学习。我沉浸在寂静之中,看了一本又一本书,翻了一页又一页。我在面前的几页纸上草草地写了一些笔记。直到期旺斯一边往窗外看,一边收拾东西,我才意识到已经到了傍晚。我跟着期旺斯下了楼。我看到一位女士穿过院子的门走进来,期旺斯抱住了她。

"卡莫,"期旺斯说,"这是我妈妈。"

期旺斯的妈妈看到我手上拿着纸和笔,错以为我是一名教师。"很高兴认识你,老师。"她伸出手来说道。

"我也很高兴认识你,"我说,我握了握她的手,"你有一个聪明的女儿,期旺斯是这里最勤奋的孩子。"

"多谢夸奖。"

母女两人手拉着手离开了。

在外面,我听到期旺斯的母亲对她说:"我有个惊喜给你。"

我点着一根烟吸了一下,然后往空中喷了一口烟。我带着一种久违的满意感离开了图书馆。大街上空空荡荡的。左首的西尼里清真寺里灯火辉煌,右首的西尼里公共澡堂也灯火通明。白天变得越来越短,天很早就黑了。夜晚的色彩很快地包围了房子。秋风把晾晒在阳台上的衣服吹向天空。期旺斯像一只满意的小猫一样走在母亲的身旁，她一边走着一边抬头看着阳台。她试图通过厚厚的镜片看清一切。当她转过头来看着路的远处时，她决定和前面的路玩一次游戏。她松开母亲的手，开始跑起来。那场景就像我多年前在某个地方看到并一直没有忘记的一幅油画中的场景。黄色的灯光照射在黑白色的墙壁和人行道上。裸露的树枝伸展着。鸟儿们站在电线上就像装饰品一样。一个女人经过了树和鸟，站在一个不亮的路灯下等待着。那个女人走下人行道，伸出双臂拥抱朝她飞奔过来的期旺斯。她们拥抱了一会儿，然后就像风车一样，手挽着手旋转起来。她们的裙子像波浪一样在风中鼓动。这或许就是期旺斯的母亲给她的惊喜。她们变成了三个影子，一起消失在街道的尽头。

　　大街再一次变得空荡荡的，只剩下树和鸟，此时，我回过神来。我想起了那个拥抱期旺斯的女人，她很像马希泽尔。她离我很远，路灯没有亮，在黑暗中，我有时会把一些女人当作马希泽尔。尽管我不敢确信，但是我扔下烟头朝她们跑去。我顺着街角的侧路看去，试图看出她们在哪里转弯。我每经过一个亮灯的公寓窗口就朝里面看一眼，直到我来到街道尽头的主街上。我一度卷入了双向的车流，被主街上拥挤的人群挡住，我意识到我跟丢了她们。我顺着同一条路往回走，仔细地检查刚才路过的那些街道和窗户。那个夜晚，我沿着那条路走来又走去，不知道重复了多少遍。

我感到寒冷，疲惫不堪。第二天下午，当我在图书馆见到期旺斯的时候，我无法隐藏脸上的倦色。

我坐在椅子上。期旺斯梳着辫子，她穿过院子的门走了进来，来到我身旁坐下。她和我聊起天来，仿佛我们从三年级起就是同学。

"你为什么看上去这么疲倦？"她问道。

"我昨天晚上一直工作到很晚。"我说。

"我也有事情要做，我今天有许多家庭作业。"

"你想让我帮你吗？"

"你真的会帮我吗？"

"当然了，如果你愿意我帮的话。"

"当然愿意。"

"一言为定。"

"如果我做完作业，今天晚上就去电影院。"

"那太好了，你妈妈要带你去吗？"

"雅诗敏女士要带我去。我妈妈今天要上夜班。"

"雅诗敏女士是谁？她是你的亲戚吗？"

"不是，她是我妈妈的朋友。她昨天刚到这里，今天晚上就和我们待在一起。"

"昨天你妈妈跟你说的那个惊喜就是指她吗？"

"是的，雅诗敏女士常到我们这里来和我们住一段时间。"

"你们一起做什么？你们玩过家家吗？"

"我们玩过家家，玩捉迷藏，玩保卫猫猫。"

"然后你们睡在一起……"

"我们相互靠着睡在一起。"

"听着，我也有一个惊喜给你。"

我从口袋里拿出一条巧克力，放到期旺斯的小手中。她绿色的眼睛睁得大大的，透明的厚玻璃镜片也变成了绿色。

这一天我没有读任何诗，而是一直陪着期旺斯做作业。我吃了一些她和我分享的巧克力。我帮她在笔记本上写了一个故事，还帮她画了一座山、一只绵羊和一棵树。在她解答测试题的时候，我还提示了她，帮她完成了十道测试题。我们还没有做完作业的时候，我意识到，从窗户里泻进来的阳光正在慢慢地变得黯淡。我找了一个借口，站了起来。我比前一天早一点离开了图书馆。我微笑着和孩子们说再见，我已经习惯了他们盯着我看的眼神。所有的孩子都面对着钟坐着。即使钟不在那里挂着，他们也不能离开它。我把自己当作他们的一员，根据那只不存在的钟判断时间。我走下只有十个台阶的楼梯，耳朵里回响着钟的滴答声。我来到半开着的院门外。我迈着大步穿过马路，来到街对面清真寺的院子里。我和一些虚弱的老人并排坐在一条长凳上，等待着夜晚的降临。

从清真寺院门的角度，我看到大街上有几个女人和孩子。我还看到了期旺斯，她在外面欢快地跳着。我站了起来，藏在暗处，一路跟着她。我知道她会沿着同一条路奔跑，来到同一个没有亮灯的地点。昨天，雅诗敏女士就是在那里等她的。我在我们两个之间保持着一段距离。当期旺斯往前走了一段距离的时候，站在那盏不亮的路灯下的女人走出来几步，伸出胳膊抱住她。她穿着和昨天同样的衣服。她就是我的妻子马希泽尔，她还是那样光彩照人。她现在就在我的眼前，红红的唇，大大的眼睛。我靠着墙观察着她们。我保持着不远不近的距离，既能够轻易看到她们，又不会被她们发现。我看着她们紧紧地长时间拥抱，感受着彼此的体温，用鼻子互相蹭着。

我知道马希泽尔在离开我后就变成了一个革命者，我也知道她住在秘密的藏身处，经常更换自己的名字。她最近的名字是雅诗敏。这真是浪费。一朵不懂得自己美丽的鲜花绽放着，一片叶子不知道死亡的来临而随风飘落。我的妻子马希泽尔就这样存在着，她没有意识到自己的存在。她不知道她在睡梦中变成了仙子，在床单上撒下魔法的香粉。她不知道，但是我知道。因为她不知道，所以我在我的记忆中保存着她美丽的形象。如果我在图书馆里做作业的时候有人问我"美是什么"，我就会画一幅马希泽尔的画像，然后写下这样的话："不可企及的美或者爱，就像一个人知道水在哪里，却只能忍着干渴前进。"这就是我的情况。我知道水在哪里，但是我却得不到它。我能够看到马希泽尔，但是却不能和她生活在一起。我诅咒时间，诅咒伊斯坦布尔，诅咒人，我恨所有的人。

我们离开了狭窄的街道，走到一条大路上。她们在前面走着，我在后面跟着。我们钻进了两辆出租车，一辆在前，一辆在后，一起驶向拜哈瑞耶大街。在那里，我们每人买了一个烤三明治，然后走进电影院，去观看一场我没有看到过海报的电影。她们坐在前排，我坐在后排靠门的一个座位上。我试图回忆马希泽尔最后一次和我一起去看电影的情景。电影放映的整个过程中，我一直看着她们和银幕。当她们沉浸在电影的故事里时，我陷入对往日的梦幻回忆中。当我们走出电影院的时候，天已经变冷了。刺骨的风更像冬日里的寒风而不像秋天里的微风。我们在人群中穿行。我们在街边的商店里买了一些热炒栗子。我们站在那里，看着商店的橱窗。我们钻进两辆不同的出租车，回到我们的街道。在一个有绿门的楼前，她们乘坐的车停下了，我在下一个拐角处下了车。我靠着墙躲在阴影里，等待着已经跟踪马希泽尔好几个小时的那个穿灰色雨衣的男人。

在马希泽尔和期旺斯见面后，一个矮个子男人就一直在跟踪她们。他竖起了灰色雨衣的领口，这让他显得很神秘，就像外国电影里的侦探一样。他也钻进了一辆出租车，走进了电影院，他也看着商店的橱窗。他忙于一根根不停地抽烟并审视四周，没有注意到我在跟踪他。傍晚过后，他顺着同一条街返了回来。他下了出租车又点燃一支烟。他朝着那个有绿门的楼走去。他放缓了脚步，朝里张望，然后从口袋里掏出一张纸，飞快地记下些什么。他来到一个矮墙后面的废弃的停车场上，那里漆黑一片。我跟在他的后面，看着他站在一棵树旁，在黑暗中等待。我走到他的跟前，向他借火。他从口袋里掏出打火机。他试了好几次，终于点着了打火机，然后把它移向我的脸。他一看见我的脸，另一只手便飞快地伸向腰间。我的动作远远比他快。我挥舞着钢匕首，顶住他的喉咙。我踢了他的膝盖两脚，让他跪倒在地上。我没收了他藏在腰间的枪。

　　"你是谁？"我说，"你在跟踪谁？你想把谁的妻子骗到圈套里？"当这个人从最初的惊愕中回过神来的时候，他恢复了理智的判断。他的语气中透出高傲的自信："如果你不放开我，你会后悔的。"我一拳砸在他脸上，他摔了个仰面朝天。我用膝盖顶着他的胸膛。"你是撒旦的儿子，国家的杂种！"我说。我仍然不解恨，就重重地打了他一拳。他本能地哼哼了几声，那声音如果不是咒骂，就一定是哀求。他矮小的身子左右蠕动着。我压得越紧，他就越用力地扭动着胸部，想从我的膝盖下挣扎出来。他的肋骨断裂了，他痛苦地呻吟着。我能够闻到他喷在我脸上的那股令人作呕的口臭。"你知道你是谁吗？"我说，"我来给你讲一些你不知道的事情吧。我的妻子马希泽尔就是真理，你就是要摧毁她的阴影。笼罩真理的阴影是卑鄙无耻的，而任何把真理从卑鄙中拯救出来并使它重现的东西，都是美丽的诗。可是你呢？你就是真理的敌人。"

那个夜晚之后，我唱《钢匕首之歌》的次数越来越多了。一个星期之内，我三次把我的妻子从阴影下解救出来。我的妻子马希泽尔天真无邪。她一直以为她懂得这个世界，并且能够改造它。可是她从未意识到，我就在她喊声所及的范围内存在着。她游逛在伊斯坦布尔的街道上，却不知道身后潜藏着危险。她在博斯普鲁斯海峡的两岸之间往返。她等候在公共汽车站旁，闲坐在咖啡厅里，徜徉在图书馆里。每当她要碰面的那个人不能准时出现，她总会惴惴不安地离开。她居住在于斯屈达尔、拉雷利、希沙卢楚等破败区域的潮湿房子里，屋顶上布满了苔藓。她每天很晚才睡觉，却早早地起床。她给住宅区里的人家看孩子，浇花种草。这一天傍晚，她又一次来到西尼里儿童图书馆所在的街道拥抱期旺斯，这一次，我和她们一样感到无比惬意。

那天夜里，马希泽尔就住在期旺斯的家里，第二天也没有出来。她这几日看上去很疲倦，在过去的几天里非常憔悴，她的面庞已经显得十分瘦削。她需要照顾好自己，好好休息一下。我很高兴她能在家里待上至少一天，不用外出。我准备趁她在家中休憩的时候到图书馆去读诗。我从街角的小店里买了一条巧克力，慢慢地沿着街道走。此时的我变成了街道的一部分。我在图书馆的院子里等待着期旺斯。不久，期旺斯推开了门，冲进院子，脸上洋溢着笑容。

"你这几天都到哪里去了？我一直在担心你！"她说。

"我到别的图书馆去了。"我说。

"雅诗敏女士也很担心。"

"雅诗敏女士？为谁担心？"

"你说为谁担心？当然是你了。"

"她知道我吗？我的意思是说，我到这里来……"

"当然了，我告诉她了。"

"什么时候？"

"你知道，我们上星期去了电影院。嗯……那天晚上我谈到了你。我告诉她你帮我做作业了。"

"她已经知道一个星期了……"

"是的。"

"她说什么了？"

"她说她认识你，她爱你。"

"她说她爱我？你确定吗？"

"确定。"

"她还说什么了？"

"昨天夜里，她给你写了一封信。她把信放在了我的书包里，让我带给你。看，信在这儿！"

我接过密封的信封，前前后后地仔细打量。我不知道怎么做才对，我把信拿在手上掂量了好几分钟。我飞快地想象着各种可能，好的可能，坏的可能。我注意到期旺斯正在用一种逗乐的眼神看着我。我向她笑了笑，摸了摸她的头。

"你是这个图书馆里最漂亮的女孩。"我说。

"今天我的作业是写一首诗，你会帮我吗？"

"我马上就得离开，你觉得你今天能自己做作业吗？"

"能。"

"去吧，到楼上去，去写诗吧。"

"好吧，卡莫。"

"愿诗神在你的笔尖微笑，期旺斯。"

"谢谢！……不过你是不是忘了什么？"

"你是什么意思？"

"你今天不准备给我一个惊喜吗？"

"我差点忘记，我给你带来了。"

"巧克力！谢谢你，卡莫！我喜欢巧克力。"

我看着期旺斯上楼走进阅览室，我意识到我攥着信的手已经出汗了。

我打开信封，看着那张两面都写满马希泽尔像珍珠一般秀丽的字的信纸。爱情，她在信中写道。痛苦、伤口和记忆，信中说。她在信纸上一个接一个地写出熟悉的词，每一个词都激起一个漩涡。她写了悔恨、泪水、愤怒、分离、泪水、悔恨、忘却、原谅、命运、死亡、孤独、命运、悔恨、眼泪，以及忘却，并一遍遍地重复这些词。她写了远和近，生和死，离和聚，然后又反过来说。换一个时间、地点，我一定知道她写这些是什么意思，但是此时，我无法理解马希泽尔想表达什么。她的语言与我父母的不一样。她让意义变成了无意义。就像一群惊弓之鸟，她的词杂乱地堆积在一起。她摧毁了过去的我们，粉碎了打开未来之门的任何机会。我想被忘记，她说。在这座巨大的城市里，我感觉如同被囚禁在一间屋子里；尽管我爱你，但是，我们的过去就是我们的命运，卡莫，我们无法逃离过去，她说。

这是一种什么样的幻灭啊！她把爱情这个词摆到和其他词一样的水平上，没有给它增添一丝多余的分量。良知的阵痛令我喟然太息。哦！那古老而永不绝灭的良知！在我重读信件的时候，我问自己：在经历了所有的痛苦之后，我是否还具有掌控时间的力量？我是否还能够征服我的盲目而无声的命运？我困顿落魄，孑然一身。噩梦不断地侵扰我的睡眠。啊，我凋零的心！啊，那古老而永不绝灭的良知！谁能承受这样的恐惧？谁能这么长久地顽强抵御生命的残酷？马希泽尔在请求我给予她被忘记的权利，而我恰恰需要不忘却的权利。她的容貌无时无刻不萦绕在我的脑际，否则我也不会是我。我将会失去我的灵魂。我将会变成一个被坟墓拒绝的死人。哦，那古老而永不绝灭的良知！它把有毒的矛头直插到我的灵魂之中。如果我把我内里的马希泽尔刨除，我剩下的将只是一具髑髅，一具被蛆虫啃噬的髑髅！

马希泽尔收集了我们往日一起读过的所有诗歌，并把它们融入到她的信里。她就像一个失怙的孩子，因为痛楚而呻吟。她说她被困在一间屋子里，并请我开门营救她。"把门打开！"她喊道，"打开门，给我自由！你走你的路，我走我的路！"她在挣扎之中。她用小小的拳头使劲地砸门。咚！咚！咚！"把门打开！"她说我拿着能解救她的钥匙，但是我却不知道该怎么做。我忘记了自己在哪里。我可以听到远处的狗吠声在不断地逼近。我可以听到从黑暗中传来的嚎叫声，辨认出白毛狗清晰的叫声。我浑身寒冷，胸脯疼痛难忍。千万种声音在我的脑子里激荡。嗵！嗵！

"把门打开！看守！把门打开！"

我很不情愿地回到现实中。我渐渐意识到，那深沉的声音来自库黑兰叔叔。

"把门打开！我的朋友要死了！快帮帮我们！"

嗵！嗵！

我半睁开我的那只好眼，凝视着黑暗，看见库黑兰叔叔矗立在那里砸着牢房的门。我没法喊他。我连手指都没法动。我呼哧呼哧地挣扎着，喘着粗气。我呻吟着。

库黑兰叔叔走过来，俯在我的身上。

"你还活着，"他说道，"我神奇的理发师，你还活着。"

他放正了我的无力地垂着的脖颈，从地板上捡起一块布，浸润着我的唇部。他擦拭着我的额头，一边摩挲着我的头发一边说话，声音中充满乐观。他说我们有一天将会离开这里，一起探索伊斯坦布尔。美丽的梦要么属于心碎的恋人，要么就属于在鬼门关徘徊的人。在库黑兰叔叔抓住我的手的那一刻，他看到我即将走到终点。他意识到，我在地上浪费的时间在这里也即将耗尽。

我听到了铁门栓的声音。牢房的门打开了。看守粗笨的身体出现在灯光中。

"你在喊什么，弱智的家伙！"

"我的朋友病得很重，他需要帮助。"库黑兰叔叔用比往常更柔和的声音说。

"那就让他死去吧，那样的话，他将会获得自由，而我们也将获得自由。"

"至少给他一点水喝好吗？一片镇痛药……"

"蠢货，过一会儿你自己会需要那片镇痛药的。审讯室马上就要派人来带你走。快点，站起来！"

我看见白毛狗的影子紧挨着看守的大脚。它已经悠然地从走廊走了进来，站在灯光下，就像一座纯大理石雕像。它的脖子宽宽的，耳朵直立着。它的毛发柔顺地流向尾部，就像一条温暖的毯子。它的目光像狼的目光，那目光穿透了我，就像从前一样。

看守没有理会白毛狗，他揪着库黑兰叔叔的领子把他拖到了外面。他锁上了门，把我关在里面。现在牢房里只剩下我们两个。

我的体力渐渐地耗尽。我的眼睛闭上了。我想就这样在不知不觉中进入没有边际的睡眠。

白毛狗渐渐地靠近，它的鼻息使我感觉到它在我身边趴下了。它温暖的身体靠在我的身体上。它用长长的尾巴卷住我的腿。我们用同样的节奏呼吸着，我们的胸脯一起上下起伏。它一直等待着，直到我的身体暖和起来。要是我们有更多的时间，它一定会像这样在地上趴上好几个小时。但是，我们没有时间。它抬起了头，贴近我，舔了舔我的脸。它用那粉红色的、湿乎乎的舌头上下舔着，好像在爱抚它的宝宝。从眼睛到耳朵，从胸脯到手腕，它一个接一个地舔愈我所有的伤口，减轻我的痛苦。在这个极度痛苦的世界里，当一个人闭上双眼时，他至少应该能够没有痛苦地呼吸，否则，活下去的意义又是什么呢？白毛狗挪动它沉重的身体。它更用力地压在我的肩膀上。它伸出柔滑的舌头，舔去了我自孩提时代就积累起来的所有恐惧。它的舌头抚慰着我，卸除了我的每一个负担。我感到自己轻飘飘的，仿佛在温暖平静的水中漂浮。如果生命能够像这只白毛狗一样仁慈，那该多好啊！如果生命能够在我迷途的时候指给我另一条路，那该多好啊！

第
十
天

由库黑兰叔叔讲述

黄 色 的 笑 [1]

　　"给我送三个苹果来，送来之前，你要在其中一个苹果上咬一口。当船上瘦弱的老制图师从怀中掏出他早已死去的恋人的信开始读的时候，他重复了一遍刚读过的那句话：给我送三个苹果来，送来之前，你要在其中一个苹果上咬一口。医生，我以前给你讲过这个故事吗？真的吗？这次我要给你讲一个不同的版本。听着，这位老制图师投入了一生的精力，在世界的各个海域航行，他身上带着爱人给他的两份无价之宝，一份是孤独，另一份是一小箱子信件。每到一个大陆，他都要绘制新的航海图。每到一个岛屿，他都会把新的名字添加到航海图上。在他的最后一次航行中，他已经变成了一个白发苍苍的老人，他准备告别航海事业，在陆地上安度晚年。尽管他十分尊敬那些把灵魂献给海浪的水手，

----

[1] 在土耳其和欧洲一些国家，黄色的笑有勉强的笑、苦笑、假装的笑等意思。——译者注

但是他想被埋葬在他年轻时代的爱人旁边。他把这个秘密告诉了与他同住一个船舱的罗盘师。在他看来，罗盘师并不在乎在海上还是陆地上死去，但是他想在正确的时间死去。我依据这块怀表计时，罗盘师掏出他的怀表说道，并满怀慈爱地摩挲着表盖。表盖上面镶嵌着几颗红宝石，它们象征着一个他从来都没有解开的谜。或者说，他愿意相信这样一个谜是存在的。那是一个星光灿烂的夜晚。当一个巨浪拍打在船舷上的时候，他们听到外面有什么东西碎裂的声音。老制图师和罗盘师急忙冲出船舱，爬上台阶来到甲板上。当他们看到点缀着整个夜空的闪闪发光的星星时，他们停了下来，惊异地凝望着星空，他们的表情像孩子，而不像一辈子在海上漂泊的老水手。他们看着缓缓流动的银河。那位老制图师指着像河流一样蜿蜒的群星中的一点。看，他对罗盘师说，这看起来不正像你怀表上的那个图案吗？他们掏出怀表对比起来。他们看到，表盖上的那些红宝石熠熠生辉，简直就是苍穹中那些旋转着的星星的倒影。对，老制图师继续说，你怀表上的时间和标志都是正确的。乌云迅速地聚积起来，天空开始变得阴沉沉的。船帆在嚎叫，绳子发出像甩动的鞭子一样的响声。驶向大洋深处的船就像一片叶子一样被风抛起。大雨倾盆而下，船遭到了从四面八方吹来的风的攻击。他们警觉起来。他们执行着惊惧地吼叫着的船长传达的命令，拼命把船舵打回正常的位置，不断地调整帆的方向。他们左冲右突，不停地拉紧或放松各种绳子。一连三天，灾难继续着，一点都没有消退，云层没有散开。他们在海浪上一会儿被甩到这边，一会儿被甩到那边，被拖向大洋的深处，或许这里是一片航海图上还没有标出的海域。当第三天结束时，大海重归平静，风暴消退，繁星重新出现在夜空中，他们认为风暴已经过去了。他们想搞清楚自己身在何处。他们到处寻找干燥的陆地以便在那里修理被风暴撕裂的船帆，换掉被海浪砸碎的水桶，重新装满饮用水。船长仔细观察在他面前展开的一张张航海图，追寻星星的踪迹。最后，他终于在一张老航海图上发现了一些和星星的位置对应的形状。他指着航海图角落处的一片海说，我们现在在这里。然后他又补充道：那里有一座岛，距离我们有一天的航程，我们可以到那里去。站在船长身旁的老制图师和罗盘师面面相觑。他们对船长指着的那个蔚蓝色的岛充满怀疑。船长，他们说，我们还是不要偏离航道太远，那个小岛似乎是某个被爱情颠倒神智的制图师画的在现实中不存在的假岛。过去，某些制图师会在航海图的空白处画出一个小岛，并用他们爱着的女人的名字给它命名，他们通过这种方式在世界上留下他们爱的印记。在海上，向航海图上的假岛航行的幻灭故事比比皆是。尽管老制图师和罗盘师对那个岛疑虑重重，但是他们并没有给出任何预言。他们两个都知道，在航海图上画出这座岛的人，就是年轻时的老制图师。他们不敢公开谈论，因为他们害怕动不动就暴跳如雷的船长，他们害怕被绑住手脚、堵住嘴抛到海里。两人回到甲板下的船舱里，一整夜都在谈论这件事情。我第一次看见那个姑娘是在村子里的市场上，那个老制图师说。我那时还是个少年。我给她写了很多信。我一遍又一遍地偷偷读她写给我的回信，因为我害怕被她的两个凶暴的哥哥发现。当我平生第一次动身踏上航海旅程的时候，我告诉她，我会给她带回来一个她永远也不会忘记的礼物。我的目标就是通过猎鲸赚一笔钱，然后回来带上我心爱的人远走高飞。我的心上人是一个美丽的姑娘，她柔美娇俏但体弱多病。在我出海的时候，她生了病，一连好几日躺在床上发着高烧。死亡最终击垮了她像玻璃一样脆弱的身体。当我出海归来的时候，我来到她的坟前。我在她的坟旁为自己挖了一座坟墓。我一连几个夜晚不停地在我随身带着的航海图上画海岛。我在人迹罕至的海岸线上画了最美丽的海岛，把它涂成蓝色，并用我的爱人的名字给它命名。只要地球还在旋转，我就会去寻找以我的爱人命名的不存在的海岛。我带着心中的梦想出海。白色的船向波浪敞开胸怀，风帆还没有打开就已经滑行在海面上，朝着航海图上渺无人烟的海岸线驶去。黎明时分，老制图师和罗盘师睡着了。他们的船偏离了航线，向着那梦中的陆地驶去。夜晚快要来临的时候，他们来到了航海图上假岛所在的那片水域，从睡梦中醒来的他们听到了瞭望员的呼喊声，啊哈！陆地！啊哈！

这怎么可能呢？老制图师不敢相信他的耳朵。他匆匆忙忙来到甲板上。在迷雾中，他看到一座蔚蓝的、华丽的，有着城墙、圆顶和塔的城市矗立在他的面前。伊斯坦布尔，他说，他嘴里默默念诵着死去的爱人的名字，我亲爱的伊斯坦布尔！他瞪大眼睛惊异地看着，想知道这个他亲手在航海图上绘制的海岛是如何变成真岛的。他的双膝一软，瘫倒在地上。罗盘师扶住他的胳膊，老制图师向他微微笑了一笑，显得很满意，这表明他对自己的生命已经十分餍足了。我看到的都是真的吗？他说。我眼前看到的就是我馈赠给亲爱的伊斯坦布尔的那个完全不存在的海岛吗？一阵微风吹起，岸上的海鸥向船飞去。老制图师在这里咽下了最后一口气。按照水手的传统，他的尸体被抛进无垠的海水中。一年又一年过去了，伊斯坦布尔的居民们坚信，他们的城市是真实的，而那艘云雾缭绕的船只是一个幻觉。他们讲述着无穷无尽的故事，故事的内容都是关于那艘白色海船上的船长、制图师和罗盘师的。"

囚室里只有我一个人，但是我继续说着，在我的想象中，医生就坐在我的面前。

我费力地用被压伤的手指卷了一根烟，递给医生。我取出火柴，先点着了他的香烟，然后又点着了我的香烟。

"伊斯坦布尔的居民们认为他们是真实的，他们不知道，他们一直生活在那艘白色海船的航海图上。"我说，我深深地吸了一口烟，然后把烟雾吐在空中，"你是怎么想的，医生？那个制图师在航海图上画了一个海岛，然后在一艘捕鲸船上找到工作，向着无垠的大海起航。你是怎么想的？"

从小时候起，我的秘密海岛就一直是伊斯坦布尔。在冬夜里，当父亲给我讲那个老制图师的故事的时候，我就从书包里掏出我的地图，在上面画出一座海岛。我在幸福的梦中梦到它，我深深地爱着它。在那个年代，我感觉人们选择用双眼看世界，而不是去理解世界。世界上每一个地方都在发生变化。人们忘记了如何在看不见的情况下去爱。他们没有梦想中的海岛，他们不知道自己在寻找什么。他们无法理解这么多年来我在远处对这座城市表达的那份爱。他们已经把征服这个概念从记忆中擦除，因此无法理解我。每一次征服都依附着一个梦，并总是沿着自己的道路前行。耶稣的道路就不同于亚历山大大帝的道路。亚历山大征服城市，而耶稣想征服城市里的人。我的梦想是既征服城市，又征服城市里的人，让城市和人同时得到拯救。伊斯坦布尔需要被拯救。

每一个人都在谈论伊斯坦布尔的美，但是不测、自私和暴力掩盖了这座城市的美。城市就是人们在这个世界上所追求的美和正直的体现。对此，上帝从来就力不能及。在城市里，人们努力去创造一个自然，并想在这个自然中找到自己。这不正是上帝所做的吗？他创造大地、天空和人，不就是为了发现自己的伟大吗？一个时代接一个时代过去了。一切都在变化。混沌开始把上帝向外推。假如为了把他推出去，需要一个"里面"的话，那么人们就在城市中建造这个"里面"。那些想要扩展自己的自然的人正在不知不觉中建造一种新的时间。忧郁也在这里出生。不能适应这种新时间的，不是人们的忧郁，而是上帝。自从巴别塔时代就一直让他感到害怕的事情，现在正在发生。

在海的另一边，在一个部落中，人们用刀划伤孩子的脸，毁了他们的容貌，以防他们被敌人绑走当作奴隶贩卖。孩子们一直靠这个办法保持着自由。在他们的语言里，丑陋和自由是同一件事，美丽和奴隶是由同一个词表达的。伊斯坦布尔的居民们也害怕失去他们的城市，他们千方百计利用他们的权力摧毁她的美丽。无论在地上还是在地下，他们都陷在深深的痛苦之中，他们紧紧地抓住邪恶。他们把破坏城市的美丽叫做自由。但是，伊斯坦布尔能够察觉到。她选择对抗人们的愚蠢。那座伟大的城市孤独地抗拒着，挣扎着捍卫她的美丽。

善良就是道德。正确就是算计。然而，美丽是无限的。美丽就在一个词中，在一张面孔上，在被雨淋湿的墙上的雕刻里。美丽在一个人白日里的梦中，尽管那梦中没有形象，尽管也没有人能懂得那梦的含义。人们厌倦了探索荒野，开始在城市中创造自己的自然，自从那时候起，他们就把自己的生命献给了玻璃、钢筋和电。他们培养出一种创造的品位。

他们看着镜子对自己说，我不是自然的探索者，我是城市的发明者。他们消除了人和自然的矛盾，让精神与物质结合。他们把所有的时代和地点全部聚集在一起。当对城市进行思考的时候，他们看到的不只是过去，还有将来。然后他们厌倦了四处奔波，开始悲观起来。他们变成了没有希望的人。他们被长生在美丽中的丑陋卷走，被寄身于财富中的贫穷掳掠。他们精疲力竭。他们能否看到城市的美丽就在死亡的剧痛中？如果能的话，他们就不得不再一次把生命献给美丽。他们能否感觉到城市中的生命正在失去价值？如果能的话，他们就不得不重新让生命具有价值。激情是不是已经终结？世界上是不是再也没有秘密？他们需要用激情把城市包围起来，然后再一次征服它，而不是劫掠它。

我盯着我面前墙上的空白处，把这一切讲给医生听。我举起想象中的夹在手指间的香烟，把它放到唇间。我吸了一口烟。尽管我小心翼翼，但是烟灰还是落在了地板上。我叹了一口气，想用指尖把烟灰捡起来。烟灰散落成小小的尘点。我又一次感到不安。

当我从审讯室回来后，我没有发现理发师卡莫。我的不安从那时就已经开始了。我问看守发生了什么事，他没有回答，只是对着我重重地把门摔上。医生和大学生德米泰也不在这里。我已经两天没见到他们了。我想知道他们是不是在我被审讯的时候曾经回过这间囚室。他们是不是曾经在这里休息睡觉？我看不到他们的任何痕迹。那个空空的水瓶子仍在原地放着。对面的牢房也空着。我还试着躺在地板上，把一颗纽扣扔到希纳·塞弗达的门下，可是她没有回应。我用我的那只好腿站在牢房门口，等待了好几分钟，但是她没有来到格栅前。

我听到远处一声清脆的响声。那声音从墙外、走廊外和铁门外传来，听上去像一支勃朗宁手枪发出的。当我再一次听到同样的响声时，我知道我的猜测是对的。我坐在那里挪了挪身子。我扶稳墙壁艰难地站起来。我拖着受伤的腿，就像拖着满满一袋石块一样，一瘸一拐地来到门口。我抓住格栅上的铁条向外面看去，希望能看见些什么。走廊上空荡荡的，在炽白的灯光下并没有晃动的人影，也没有一丝喘息。枪声从哪里传来？更本质的问题是，谁在开枪？

两种可能性飞速地闪现在我的脑子里。那支枪瞄准的是不是医生？他曾经表示死亡也是美好的。它瞄准的是聪明的德米泰，或者是愤怒的卡莫，或者是坚强的希纳·塞弗达？假如他们中的一个找到了机会，夺过一把枪，冲进走廊和看守对峙，他们现在已经走了多远？他们是怎样在走廊中飞跑而不迷路的？

还有一个更好的选择——头顶上的伊斯坦布尔并没有忘记我们。在年轻的革命者们到达贝尔格莱德森林的冲突地点后，有更多的人加入了他们的队伍。他们发誓要让我们的痛苦结束，把在痛苦中的人解救出来。他们正在赶往这里的途中。医生年轻的儿子和迈恩·贝德就在他们中间。

枪声又响了，一声连着一声。贝雷塔、瓦尔特，史密斯威森和勃朗宁发出的响声交混在一起，走廊里能够听到枪声的回声。我分辨着每一支枪的声音，就像分辨着哈伊马纳山上的每一只野兽的声音——我曾经在那座山上度过了我的一生。我竖起耳朵听着。当我想到每一颗子弹都可能在一个人的身体上留下痛苦的伤口时，我变得焦虑万分。

我担心我的朋友们。他们现在的状况如何？他们是死是活？我觉得他们既可能活着，又可能已经死掉了。只要我看不到我的朋友们，他们就既可能活着，又可能已经死掉。他们还喘着气，与此同时，他们躺在地上，毫无生命的迹象。把我们隔开的墙使每一种可能都会发生。那些在战斗中冲锋陷阵，赶来解救我们的人也是如此。那些全副武装向前冲锋的人既可能是来解救我们的人，又可能是来杀掉我们的人。除此之外，我什么也不知道。只要我什么都不知道，一切可能便是同样真实的。当伤心而绝望的伊斯坦布尔居民听到正在这里忍受痛苦的我们的故事时，他们给我们想出了两种可能。我们或许活着，或许已经死掉。我们或许还有一丝呼吸，或许已经躺在地上，没有一点生命的迹象。

我设身处地为地上世界的人着想。我从他们的视角观察了自己一会儿，但是我不知道该如何思考。我觉得我既可能活着，又可能已经死掉，仿佛同时处在这两种状况之中。

在我陷入沉思，像飞蛾一样被走廊里炽白的灯光吸引时，枪声停了下来。四周一片沉静。牢房里就像往常一样没有一丝声响。我继续等待着，仿佛随时会有人出现在走廊的尽头。我紧紧地抓着格栅的铁条，以便用那条好腿站得更久些。灯光让我头晕目眩，我不停地眨着眼睛。我听到砸门声在后面的走廊里响起。"卫兵！"一个声音喊道。在后面的一间牢房里，有人需要帮助。"卫兵！"我把耳朵贴在门上，等待着看守的脚步声。此刻，将会有看守从椅子上站起来，走出他的屋子，用他那坚硬的脚后跟砸着混凝土地面，大跨步地走来。他会走向后面的走廊，站在牢房门口，并开始咒骂。但是看守没有动。他没有从椅子上站起来，也没有用脚后跟砸混凝土地面。他并不理会后面囚室中的喊声。现在，又一次安静下来的走廊陷入了无底的深渊。我已经精疲力竭，不能再等待更长时间了。我靠在墙上，把所有的重量压在我的那条好腿上，慢慢地滑着坐下。我坐在地上，把双腿张开，深深地吸了一口气。

这时候我才发现，我的鼻子在流血。我把地板上的布捡起来，擦了擦鼻子。

我没有一丝睡意，饥饿难耐。我的嘴唇因为缺水已经干裂。

我决定和医生聊天，和盯着空白的墙相比，这或许是打发时间的更好办法。我假装从口袋里掏出香烟盒。我用被压伤的手指卷好一根烟，我决定到医生的住所去，和他在那里聊天。我幻想自己正陪他坐在他最喜欢的地方，在阳台上眺望博斯普鲁斯海峡。我体贴地递给他一根卷好的烟，然后开始为我自己卷烟。我拿起放在桌子上的打火机，点着了我们的香烟。我吸了一口，让烟在我的肺里停留了一会儿，然后把它喷向湛蓝的天空。冬天刚刚开始，在伊斯坦布尔，这样的天空非常罕见。我没有再去想我刚才听到的那阵枪声。我聆听着从下面传来的汽车喇叭声、渡轮的汽笛声和海鸥的叫声。

在阳台上，在精美的镶边桌布上放着的是一碟碟混合酱、奶酪和腌菜。芝麻菜鲜香可口，酸奶油滑诱人。萝卜上洒着柠檬汁。油橄榄上点缀着辣椒丝。面包切成了片，有几片已经烤好。水罐里半装着水。精致的高脚玻璃杯里装着雷基酒，酒里有冰块，看起来清爽诱人。桌子上整齐地摆放着香烟盒、打火机和烟灰缸。显然，从白色桌布的刺绣花边可以断定，这块桌布一定是前人留下的传家宝。

那天是一个温暖的日子。医生看上去很放松，神态怡然。屋里播放着一首古典土耳其歌曲。歌手就是医生的妻子，她已经死去多年，但从未离开过这间房子。你是我的心的主人，你就是那里的唯一，她唱道。她的嗓音中有一种强大的感召人的力量。尽管我已经走完了我的一生，尽管我的头发苍白如霜，但你就是我的一切，你就是我的欢乐、我的生命，她唱道。歌词像流水一样顺着阳台悠悠渗出，沿着水渠流向大地。公寓里，阳台下的花园里，大街上，没有一样东西不会勾起殷殷的渴盼。街头商贩们用相同的嗓音叫卖，渡轮的螺旋桨和小汽车的轮子交替发出嗡嗡声。错落有致的屋顶整齐地排列着，像一级一级的台阶一样向下延伸，一直通往阳台下的大海。海浪澎湃，和着歌声起伏。船长们一个接一个拉响了雾笛，仿佛他们能看到我们正在畅饮的雷基酒，能听到我们正在聆听的歌声。

医生举起酒杯先对着我，然后又对着我们对面的大海。当他看见我在模仿他时，他笑了笑。他呷了一口雷基酒。

"我很高兴你来了，库黑兰叔叔。"他说。

"我也很高兴自己能来。"我说。

"你有没有尽情地观赏伊斯坦布尔？"

"我已经观赏了整整一生，再加上十天，对我来说足够了。"

"我很高兴听你这么说。"

"我可以平静地死去了，医生。我感到一切都非常安宁清静。"

"你为什么要谈论死亡？我们来想一些美好的事情吧。我们来许一个愿，愿我们能够常常促膝畅饮，愿我们在任何季节都能眺望着伊斯坦布尔品味雷基酒的醇香。"

"为我们的美好时光干杯！"

"为美好时光干杯！"

我们举起酒杯相碰。

我们看着对面房顶平台上空着的阳台椅、晾衣绳和屋顶的瓦片。海面上没有雾，碧空如洗。除了浮在恰米利卡山上空的一小片云，整个世界一片蔚蓝。我们可以看到王子群岛上的房子和树丛。西沉的夕阳距离完全落下还有大约一个小时，它挂在我们右首的天空上，把天空染成了火焰般的橘色。

"夜马上就要来临，一切将被笼罩在有魔力的夜幕之下。"我说。

"魔力？伊斯坦布尔还剩下什么魔力呢？"

"医生，我已经把你那天谈到的希望融入魔力之中。魔力比我们所拥有的东西更美好。"

"希望也罢，魔力也好，我们用哪一个都无所谓，它们都无法拯救伊斯坦布尔的美。我没有把这个想法讲给所有人听，库黑兰叔叔，我是在讲给你听。人们正渐渐厌倦，他们想离开这里。"

"医生，人们放弃这个地方，是因为它不适合居住。但是，我们应该关注的是，伊斯坦布尔是否值得创造，而非是否适合居住。"

"她的哪一部分会被创造？是她那被蹂躏的美吗？"

"重新创造她的美就是征服她的唯一理由。"

"征服……你的决心依然没有改变吗？"

"当然。"

"即便在你目睹了过去的十天发生的一切之后……"

"我的决心比以前更加坚定了。"

"我提议，我们应该为此干杯。"

"今天，让我们为想到的任何事情干杯吧！"

我们幸福地靠在椅子上。

我们看到右边的屋顶上有一条红色的披肩在飘动。那条披肩被风卷起，朝着大海飞去。它时而像波浪一样翻滚，时而笔直地飞。它像一只展开双翼的鸟在空中滑翔。它似乎并不想落在屋顶上，而是目标坚定地飘向大海。我们陶醉在披肩那迷人的红色中，心里想着遥远的地方。

"库黑兰叔叔，我有的时候会感到困惑，仿佛我已经认识你一辈子了，而不是短短的十天。你有同样的感觉吗？"

"我感觉我们仿佛在一起探索伊斯坦布尔的每个角落，一起在聊天中度过了一年又一年。我们聊的越多，就越有事情要告诉彼此。"

"我们一定是老了……"

"我已经老了，医生，你自己要保重。"

"但是你的思想像剃须刀一样锋利。你比我健壮。"

"我没有忘记我学到的东西，这是真的。比如，你谈到的那本书已经深深地刻在了我的脑海里，我这几天一直在想着它。"

"哪一本书？"

"《十日谈》。"

"你已经记住了书名。"

"是的，我不会忘记的。"

"你也不会忘记书中那些滑稽的故事。"

"医生，你讲的那本书里的所有滑稽故事，让我想到了我父亲给我讲的一个故事。一次，从伊斯坦布尔回来后，我父亲说，他曾经在地下的监牢里待过，他还给我讲了一个关于海岛的故事，那是他从牢房里的水手那里听到的。根据海岛的习俗，每当有人死去的时候，所有的人都会聚集在逝者的家中，在那里嚎啕大哭，哀悼他的死亡，一直待到深夜才回去。当悼亡的屋子里只剩下家人的时候，他们会开始说笑，讲述关于那个逝者的种种滑稽的故事。他们每讲一个故事都会忍不住大笑起来。他们就这样不停地讲故事，让泪水顺着他们的脸颊流下来。他们把这泪水称为黄色的笑。他们认为黄色是笑应该有的颜色，这笑能够让人忘记死亡。你觉得呢，医生？你觉得人们是不是因为需要黄色的笑，才会让《十日谈》里那些感到死亡逼近的贵妇与绅士讲滑稽的故事？"

"或许。"医生说，但是他没有继续往下说。他站起身来去接听起居室里响铃的电话。

比我们所拥有的东西更美好的，还有笑。那是生命给我们的另一个教训。我独自坐在阳台上，用同样的表述方式来描绘我面前的食物——比我们所拥有的东西更美好的，还有奶酪和腌菜。而雷基酒呢——不消多说——比我们所拥有的一切都美好。我自个儿笑出声来，呷了一口酒，把酒杯放到桌子上，啃了一口嫩黄瓜。在伊斯坦布尔生活是多么惬意啊，我说。在金角湾的海水和博斯普鲁斯海峡的海水交汇的地方，有几艘小渔船在浪尖跳动，就像火柴盒一样。我看着这些船陷入了沉思。西边，在宣礼塔和高大的公寓楼后面，天空中的红色时深时浅。我意识到，在岛的这一侧忽然升起的雾正在朝那边弥漫，它很快就会笼罩在渔船上。我在一片烤面包上涂了混合开胃酱。

医生已经回来了，他和我一起喝干了杯中最后一滴雷基酒。我们重新斟满了酒杯。

"是我儿子打来的，"他说，"他告诉我他今天晚上不回来了。"

"我们的那位年轻医生吗？我希望他回来。我想见见他。"

"他也想见见你，库黑兰叔叔。他向你问好。"

"谢谢。"

"年轻人。他们做起事来随心所欲。想弄懂他们的心思，那是不可能的。他好像有更重要的事情。"

"他的女朋友怎么样了？迈恩·贝德……"

"她很好。我也没有见过她。他们本打算今天晚上一起到家里来。我还准备认识认识她。"

"看来她不会来了，医生，希望下一次……"

"下一次？"

医生停顿了一下，仿佛有些头晕。他看着屋顶远处的大海，用双手握紧酒杯，把手指交叉在一起，肩膀缩着，身体向前，懒散地坐着。他注视着已经平静下来的博斯普鲁斯海峡。他把头歪向一边，以便听清从屋里传来的妻子的歌声。他闭上眼，和她一起轻声哼着歌词。他的头低了下来。他的轻吟渐渐慢下来，直到没有了声音。他深吸了一口气等待着。正当我心想他一定是困了的时候，他又坐了起来，睁开眼伤感地看着我。他先是从近处审视了我一番，然后又从远处上下打量，仿佛对我的存在表示怀疑。他呷了一小口雷基酒。

"你没有什么问题吧，医生？"我说。

"我想认识我儿子爱着的那个女孩。我希望迈恩·贝德今天晚上能来。"

"要是今天晚上有流星，我们就可以为他们许个愿。"

"我觉得我们会看到雾，而不是星星，库黑兰叔叔。你那有魔力的伊斯坦布尔马上就会被笼罩在浓雾之中。"

我们听到了枪响，一声接着一声。

我们不知道枪声是从哪里传来的。我们先是看了看对面的房子，然后把身子靠在阳台的栏杆上，向三层楼下面的街道看去。傍晚的车流量依然很大，放学的孩子们在街上跑来跑去，街灯亮着，一切看起来都很正常。没有其他人靠在阳台上，或者站在窗口往外看。楼顶的平台和拉上的窗帘也都和刚才一样。

"那是枪声吗？"医生问道。

"我想不是，"为了不让他担心，我说，"不管外面正在发生什么，我们来喝雷基酒吧。"

我喝了半杯酒。我只想在此时此地一醉方休。我看着远处被伊斯坦布尔的夕阳照亮的窗户，仿佛第一次见到这种景象。

"库黑兰叔叔，"医生说，"你父亲说天上有一个和这里一模一样的世界。有一天，我把这个故事告诉了我的儿子。他很喜欢这个故事，不过，和往常一样，他的想法和我的想法完全相反。他说我们必须去寻找和我们的世界一模一样的地下世界，而不是天上的世界。地下并不遥远，就在我们的身边，他说。那里的人们遭受着痛苦，他们挣扎着，努力寻找出路。他们既疲倦又虚弱。他们抬起头的时候仿佛在看着天空。他们幻想着我们的样子，向我们发出呼喊。我们每一个人都有一个双身，就住在地下。如果我们仔细听，就一定会听到他们的声音。如果我们往下看，就一定会看到他们。"

"或许我父亲在伊斯坦布尔的双身就是你的儿子。一个重获新生的故事。你觉得怎么样,医生?"

我们不约而同地笑了起来,然后靠在椅子上。我的父亲已经死了,他的儿子还活着。我们的笑在生和死的边界上渐渐变成黄色,像一条河一样流向伊斯坦布尔的海。托普卡珀宫和少女塔华灯初上,塞利米耶军营和黑达尔帕萨火车站被锁在迷雾之中。轮船行驶的速度慢了下来,渡轮的汽笛响得时间更长了,渔船正在返回海滩。白天与黑夜,现实与幻觉,全都交混在一起。所有事物的内部都蕴藏着它们的反面。每当黑夜把白天的缤纷包裹起来的时候,幻觉就开始宣布一个新的现实到来的消息。白天里裸着身子四仰八叉躺着的城市此时裹上了一条绣着银线、蓬松洁白的丝绸披巾。但是,如果村庄代表一个人的童年时期,而城市代表他的成年时期,那么伊斯坦布尔的居民就是仍然居住在炼狱中的人,是招是惹非的少年。他们无法用恰当的语言表达美。他们白天里紧张兮兮地东游西转,夜晚则忧虑重重地回到床上。他们忘记了一个真理——得到一座美丽的城市就等于得到一个美丽的人生。

医生一边笑,一边挥舞着手,他几乎撞翻了水罐。在水罐快要从桌子上掉下去的时候,他及时抓住了水罐的中部。他擦干手上的水,又笑了起来。伴随着他那黄色的笑声,我们周围的一切渐渐地染上一层黄色。罐子里的水和篮子里的面包变成了黄色，一阵黄色的风拥抱住对面平台上的椅子，从大海飞向海滩的海鸥把翅膀交给了黄色的虚空。当伊斯坦布尔港的船卸掉黄色的货物时，博斯普鲁斯海峡大桥的桥墩被黄色的灯光照亮。记忆是永久的，而生活是短暂的。医生的记忆里充满了黄色的阴影。城市的每一部分都能把他带到不同的时间里，每呷一口雷基酒都能把他带到一段不同的记忆里。加冰雷基酒的颜色也变成了黄色。

当我们听到敲门声的时候，我们看着彼此。

"他终于来了。"医生说。

他把玻璃杯放在桌子上，不慌不忙地站起来走过去开门。

我听着门口的声音。

"德米泰。"医生说，"你到哪里去了？"

"这里找不到什么好鱼了，我不得不一路找到库姆卡普。"大学生德米泰说。

"这里的鱼怎么了？"

"我不是答应你们，要带回伊斯坦布尔最好的鱼吗？"

"已经六点钟了，你却刚刚到这里。"

"六点钟？你的表错了，医生。我的表显示差十分钟六点。"

"不要开玩笑了，小鬼。把袋子放到厨房里去吧。"

"我还买了色拉。"

"对你迟到的惩罚就是我煎鱼的时候你准备好色拉。"

"我很乐意。库黑兰叔叔到了吗？"

"你以为所有人都像你这样吗？"

"他在这里吗？他在哪里？"

"在阳台上。"

德米泰兴奋地跑到阳台上。他没有给我站起来的机会，一把搂住了我的脖子，把头靠在我的肩膀上。我能感到他的心脏跳得很快。我感到生命是多么眷顾年轻人啊，不要让死亡把他带走，我不想让任何人把德米泰从我的臂弯中抢走。我等待着，直到他的心跳恢复正常。

我把他的手捧在我的手里。

"你看起来气色不错，"我说，"你长胖了一点。你要把头发留长吗？"

"是的，我要像你一样留齐肩长发。"

"那样的话，我们就可以照个合影。"

"那太好了，我们两个还没有一起拍过照。"

"你的手像冰一样冷，德米泰。"

"一直这样。"

"到屋里去穿一件毛衣。你要到阳台上来坐着，和我一起喝雷基酒。我可不想让你感冒。"

"我不要穿一件毛衣，我要穿两件。"

"好主意。"

太阳落下去的时候，阳台上开始变冷。我要不是因为穿着一件羊毛衫，肯定也会感觉冷。"

"库黑兰叔叔，我要给你讲我刚刚知道的小道消息。等你坐下来吃东西的时候，我要告诉你哪个歌手年轻的时候卖过鱼，现在又放弃了音乐，重新回去与他少年时代的心上人一起卖鱼。我从卖鱼商贩们的谈话中得知标记着伊诺努体育馆下面的宝藏的藏宝图现在藏在哪一座宫殿里，我知道是谁在暗中操纵最近的赛马。一切将真相大白。"

"我们会很乐意听你讲，但是你现在最好去给医生帮忙，否则他可不会让你好过的。"

"我马上就去。"

德米泰走向起居室，但是他刚一走开就返了回来。

"库黑兰叔叔，"他说，"我差点忘记了。"

"怎么了？"

"等我们坐下来吃的时候，除了那些小道消息，我还要告诉你那个谜的答案。"

"哪个谜？"

"就是新闻里报道的费利兹女士和让恩先生的那个谜，他们的故事让渡轮乘客关心了好几天。费利兹女士既是让恩先生的妻子，又是他的女儿和妹妹。我们听过这个故事。但是根据最近的新闻，费利兹女士还是让恩先生的姨妈。你还记得吗？"

"我当然记得。"

"我已经搞懂了。"

"真的吗？"

"等我告诉你的时候，你一定会感到吃惊。"

"我等不及了。"

"不过我想要一个奖品。"

"什么奖品？"

"既然我因为迟到而受到惩罚，那么我也应该因为解出了谜而得到奖赏。你觉得对吗？"

"对我来说，很有道理。我觉得你应该得到奖赏。我们看看医生怎么想吧。"

"我会在厨房里给他讲道理的。"

"祝你好运！你需要好运！"

大学生德米泰回到了屋子里，留下我一个人在阳台上。我陷入了对伊斯坦布尔的沉思之中。这座城市每一天都在产生痛苦和悲伤，同时也在创造希望和梦想。我凝望着多尔玛巴赫切宫、编筐亭和加拉塔大桥，就像爬上博斯普鲁斯海峡大桥自杀的受难的灵魂一样，最后看一眼桥下的风景；或者像与爱人牵手看风景的人一样，目瞪口呆，仿佛从未见过这样的美景。我看着安纳托利亚那边的山上的那些破旧的棚屋，它们马上就要被白雾吞没。伊斯坦布尔是一个拥有一百万座监牢的城市，而一座监牢本身就是整个伊斯坦布尔。整体中包含部分，部分中也包含整体。邻近就是遥远，遥远就是邻近。一切既生机勃勃，又草木萧疏。

在这座城市里，每一次肉体上的痛苦都伴随着情感上的痛楚。群居与孤独一样令人压抑。不幸福的爱情带来的痛苦和贫穷争相孳生。拮据的生活和衰老一样令人痛苦。瘟疫与恐惧携手并行。成长中的孩子们认为，他们的皮肤下埋着光缆而不是静脉。口袋里装着计算器而不是镜子的老人越来越多。数字取代了单词，成为他们嘴边的话题。他们说爱情已经变成了金钱，但是当他们掏出计算器不断地敲击着键盘的时候，他们无法理解为什么金钱没有变成爱情。也许是因为数目还不够大。

我听到医生在屋子里喊我。

"库黑兰叔叔！我们马上就来。我们不会让你一个人待很久的。耐心一点。"

"你们要是不快点，我就把所有的雷基酒喝完。"我回答说。

我重新斟满空着的酒杯，往里面添了冰块。在这座我梦中的城市里，在我爱着的人的陪伴下，在俯瞰博斯普鲁斯海峡的阳台上，我喝着我的雷基酒。

我的父亲曾经说，伊斯坦布尔每一个季节都创造出一个不同的城市，她在黑暗中、雪中和雾中生出别的城市。在一个烈日炎炎的夏天，他看到一排学生坐在托普哈内海滩上画油画。每一个学生都在观察少女塔、海鸥和他们面前的大海，然后在帆布上画起来，但是每个人画出的油画都不一样。一幅油画中的海是蓝色的，而另一幅油画中的海则是黄色的。一幅油画中的少女塔是年轻的，而另一幅油画中的少女塔则是年老的。一幅油画中的海鸥正在展翅高飞，而另一幅油画中的海鸥却成群地死去。他们在帆布上描绘的不是同一座城市，而是千姿百态的不同的城市，岁月和距离把它们遥远地隔开。它们有的光明，有的黑暗，有的快乐，有的忧郁。但是，我父亲看到的城市却和这些城市都不一样。此时，我才明白我父亲说的话。让城市变成城市的是人们的眼睛。人们用猥亵的眼神让城市变得邪恶，用高尚的眼神让城市变得美丽。城市一天天变美，靠的是人一天天变美。

我看着父亲多年前就已经离开的伊斯坦布尔。萨拉卡克早已从视线中消失了。少女塔的身体被雾遮住，大海的颜色变得和我杯中的雷基酒一样白，渡轮和渔船已经靠岸，准备休息。在一团团云雾中，我看到一只长着红翅膀的海鸥。那只海鸥大大地张开双翅，从海面滑向海滩。它让自己的身体进入了虚空。它独占着整片天空，朝着屋顶下降。当它飞得更近一点的时候，我意识到它不是一只海鸥，而是一条红色的披肩。那条红色的披肩一会儿从雾中出现，一会儿在雾中消失。我是不是喝多了雷基酒？我已经喝了多少杯？我自己咯咯地笑起来。

我听到一个声音在喊叫："医生，医生！"

那声音非常熟悉，是从楼下传来的。

我把头探出阳台的栏杆。我看见理发师卡莫正在楼门口的人行道上等着。

"卡莫！"

"库黑兰叔叔！见到你太高兴了！"

我挥了挥手。

"上来吧。"我说。

"我过会儿才能来。"他说。

"怎么回事儿？"

"我要去贝伊奥卢见我的妻子马希泽尔。"

"也带她来吧。"

"我们两个都会来的，她也想见见你。"

"别去太久，晚饭马上就好了。"

"那个学生娃到了吗？"

"到了。"

"希纳·塞弗达呢？"

"她也说话就到。"

"我得走了，我不能让马希泽尔等太久。"

"去吧，快去快回。"

卡莫把手插到厚厚的大衣的口袋里，快步地离开了。

当他快要到街角的时候，我喊住了他。

"卡莫！"

他停下来，看着我。他看上去就像大雾中的一个影子。在存在和不存在交会的地方，他正站在悠然的心跳和飞速的时间中间。

"我想念你。"我说。

他笑了笑，张开双臂拥抱空气。他在远处紧紧地拥抱我。然后，他迈着大步消失在雾中。

我把酒杯举到空中。"为你的健康干杯，伊斯坦布尔，"我说，"祝你健康。"

当我把酒杯放到桌子上的时候，我意识到我的鼻子在流血。我用手帕把流到嘴唇上的血擦掉。在我检查衣服上是不是有血迹的时候，我想起了少年时代的一个炎炎夏日。那天，我在哈伊马纳山的山坡上，我骑着热得喘不过气的马经过了一座房子。我策马走向正从房子前的喷泉里打水的姑娘。那个姑娘的头发结成辫子，一串里拉硬币悬在她额头上的缎带上。她的指甲上染了散沫花的颜色。显然，她刚刚当上新娘。她端来一碗水递给我。我迫不及待地喝着，用凉水冲洗着我的疲倦。我的马也在马槽里喝了个够。我转过身，背对着太阳离开。我爬上了山。当我经过一棵野梨树的时候，我注意到了衬衫上的血。我的鼻子在流血，血已经滴到了我的白衬衫上。这时候我意识到，我已经爱上了这个新娘子。血要么是爱的标志，要么是死亡的标志。那时，我的年龄离死亡很远，离爱情很近。

　　我从烟草盒里掏出一张卷烟纸，用手指夹着卷烟纸，在纸上倒满烟草。我把卷烟纸卷起来，用舌头把纸的边缘舔湿，折下去。我用打火机的火焰烘干卷烟纸潮湿的那一块。我深深地吸了一口烟，仿佛一口气要把它吸完。我把烟从鼻子里喷出来。烟会止住我的血，会让一会儿流一会儿停的血凝结成块。我往后靠了靠，竖起耳朵聆听从起居室里飘出的那首古典土耳其情歌。但是没过多久，那首歌的旋律就被从外面传来的枪声淹没了。勃朗宁、贝雷塔、瓦尔特，还有史密斯威森的响声接连不断地传来。一方面，我想把枪声挡在门外，另一方面枪声却给了我希望。子弹声越来越清晰，一发又一发，我想知道是什么在不断地靠近。是生命还是死亡在不断靠近？我抬起头，看着时间之鸟在黑暗的深渊中滑翔。它展开宽大的翅膀，充盈着整个空间。往昔的风已经让它耗尽体力，它把身体释放到此刻的空白之中。它一侧的翅膀承载着痛苦，另一侧的翅膀发散着美丽。如果我站起身来，伸出手，会不会碰到它呢？如果我踮着脚，用力伸出手，会不会触碰到时间之鸟的黑色羽毛呢？

　　越来越近的枪声在铁门的外面停下来。我想满满地卷一根烟，永远把那根烟夹在手指间。我不想要生命、死亡或者苦难，我只想感受到鼻腔里香烟的气味。我想在记忆中回味桌布上的刺绣花边、烤面包的颜色和雷基酒的香气。我想在梦中看着在海风中自在飘飞的那条红色披肩，然后把光着的脚伸到毛皮地毯之中。我想吃奶酪和腌菜。我想把音乐声开得大大的，让所有人都能听到，然后坐在阳台上，向着轮船挥手。然而这一切并没有发生。铁门声和枪声此起彼伏，像拉锯声一样的铁门声在走廊里传开。

我一动不动地等待着。我举起手摸了摸脖子。脖子疼痛难忍。我抚摸着伤口，左右晃动着头。我检查了一下长长的指甲，用手整理了一下凌乱不堪的头发。我把血迹从额头上擦掉，把撕烂的衬衫的衣领整平，然后挺直了肩膀。我摸着墙，用手指顺着疙疙瘩瘩的墙面摸索。我感到一阵凉风从指尖传到胳膊，又从那里传遍整个身体。空气闻起来是潮湿的，充斥着海草的气味。我的喉咙像被刺扎过一样疼痛，我的耳朵嗡嗡地鸣响。一股漩涡在我的脑子里旋转。当时间之鸟在黑暗中展开宽大的双翼滑翔的时候，铁门的声音充斥着整个虚空。

我抬起头来，最后望了一眼对面的迷雾。

那黄色的雾是如此美丽。

那迷雾笼罩着伊斯坦布尔的时间，把死亡和生命揽在怀中——它是那么的美丽。

地狱不是我们忍受痛苦的地方，

而是没有人听到我们正在忍受痛苦的地方。

——曼苏尔·哈拉智

京权图字：01-2019-3665

Copyright © 2015 by Burhan Sonmez. -Kalem Agency
Chinese translation copyright © Foreign Language Teaching and Research Publishing
Co., Ltd. 2019
Published in agreement with Kalem Agency, through The Grayhawk Agency Ltd.

图书在版编目（CIP）数据

伊斯坦布尔，伊斯坦布尔！／（土）布尔汉·索恩梅兹著 ；丁林棚
译. －－ 北京 ：外语教学与研究出版社，2019.7
 ISBN 978-7-5213-1053-5

 Ⅰ．①伊… Ⅱ．①布… ②丁… Ⅲ．①中篇小说－小说集－土耳其－
现代 Ⅳ．①I374.45

中国版本图书馆 CIP 数据核字（2019）第 159857 号

出 版 人　徐建忠
出版策划　张　颖
责任编辑　徐晓雨
责任校对　郑树敏
装帧设计　柴昊洲
出版发行　外语教学与研究出版社
社　　址　北京市西三环北路 19 号（100089）
网　　址　http://www.fltrp.com
印　　刷　三河市北燕印装有限公司
开　　本　787×1092　1/32
印　　张　9.5
版　　次　2019 年 10 月第 1 版 2019 年 10 月第 1 次印刷
书　　号　ISBN 978-7-5213-1053-5
定　　价　48.00 元

购书咨询：（010）88819926　电子邮箱：club@fltrp.com
外研书店：https://waiyants.tmall.com
凡印刷、装订质量问题，请联系我社印制部
联系电话：（010）61207896　电子邮箱：zhijian@fltrp.com
凡侵权、盗版书籍线索，请联系我社法律事务部
举报电话：（010）88817519　电子邮箱：banquan@fltrp.com
物料号：310530001

记载人类文明
沟通世界文化
外研社　www.fltrp.com